ecstas online
02
Santa-Xを
待ちきれない
久慈マサムネ
イラスト◆平つくね

堂《どう》巡《めぐり》駆流《かける》
スクールカースト底辺のぼっち。
黒い服をカッコいいと思っている。
「お、おう」

エルフの街で
（クリスマスver.）
「うわぁ、クリスマスだ！
ね、見て見て堂巡くん！」
朝霧《あさぎり》凛々子《りりこ》
堂巡が憧れている心優しい女の子。
クラスメートからの信頼も厚い、
凄腕の剣士。

毒島《ぶすじま》メグ
堂巡をバカにしているギャル。
バトルクラスは神術士。
「アンタ勘違いしてるんじゃないでしょうね！」

雫《しずく》石《いし》乃《の》音《ん》
堂巡のクラスメートで、
強力な魔導士。
ヘルシャフトに興味津々!?

ヘルシャフト
《エグゾディア・エクソダス》の
絶対支配者。
堂巡のもう一つの姿。
「ちょ、ちょっと。堂巡くん!?」
「俺の側なら安全です
――行きます」

魔王疾走
哀《あい》川《かわ》愁《しゅう》子《こ》
ヘルシャフトに仕える奴隷。
堂巡／ヘルシャフトの正体を知る、
唯一の協力者。

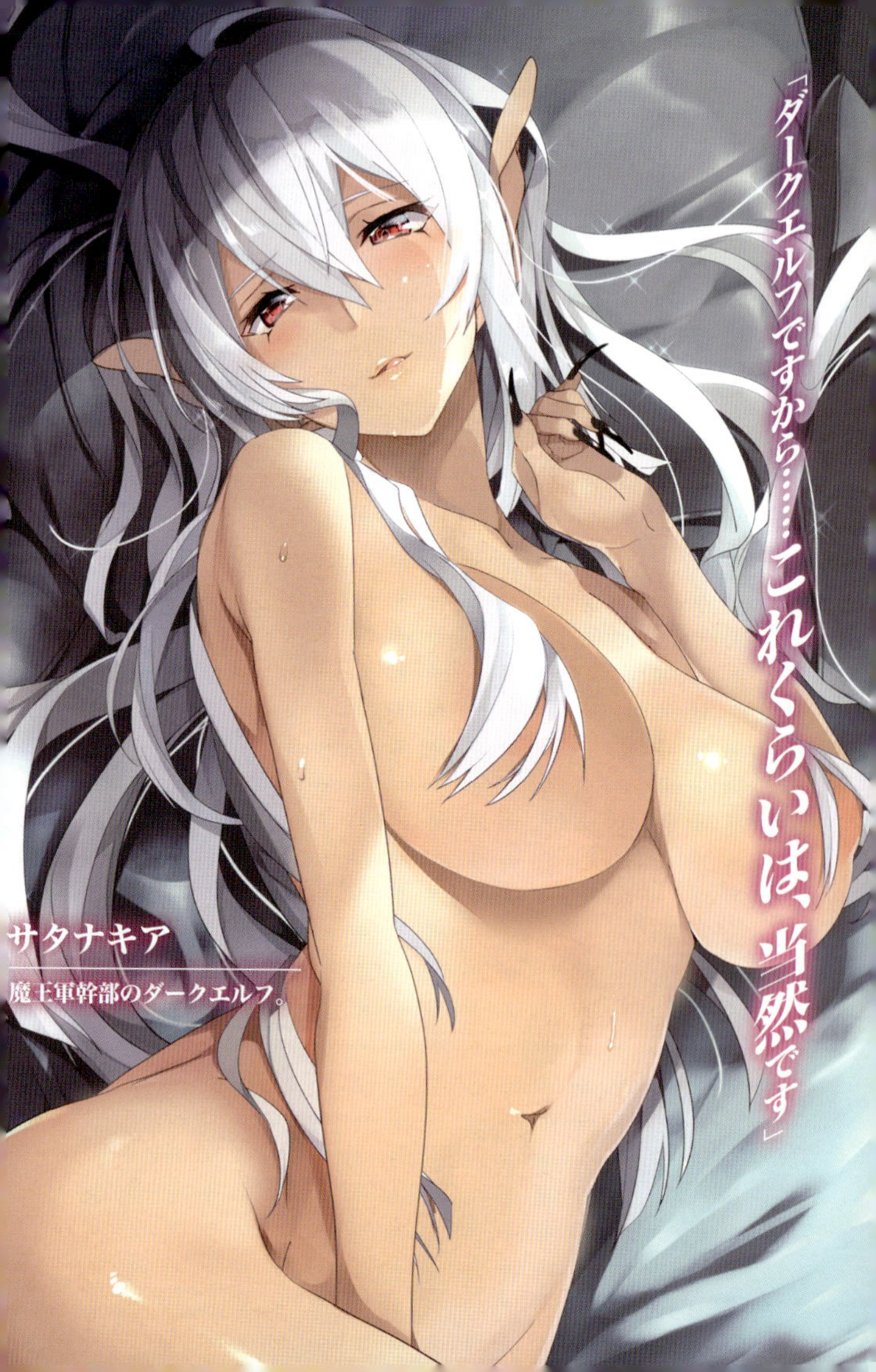
「ダークエルフですから……これくらいは、当然です」
サタナキア
魔王軍幹部のダークエルフ。

エクスタス・オンライン

02. Santa-X《サンタクロス》を待ちきれない

久慈マサムネ

角川スニーカー文庫

20130

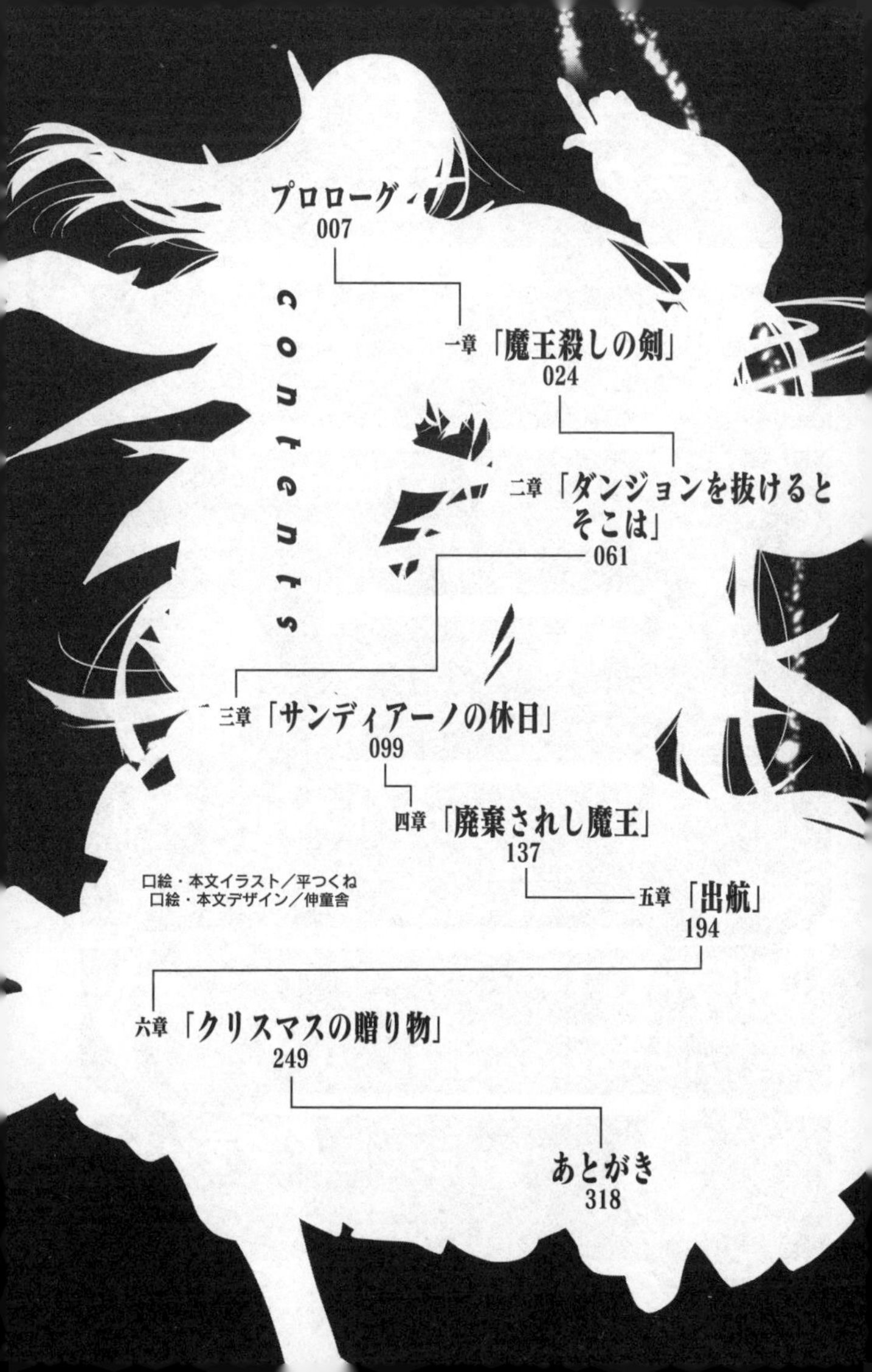

contents

口絵・本文イラスト／平つくね
口絵・本文デザイン／伸童舎

CHARACTERS
キャラクター紹介

【魔族SIDE】

【魔王ヘルシャフト】

《エグゾディア・エクソダス》に君臨する絶対支配者。
堂巡駆流のもう一つの姿。

【哀川愁子 あいかわ・しゅうこ】

堂巡のバイト先の上司で、このゲームの開発関係者。
でも、ゲーム世界ではヘルシャフトに仕える奴隷に。

【サタナキア】

魔王軍幹部ヘルゼクターの一人。
冷静沈着なダークエルフ。

【フォルネウス】

魔王軍幹部ヘルゼクターの一人。
見た目はかわいいが、中身は殺戮好きの堕天使。

【アドラ】

魔王軍幹部ヘルゼクターの一人。
ヘルシャフトに厚い忠誠心を抱く吸血鬼。

【グラシャ】

魔王軍幹部ヘルゼクターの一人。
戦闘好きの獣人。

DEMON SIDE

HUMAN SIDE

【人間SIDE】

【堂巡駆流 どうめぐり・かける】

主人公。人間の姿と魔王の姿を使い分けながら、
クラスメートと戦うことに。

【朝霧凛々子 あさぎり・りりこ】

堂巡が憧れる女の子。
２Ａギルドの信頼も厚い凄腕の剣士。

【雫石乃音 しずくいし・のん】

いつもしかめっ面で毒舌の女の子。
魔導士として活躍。

【一之宮洸 いちのみや・あきら】

スクールカーストの頂点にして、
２Ａギルドをまとめるイケメン剣士。

【雛沢菜流 ひなざわ・なる】 17歳とは思えないロリっ子。神術士。

【有栖川泉 ありすがわ・いずみ】 見た目は美少女だけど男の子。神術士。

【毒島メグ ぶすじま・めぐ】 堂巡をバカにしているギャル。神術士。

【宮腰蝶羽 みやこし・あげは】 毒島の親友の小悪魔系女子。魔導士。

【湯島レオンハルト ゆしま・れおんはると】
ドイツ出身で、イケメンなのに中身は残念すぎるオタク。魔導士。

【扇谷拓也 おうぎや・たくや】 チャラくてお調子者。闘士。

【悠木羽衣子 ゆうき・ういこ】 大人しい性格の箱入り娘。闘士。

【山田吉宗 やまだ・よしむね】 すべてが平凡な少年。闘士。

S　T　O　R　Y

スクールカースト底辺の残念ぼっち・堂巡くんが所属する、南明神高校２年A組のみんなが、VRMMO《エグゾディア・エクソダス》に閉じ込められてしまったの。

おまけに堂巡くんだけが魔王ヘルシャフトに転生してしまい、2Aのみんなから命を狙われることに！　彼らは魔王を倒せば元の世界に戻れると信じて戦いを挑んでくるけど、本当は魔王が倒されると全員の命が危ないわ。正体をバラすこともできない堂巡くんは、みんなの命をすくうために、人間の姿と魔王の姿を使い分けて2Aギルドと戦い抜くことに！


この前は堂巡くんの“アダルトモード”で２Aギルドを叩き潰せたけど、彼らは戦意をまだ喪失していないわ。

これからも２Aを駆逐し、《エグゾディア・エクソダス》の絶対支配者として君臨するのよ!!

プロローグ

「良い知らせと悪い知らせ、どちらから聞きたい？」

　というのはよく聞く、陳腐《ちんぷ》な言い回しだ。

　それでいて、リアルではあまり聞いた覚えがない。使いたがるのは芝居《しばい》がかった物言いが好きな、自分が相手より優位に立っていることを誇示《こじ》したがる自意識過剰《かじょう》な人間に違《ちが》いない。

　俺はきりっとした張りのある声で、質問者である俺の上司にして奴隷《どれい》、哀川《あいかわ》愁子《しゅうこ》さんに華麗《かれい》に言い放った。

「良い知らせしか聞きたくありません」

　何と美しく、完璧《かんぺき》な回答であろうか。

　しかし哀川さんは、あごを上げ、蔑《さげす》むような視線で文字通り俺を見下した。しかも「ちっ」という舌打ちのオプション付き。ちなみに俺は魔王《まおう》の鎧《よろい》を縮こまらせて、床《ゆか》に正座している。

ここは魔王の自室。すなわち魔王城インフェルミアにおける俺の部屋だ。奴隷をいたぶって遊ぶという名目で哀川さんを呼び付けたのだが、もちろん真の目的は他《ほか》にある。

この次世代VRMMORPG『エグゾディア・エクソダス』の世界で生き抜《ぬ》き、無事脱《だっ》出《しゅつ》するにはどうしたらいいか？　その打ち合わせを行う為《ため》だ。

何せ問題が山積みだ。公立南明神《みなみみょうじん》高校二年A組、俺を含《ふく》めた総勢三十六名はエグゾディア・エクソダスにログインしたまま、囚《とら》われの身となっている。しかも俺だけ魔王ヘルシャフトという敵のボスキャラになっていて、他の連中は俺を倒《たお》せばゲームクリアとなって元の世界へ戻《もど》れると信じている。まあ、それは事実だ。確かにゲームもクリア出来るし、それでログアウト出来る。

しかし現実はそう甘くない。深刻なシステムトラブルが発生して、現実の肉体とのリンクが取れていない状態なのだ。いまログアウトしたら、行き場を失った意識データが消《しょう》滅《めっ》し、本当に死んでしまう。

それでも俺よりはマシだ。俺と哀川さんは敵キャラになってしまっているので、ゲーム内で死んだら生き返ることが出来ない。2Aの連中は何度死んでも蘇《よみがえ》ることが出来るというのに、俺たちはゲームの中の死がイコール現実の死だ。

そんな苦しい状況《じょうきょう》だが、俺は2Aの連中の命を守るために、ラスボスである魔王ヘルシャフトとなって奴《やつ》らの前に立ちはだからねばならない。

だが、本来強力な魔法と屈強《くっきょう》な物理攻撃《こうげき》を合わせ持つ、最強のキャラクターであるはずのヘルシャフトが、何の因果かまともな魔法が何一つ使えない状態になってしまっている。

しかし魔王であることに変わりはない。魔王という立場を利用し、四幹部であるヘルゼクターをはじめとした魔王軍ヘルランダーを率いて、二年A組が組織した『2Aギルド』を駆逐《くちく》せねばならないのだ。カルダート攻略戦で一旦《いったん》は全滅《ぜんめつ》させたとはいえ、すぐにまた攻勢に出てくるだろう。

人間と魔物の両方を欺《あざむ》き、ログインしている全員を無事に元の世界へ帰還《きかん》させる為、どう立ち回ってゆくのか、真の意味でこの世界を動かす打ち合わせを哀川さんと行っている。

——はずなのだが。

なぜ魔王ヘルシャフトであるこの俺が、奴隷に正座をさせられているのだろう。

この世界は理不尽《りふじん》に満ちている。

「大体、この二週間一体何やっていたのよ!?　カルダート攻略戦で2Aギルドを全滅させたのはいいけれど、それ以来何の成果もないじゃない！　どこで何をしていたの！」

俺はご機嫌《きげん》を伺《うかが》うように上目遣《うわめづか》いで哀川さんを見上げ、ぼそぼそと小さな声で答えた。

「はぁ、いいえ、別に遊んでいたわけではなくて……2A全員でカルダートの復興の手伝いをすることになって……主にギルドホールの修理を……」

哀川さんは一瞬《いっしゅん》絶句すると、たちまち顔を真っ赤にして息を吸い込んだ。そして口から炎《ほのお》を吐《は》くような勢いで俺を怒鳴《どな》りつけた。

「馬鹿《ばか》じゃないの⁉」

……まあ、カルダート攻略戦から二週間。あまり効果的に時間を使うことが出来なかったのは事実だし、不覚に思っている。みんなで力を合わせて復興しようぜ！　なんてリア充《じゅう》っぽいノリは嫌《きら》いなんだが、何だか2Aの連中の勢いに流されてしまったというか。特に朝霧《あさぎり》の「今日も頑張《がんば》ろうね、堂巡《どうめぐり》くん♡」という笑顔《えがお》と声に押し切られてしまったのは事実だ。ちなみに最後のハートマークは俺の主観だ。

「いやでも、俺も少しは休暇《きゅうか》をもらっても良くないですか？　カルダート攻略戦っていうかなりの大仕事をして疲《つか》れたし……ほら、会社員って有休とかあるじゃないですか。羨《うらや》ましいですよね。学生には有給休暇なんてないんですよ？」

その瞬間空気が凍《こお》り付いた。俺の背中を恐怖《きょうふ》が駆《か》け抜け、本能が危険信号を発していた。恐《おそ》る恐る哀川さんを見上げると、その顔が修羅《しゅら》の如《ごと》くになっていた。

「有休なんて取れるわけないでしょう！　土日だって休日出勤させられるのに、どうやって有休を使えって言うのよ！　有休なんて給与《きゅうよ》明細に載《の》っている謎《なぞ》の数字よ！」

まるでヴェスヴィオ火山が噴火《ふんか》したような怒《いか》りの爆発《ばくはつ》と不満の噴出《ふんしゅつ》に俺の体は震《ふる》え上がった。どうやら俺は触《ふ》れてはいけない竜《りゅう》の鱗《うろこ》を引き抜いてしまったらしい。

「お、落ち着いて、えっと……そ、そうだ、夏休みとか、さすがに年末年始は──」

「はぁ⁉　去年の除夜《じょや》の鐘《かね》はオフィスで聞きましたけど何か⁉　それに夏休みですって？　まさか学生様と同じで四十日あるとでも思ってるの？　こっちなんて三日よ、三日！　それも忙《いそが》しいからプロジェクトが完了《かんりょう》してから取ってねとか言われるのよ？　プロジェクトが終わるのって何年後よ⁉」

逆鱗《げきりん》を引っこ抜いたその足で、踏《ふ》んではいけない地雷《じらい》を踏んだらしい。

やっと落ち着いたのか、哀川さんは汗《あせ》の浮《う》いた額をぬぐうと、忌々《いまいま》しそうに長い髪《かみ》の毛を払《はら》った。それに合わせて、下着を着けていない大きな胸が弾《はず》む。

ボロボロのワイシャツの上に着けている革《かわ》の拘束《こうそく》具は、胸部分だけがくり貫《ぬ》かれ、ことさら胸を強調するようなデザインになっていた。きつく締《し》め上げられたボンデージから顔をのぞかせる二つの丸い膨《ふく》らみは、体からその部分だけを切り離《はな》したような存在感を見せている。そして、その左右それぞれに用意された穴から飛び出した脂肪《しぼう》の塊《かたまり》は、ふるふると良く揺《ゆ》れるのだ。その揺れは本当に自然な動きで重さと柔《やわ》らかさを表現するので、ここがゲーム世界の中であることなどまったく意識させないし、ある意味現実を超《こ》えていると言ってもいいだろう。

例えば哀川さんの胸の、重力への逆らい方。あの大きな胸が、下着を着けていないにもかかわらずまったく垂れることなく見事なロケット形を維持《いじ》している。その形状を維持するくらいに硬《かた》いのかというと、触れるとこれが天使のほっぺたかと思えるほどに柔らかい。言うなればこれは、現実への反逆だ。大いなる力への抵抗《ていこう》を称《たた》えるため、俺はその神々《こうごう》しいシルエットを視姦《しかん》、いや見つめた。

こんな時よかったと思えるのは、この魔王の兜《かぶと》だ。何せ目の部分は暗いだけで、眼球があるわけじゃないからな。つまり、他人からは俺がどこを見ているのか良く分からないのだ。さすが魔王だ。どんな部位をガン見しようが、なんともないぜ！

「……気持ちは分かるけど、そうジロジロ見ないでくれる？　何だかポリゴン数が減りそうな気がするわ」

なっ！　み、見抜《みぬ》かれているだと⁉

「あ、哀川ひゃんが、な、なにを申されておられたてまつられていらっしゃるのか、皆目《かいもく》見当が付きかね申し候《そうろう》でござりまする」

哀川さんはあきれたように顔を引きつらせると、言い訳を続けようとする俺に構わず、話を始めた。

「まぁいいわ……まったく。今日はせっかくビッグニュースがあったのよ？　堂巡くんが余計なことを言わなければ、もう少し気分良く話が出来ていたのにね」

ビッグニュース？

「何ですか、それ？」

「だから良い知らせと悪い知らせ、どちらから聞きたい？　って訊《き》いたでしょ？」

まるでゴミでも見るような蔑みのまなざし——というごほうびを俺にくれた後で、哀川さんは得意そうに胸を反らした。

「じゃ、まずは良い知らせよ。あと約一ヶ月後、ちょうどクリスマスに……」

勿体《もったい》つけたタメを作り、哀川さんはこれ以上はないというドヤ顔で言った。

「修正プログラムが適用されることが決まったわ！」

「……修正プログラム？」

ゲームでもＯＳでも、リリースした後で不具合が発見されることはよくある。それに対応して、配布されるのが修正プログラムだ。修正パッチやアップデートファイルなど呼び方は色々ある。エロゲーには欠かせないもので、むしろないと寂《さび》しいくらいだ。インストールする前にメーカーのＨＰに行って、修正ファイルが出ていないか確認《かくにん》するのは紳士《しんし》の嗜《たしな》みだ。お前未成年じゃないのか、などという無粋《ぶすい》なツッコミは紳士らしくないからやめような。それはともかく——、

「それって、外にいる開発の連中が作ったエグゾディア・エクソダスの修正プログラムってことですか!?　じゃあ、現実に帰れるんですか！　俺たち！」

哀川さんは申し訳なさそうに微笑《ほほえ》むと、肩《かた》をすくめた。

「さすがに一足跳《いっそくと》びにそれは無理よ。でも、今のややこしい状況は解消されるわ。ログイ

ンしている全員に、外から連絡《れんらく》が出来るようになるし、こちらからメールを送ることも出来るようになるの」

それは……すなわち、２Ａの連中にいま置かれている状況の真実を伝えることが出来るということだ。それだけじゃない。二年A組の中で行方《ゆくえ》が分かっているのは俺を含めて十二名しかいない。残り二十四名の行方はまだ分かっていないのだ。最悪、システムトラブルが発生したときに意識データが壊《こわ》れて、既《すで》に死んでいる可能性も否定出来ないが、もし生きているならそれで居場所が分かるかも知れない。

「いや、それでも凄《すご》いじゃないですか！　それならさすがに連中も真実を受け入れて納得《なっとく》するだろうし、俺を殺そうとはしなくなる！」

俺は思わず立ち上がると、興奮して声を張り上げた。

「そうね。そう願いたいわね」

哀川さんも肩の荷《に》が下りたと言いたげに、柔らかく微笑んだ。そして微《かす》かに開いた唇《くちびる》から大きく息を吐き出す。そして、ただ――と付け加えて言った。

「システムを再起動することも出来ないし、運用しながらの更新《こうしん》になるので、結構トリッキーなプログラムを組んでいるらしいわ。だからこんなに時間がかかったみたいね。あ、それとパッチの名前は、『Ｓａｎｔａ《サンタ》―Ｘ《クロス》』よ」

「まさに、俺たちにとってはクリスマスプレゼント……ってところですね」

「ええ。堂巡くんにとっては、まだログインして一ヶ月くらいでしょうけど、私はもう七ヶ月は奴隷《どれい》をやっているんですもの。やっとこの地獄《じごく》から救われて、家畜《かちく》から人間に戻れるのかと思うと、涙《なみだ》が出そうになるわ」

いや、哀川さんは現実に帰っても、悪魔《あくま》の王国から地獄のブラック企業《きぎょう》に、奴隷から社畜に戻るだけだから、根本的に変わらないんじゃ……という気もしたが、さすがに感動の場面に水を差すことなど出来ない。

「とにかく、もう一息でひとまず最悪の状態からは脱出ですね」

「そうね。悪いニュースの方も、力を合わせて乗り切りましょう」

ああ、そうだった。すっかり良い気分になって存在を忘れていた。いっそこのまま忘れちゃってもいいんじゃないかとすら思えるが。

「城内では今その噂《うわさ》で持ちきりよ。奴隷部屋にまで噂が届いてるから」

「一体、何なんですか？」

「それは――」

哀川さんが口を開きかけたとき、部屋の扉《とびら》がやや強めにノックされた。

「ヘル様ーっ、へーるーさーまーぁ！」

げっ！　この頭の弱そうな呼び方はフォルネウスか！

俺は哀川さんの耳元で囁《ささや》いた。

「ヤバいですよ！　哀川さんをいたぶるという名目で呼んでますから、何かそれっぽく見えるようにしないと怪《あや》しまれます！　また《LOYALTY》が下がっちゃいますよ！」

魔王四軍団を率いるヘルゼクターはとても頼《たよ》りになる部下なのだが、俺が魔王らしく振《ふ》る舞《ま》わないと忠誠心が下がる。それはもうメキメキと。それを放置しておくと、やがて俺を殺して下克上《げこくじょう》を狙《ねら》い始めるという実に殺伐《さつばつ》としたゲームシステムなのだ。

《LOYALTY》にさえ気を付けていれば、実に忠実で有能な可愛《かわい》い部下なのだが、常に目をかけて色々話を聞いてやったり、仕事を評価してやったり、俺もたまにはいいところを見せ付けてやる必要があったりもする。

ブラック企業の一アルバイターが、何だかいっぱしの管理職のようだ。そして俺を管理する哀川さんは、隠《かく》れる場所でも探しているのか、おろおろと部屋の中を見回している。

「そんなこと言ったって、何をどうしたらいいのよっ」

すると今度は静かにノックする音が聞こえた。

「ヘルシャフト様、どうかなさいましたか？　具合が悪いのでしたら、私のおっぱいを揉《も》みますか？」

真面目《まじめ》な声で斜《なな》め上のエロい発言をしているのはサタナキアだ。くそっ、フォルネウスだけでも面倒《めんどう》なのに、二人も揃《そろ》って来たのか。

「哀川さんっ、何かこう……エロい格好で、その、責められてたような雰囲気《ふんいき》をですね、ベッドの上とかで醸《かも》し出して頂けると、非常に助かるんですが」

するど哀川さんは耳まで赤くなって、体を守る様に自分の体を抱《だ》きしめた。

「じ、上司に何てことさせる気なのよ、この社会不適合者！　変態！」

そのとき、激しくドアを叩《たた》く音が響《ひび》いた。

「今のは奴隷の声か？　おーい、王様ぁ！　聞こえてんなら返事してくれ！」

グラシャ、お前までいるのか！　こいつの場合、いつ力尽《ちからず》くでドアを破るか分かったもんじゃないからな。早く誤魔化《ごまか》す方法を考えないと！

俺の不安を裏付けるように、ドアを叩く音が、グラシャの苛立《いらだ》ちを表すように徐々《じょじょ》に大きく、速くなる。

「もしかして何かトラブってるんじゃねーのか？　じれってぇし、破るか！　ドア」

やっぱりかぁあああああ！

「待て、駄犬《だけん》」

有無《うむ》を言わせぬ口調が、拳《こぶし》を振り上げているであろうグラシャの動きを止めた。その冷たく厳格な美声が、幾《いく》ばくかの軽蔑《けいべつ》を込めて響く。

「キングのお部屋だぞ。扉を破壊《はかい》するなど、余程のことがない限りしていいことではない」

アドラの声だ。さすがに分別ある判断だ。花丸をやろう。

「合い鍵《かぎ》はちゃんと用意してある」

　くっそおおっ！　用意が良すぎるぞアドラ！

「哀川さんっ！　すみません」

　俺は謝りながらメニューウインドウを開き、魔法のリストを開いた。

「ちょ、なんで謝るのよ!?　やめてよ！」

　嫌《いや》な予感に、哀川さんの顔色が蒼《あお》くなる。だが残念ながら、その予感は的中だ。この際、手段は選んでいられないのだ、覚悟《かくご》してくれ！

「エクスタス！」

　それは俺が使えるただ二つの魔法の一つ。そしてそれは、俺だけに許されたアダルトモードの特殊《とくしゅ》魔法。

　この次世代VRMMORPG『エグゾディア・エクソダス』には、一般コース以外にも大人向けの超《ちょう》高額プレミアム会員コース『アダルトモード』が用意されている。だが、現在ログインしているユーザーで、アダルトモードが適用されているのはこの俺だけだ。だからこそ俺は、２Aの連中が出来ないエロい行為《こうい》やエロい魔法、更《さら》には課金アイテムを使用することが出来る。

　鍵を開ける金属音に続き、重厚《じゅうこう》なドアが開く重々しい音がした。

「失礼します。キング」

「どうした、アドラ。いま取り込み中だぞ」

俺はベッドの上にあぐらをかき、その膝《ひざ》の上に哀川さんを座らせていた。背後から抱きしめ、片手で胸を揉みしだき、もう片手は哀川さんの片膝《かたひざ》を抱《かか》えて股《また》を開かせる。

そんなあられもない格好をさせているのに、哀川さんは文句を言うどころか、恍惚《こうこつ》の表情を浮《う》かべている。

これが俺の魔法、アダルトモード専用の『エクスタス』だ。

相手に催淫《さいいん》効果を与《あた》え、まともな思考回路を奪《うば》い快楽の虜《とりこ》にしてしまうという魔法だ。

「あぁん……いやぁ、み、見られちゃう……」

哀川さんは涙に潤《うる》んだ瞳《ひとみ》で俺を見上げる。しかし口では嫌がっているものの、体は喜びに震《ふる》えている。羞恥心《しゅうちしん》がより快感を強くしているのか、その体がびくびくと痙攣《けいれん》を繰《く》り返していた。

そんな俺と哀川さんの姿を見て、フォルネウスは可愛らしく口を尖《とが》らせる。

「またその奴隷と遊んでたんだもん？　ってフォルネウスは嫉妬《しっと》の炎《ほのお》で荒《あら》ぶっちゃうんだもん」

声や仕草は可愛らしいが、目が笑っていない。鋭《するど》い眼光に哀川さんも震え上がる。

「いや、それよりも。お前たち、俺に何か用があったのではないのか？」

こんな話のそらし方では駄目だろうな、と思っていたのだが、意外なことにヘルゼクターの間に緊張《きんちょう》が走った。今まで軽口を叩いていたフォルネウスとサタナキアも口をつぐみ、グラシャも言いにくそうに頭をかいている。

……？　どうしたんだ、一体。

やがてアドラが深刻そうなまなざしで俺を見つめ、重い口を開いた。

「『魔王殺しの剣《ホーリーグレイヴ》』が発掘《はっくつ》されました」

「……――⁉」

一瞬《いっしゅん》固まった後で、俺は絶叫《ぜっきょう》した。

「な、な……なんっだってぇえええええ――――‼」

「キ、キング。どうか落ち着いて――」

なだめようとするアドラに、俺は反射的に言い返した。

「いやいや！　落ち着いていられるかって！　対魔王専用装備だよ？　一発で大ダメージを与えるどころか、もしかしたら即死《そくし》まであるかも知れないし！」

「ヘル……さま」

フォルネウスの不安そうな声が聞こえるが、俺の頭はパニックだ。いや、だって俺が一番恐《おそ》れてたアイテムだよ？

魔王殺しの剣《ホーリーグレイヴ》は、刀身に名前を彫《ほ》り込む部分がある。その部分に魔王の正体を刻み、それが正解の場合に初めて、魔王殺しの剣《ホーリーグレイヴ》は魔王を倒《たお》すことが出来る剣となるのだ。

正体が割れてないからいいと考えるのは早計だ。そんな剣が手に入ったら、2Aの連中は魔王の正体を暴《あば》くことに血道を上げるかも知れない。

「やべえ、やべえよ……どうしたら──」

そこでふと、ヘルゼクターたちの空気が変わっていることに気付いた。俺がパニクってるのとは対照的に、全員冷めた顔でつまらないものを見るような瞳で俺を見つめている。

「どうした、おまえた──!?」

俺が意識を集中すると、全員の顔の横にウインドウがポップアップする。そこに表示されたのは、凄い勢いで下降している《LOYALTY》の数値だった。

俺への忠誠心が大暴落を起こしていた。

し、しまったぁああああ！　ついパニクって、言っちゃならないことを叫《さけ》びまくってしまった！

数値が下がるにつれ、全員冷たい表情から殺気を含《ふく》んだものへと変わってゆく。

くそっ！　魔王殺しの剣《ホーリーグレイヴ》で殺《や》られるどころか、今この場で部下に殺されそうだ！　す、すぐに魔王っぽいところを見せて、《LOYALTY》を回復させないと！

「フ、フフフフ……」

俺は鋼に覆《おお》われた手で、兜《かぶと》に守られた顔を覆った。

「？　ヘルシャフト……さま？」

怪訝《けげん》な顔でサタナキアが眉《まゆ》をひそめる。

俺は炎のマントを払《はら》う。マントは生き物のように床《ゆか》を這《は》い、部屋を焼き尽《つ》くすが如《ごと》く、炎が一瞬にして部屋全体を覆い尽くす。しかし実際に部屋が焼け落ちたりはしない。俺の意思一つで熱を調整出来る。

燃え上がる炎を背に、俺は体を反らし、華麗《かれい》に謳《うた》う。

「四重の盾《たて》で守られし、この絶対安全地帯《パーフェクト・ワールド》
魔王殺しの剣《ホーリーグレイヴ》？　No Problem
危機という言葉の意味を魔王《オレ》はまだ知らない」

ヘルゼクターの四人は、俺の言葉に呆然《ぼうぜん》として立ち尽くした。そして、その頬《ほお》に微《かす》かに赤味が差す。そして、同時に《ＬＯＹＡＬＴＹ》の下落が止まった。

グラシャがごくりと喉《のど》を鳴らす。

「な、なあ王様。四重の盾って……どういう意味だ？」

俺はふっと笑《え》みを漏《も》らし、ヘルゼクターに背を向けた。

「魔王ヘルシャフトは無敵だ。しかし、何者も俺の前に立つことは出来ぬ。なぜなら」

そして肩越《かたご》しに四人を振り返った。

「これほど強く、そして頼りになる部下が四人もいる。どうして、この身に脅威《きょうい》が近寄ろうか？」

たちまちグラシャの目から涙《なみだ》が溢《あふ》れる。

「お……おうさま」

「へるさまぁ……」

フォルネウスは指を組み合わせ、うっとりした顔で瞳を潤ませた。そしてサタナキアは口元を押さえ、うつむいた。

「ヘルシャフト様……この身に代えても……うっ」

「なんと……勿体《もったい》ないお言葉」

アドラはメガネをずらし、胸元《むなもと》から取り出したハンカチで目元をぬぐう。

そしてヘルゼクター四人は、一斉《いっせい》にひざまずいた。

「我ら四人。この身を賭《と》して必ずや御身《おんみ》を守り抜《ぬ》いて見せましょう」

俺は黙《だま》ってうなずいた。内心は、俺の目にだけ映る四人の《ＬＯＹＡＬＴＹ》が安全圏《けん》まで上昇《じょうしょう》したことに安堵《あんど》の溜息《ためいき》を吐《つ》いていた。

だが安心するのはまだ早い。問題は何一つ解決していないからだ。

魔王殺しの剣《ホーリーグレイヴ》……俺自身で何とかするしかない。

一章「魔王殺しの剣」

瞳を開くと、俺はカルダートの街の外れにある神殿《しんでん》にいた。ここはご神体の安置してある場所であり、テレポートでカルダートへ移動してくる場合は必ずここに現れることになっている。部屋の中には微かに霧《きり》がかかっていて、そこはかとない神聖さを感じさせる。俺はひんやりとした空気の漂《ただよ》う部屋の中を、ぐるりと見回した。しんと静まりかえった聖なる空間に、生き物の影《かげ》はない。本来であれば、多くのプレイヤーがここを介《かい》して街を行き来するのだろうが、幸いなことにテレポートの機能は一般《いっぱん》プレイヤーには実装されていない。すなわち俺の貸し切りだ。

俺は出口の扉《とびら》へ張り付いた。用心に越《こ》したことはない。俺は扉を薄《うす》く開けて、外の様子を窺《うかが》った。どうやら2Aの連中はいないようだ。しかし油断は禁物だ。扉の隙間《すきま》からそろりと体を押し出すと、何気ない顔で人の流れに身を任せる。そして、すぐに街の風景へと溶《と》け込んでゆく。

歩きながら流れる景色に目をやると、復興がかなり進んでいることが分かる。カルダート攻略《こうりゃく》戦から二週間。その間に街の人々は精力的に街の復興を進め、カルダートの特徴《とくちょう》であるヨーロッパと中近東を合わせたようなエキゾチックな美しい街並みが復活しつつあった。足場に囲まれた建物は日に日に背を伸《の》ばし、綺麗《きれい》になったベージュ色の石畳《いしだたみ》と石造りの建物が増えてゆく。その修復作業にあたるＮＰＣ《ノンプレイヤーキャラクター》の労働者も増え、それに連れて労働者相手に商売をする屋台も同じように増えていった。そのおかげで、街には以前のような人々の活気が戻《もど》って来ている。

俺たちヘルランダーが破壊《はかい》した街がこうして再び蘇《よみがえ》るのを見るのは、罪悪感を覚えながらも、どこかほっとする気持ちになる……などと感傷に浸《ひた》っている場合ではなかった。俺がこの街に戻ってきた目的は、２Ａの連中に現在募集中《ぼしゅうちゅう》のクエストを受託《じゅたく》させないことだ。俺はアドラから見せられた報告書の内容を思い出す。

レベル23のミッション・クエスト。ダンジョンを攻略して、報酬《ほうしゅう》をもらうタイプのクエストだ。ダンジョンの最奥《さいおう》にいるボスモンスター、アダマイトゴーレムを倒せばクエスト成功。魔王殺しの剣《ホーリーグレイヴ》が手に入るという内容だった。ダンジョンを守るモンスターは既《すで》に決められており、今から俺やヘルゼクターを差し込むことは不可能だ。

『魔王殺しの剣《ホーリーグレイヴ》』をインフェルミアに輸送させることも考えたが、途中《とちゅう》で紛失《ふんしつ》する可能性もあるし、２Ａに奪われる隙も大きくなる。そう考えると、現地に留め置くことはやむを得なかった。既に回収部隊がインフェルミアを出発したはずだが、ダンジョンはカルダートの南、海側を隔《へだ》てるように連なるラムル山脈の中腹にある。カルダートからなら一、二日で行けるが、インフェルミアからでは少なくとも四、五日はかかるだろう。

となれば、まず努力すべきは2Aにこのクエストを引き受けさせないこと。それが一番簡単だからだ。もし、2Aの意見を誘導《ゆうどう》することが出来なかった場合。その時は、俺が堂《どう》巡駆流《めぐりかける》としてクエストに参加し、奴《やつ》らの足を引っ張ってクエストを失敗に追い込むしかない。より危険でしんどい作業になる。

大通りを曲がり、少し行くと2Aギルドの本拠地《ほんきょち》たるギルドホールが見えてくる。地上六階建て。カルダートの中でもかなり大きな建物だ。一時は半壊《はんかい》状態だったが、今ではほぼ元通りの姿を取り戻している。この建物はNPCではなく、俺たち2Aが中心となって作業を進めたのだ。俺はこの二週間を、ほぼこいつに捧《ささ》げたのだ。よくぞここまで復旧したものだと、感慨《かんがい》深い思いで見上げた。

まあ、半壊させたのはヘルランダーじゃなくて雫石《しずくいし》なんだけどな。

俺は正面玄関《げんかん》の階段を上り、扉を開けて中へ入った。

問題はどうやって奴らを説得するかだ。一応、説得案は三つ考えてある。そして会話の流れで分岐《ぶんき》するルートをそれぞれ四つ。うまく朝霧《あさぎり》を巻き込めるかどうかが鍵《かぎ》だ。本来なら一之宮《いちのみや》を動かすことを考えるところだ。奴が動けば、2Aが動く。だが、今は違《ちが》う。

一之宮は前回の戦いの折、サキュバスの攻撃《こうげき》を一身に受けたため、他《ほか》のメンバーに誤解されてしまっている。戦いの最中にエロモンスターの誘惑《ゆうわく》に負け、戦いを投げ出したということになっているのだ。そのおかげで一之宮は2Aのキングの座から陥落《かんらく》。未《いま》だにみんなとの溝《みぞ》を埋《う》められずにいる。

俺は緊張感《きんちょうかん》を胸に秘《ひ》め、2Aギルドがいつもたむろっているソファへ近付いた。

「……あれ？」

誰《だれ》もいなかった。

ホールを見回しても、いるのは他のギルドのNPCたちだけだ。念のため上のフロアを覗《のぞ》いてみたが影も形もない。

まさか……。

俺は慌《あわ》てて一階に降りると、クエストの受け付けを行っている窓口に駆《か》け寄った。壁《かべ》一面に貼《は》り出されている大小様々なクエストの募集広告。その中の一枚を指さして、いつも座っている受け付けのお姉さんに訊《き》いた。

「あ、あの。この募集って、もしかしたら」

真面目《まじめ》そうな顔をして、やたら露出度《ろしゅつど》の高いコスチュームのお姉さんが微笑《ほほえ》んだ。

「ええ、もう2Aギルドが受託済みですね」

ちっくしょおおおお！　遅《おそ》かったかあぁ！

っていうか俺、完全に置いてきぼりじゃねえか。俺の意思を無視するどころか、存在すら無視しやがって！　この二週間、一緒《いっしょ》に復旧を手伝ってきて、これってちょっと仲間っぽいよなー、あー俺はそんなつもりないのに困るなーなんて思っちゃってた自分が憎《にく》い！

「あ、堂巡さん宛《あ》てに、手紙を預かっています」

「え？」

差し出されたやけに可愛《かわい》らしい封筒《ふうとう》を受け取ると、恐《おそ》る恐る中を開けた。

うむ、どうやらカミソリは入っていないようだな……だが、安心するのは早い。こんな綺麗で女の子っぽい封筒と便せんを使いつつ中を開けたら『いえーいラブレターかと思った？　ｗｗｗねぇねぇ、いまどんな気持ち？』とか書かれている可能性もあるからな！

俺は心に鎧《よろい》を装着してから、手紙を開いた。

　堂巡くんへ

こんにちは、朝霧です。ごめんね。堂巡くんを残して先に出発しちゃって。びっくりしたよね？　みんなとも相談したんだけど、クエストの時間制限があるから、早く行こうっていうことになって……。

そうそう、肝心《かんじん》のクエストの内容だけど、前にも話した魔王を倒すアイテムが手に入るクエストが発生したの！　このチャンスを逃《のが》すわけにはいかないもんね！

堂巡くんに相談もせずに決めちゃって、ごめんなさい。でも、反対しないよね？　だっ

て魔王を一撃《いちげき》で倒《たお》せる武器だもんね！　（正体が分からないと使えないけど！　でも正体ってどういうこと⁉）

だけど堂巡くんも悪いんだよ？　いつもふらっといなくなるし、どこに行ったかも分からないんだもん。だから、今後はちゃんと行動の予定を教えてね？

もしこの手紙を読んで、追い付けそうな時間だったら追いかけてきてくれてもいいし、無理そうだったらカルダートで待っててね。絶対、成功させてくるから！

朝霧凛々子《りりこ》

朝霧……お前って奴は、マジ天使。ささくれだった俺の心が、絹のように滑《なめ》らかな手ざわりに変わってゆくようだ。

俺はにこにこ笑っているお姉さんを振《ふ》り返った。

「で、２Aのみんなはいつ頃《ごろ》出発したんですか？」

「んーそうですねえ……確か五、六時間前だったような？　そんな感じです♪」

システムのインターフェイスにあたるキャラなのに、何なのこのほわわんとした回答は。

それはともかく、五、六時間の差を付けられているとなると、普通《ふつう》に追いかけたのでは無理だ。ダンジョンは行ったことがないのでテレポートも使えないし、そもそも街じゃないからテレポートの対象になっているかも怪《あや》しい。

となると、やはり魔王の鎧。

あれを着れば、俺は超人的《ちょうじん》な体力と身体能力を発揮することが出来る。２Ａの連中を追い抜いて、先にダンジョンに辿《たど》り着くことも可能かも知れない。それでも不眠不休《ふみんふきゅう》で半日以上走り続けることになるかも知れないが、やるしかない。

俺は顔を上げると、ギルドホールの出口へ向かった。

＋　＋　＋

荒野《こうや》を走り、草原を抜け、山を登り川を渡《わた》り、そして目の前にそびえるアルプスのような山の峰々《みねみね》に分け入る。雨と風、そして標高が高くなると気温が下がり、雪が降ってくる。途中何度かの休憩《きゅうけい》を挟《はさ》みつつではあるが、目まぐるしく変わる過酷《かこく》な環境《かんきょう》を走り続けること半日。俺は『魔王殺しの剣《ホーリーグレイヴ》』が発見されたラムル山脈のダンジョンに辿り着いた。

何だかもう、実は俺って日本有数のトレイルランニングの選手なんじゃないかと思えてくる。但《ただ》しシューズやウェアは魔王の鎧という限定で。

「こ、これは……ま、魔王、ヘルシャフトさまっ⁉」

ダンジョンの入り口を守っているオークが、俺の姿を見て目を丸くした。そしてたちまちダンジョンの中も外も蜂《はち》の巣をひっくり返したような騒《さわ》ぎとなる。

「魔王様が御自《おんみずか》らお越《こ》しになっただと⁉　おい、現場監督《かんとく》を呼んでこい！　急げ！」

右往左往するオークがダンジョンの奥へ消えてゆく。しばらくすると、小柄《こがら》だが他の連中よりも立派な装備を付けたオークがやって来た。こいつが現場監督なのだろう。俺の姿を見ると、顔を引きつらせ、どっと冷や汗《あせ》を噴《ふ》き出させた。

「回収部隊の到着《とうちゃく》にはまだ数日あるはずですが……まさか、供の者も付けず、御身一つでお出《い》でになるとは……」

現場監督は、ハッと気が付くと倒れるようにひざまずいた。そして他のオークたちに向かって怒鳴《どな》り散らす。

「バカヤロウ！　てめえら、何突《つ》っ立ってやがるんだ！　ブっ殺されてえのか⁉」

周囲のオークも慌ててひざまずくと、頭を地面に擦《こす》りつけるようにして平伏《へいふく》する。現場監督が恐怖《きょうふ》に震《ふる》える声で、俺に向かって奏上した。

「こ、このようなお見苦しいところへお越し頂き、大変心苦しく……その、何か我々に落ち度がございましたでしょうか」

正直、俺は息が苦しくてそれどころじゃない。手を膝《ひざ》に突き、何とか息を整えながら俺はオークたちに答えた。

「お、おう……ゆ、ゆえあって、先に一人で視察に、参ったのだ……あ、案内せい」

恐縮《きょうしゅく》しまくるオークたちの案内で、俺はダンジョンの中へ入っていった。入り口は広いが、中へ入ると徐々《じょじょ》に狭《せま》くなって行く。明かりは一つもないが、壁の岩が薄《うす》く黄緑色に発光していて、ダンジョン全体が淡《あわ》い緑の光に包まれている。

「この鉱山は発光する岩石が採掘《さいくつ》されるんです。ダンジョンの壁や床《ゆか》にもその原石が埋まっているんで、明かりがなくても作業が出来るんですよ」

そう言って現場監督は嬉《うれ》しそうに、不気味な笑《え》みを浮《う》かべた。

やがて通路は学校の廊下《ろうか》より狭くなり、曲がり角や分岐が現れる。自然に出来たものではなく、誰かが山に穴を掘《ほ》って作ったものだろう。狭い入り口をくぐると、そこはかなり広い部屋だった。現場監督は立ち止まると、俺を振り向いた。

「んで、その鉱石を採掘していたらこのダンジョンを掘り当てましてね。あたしらビックリですよ。昔、誰かが作ったもののようで。まだ罠《わな》の機構なんかも生きてます」

「罠だと？」

「へい、この床ですが黒いタイルの上に乗ると、出口に檻《おり》が閉まって閉じ込められます」

俺は今入ってきた入り口の反対側にある出口を見つめた。確かに天井《てんじょう》側に、トゲのような鉄格子《てつごうし》の一部が見える。あれが降りて来て、この部屋に閉じ込められるということか。

「しかし入り口には鉄格子はないようだな」

「へい。途中に隠《かく》し部屋が幾《いく》つもあるんで、そこに兵士を潜《ひそ》ませておくらしいです。んで、この部屋でじわじわとなぶり殺しにするんでしょう」

「ふむ……なるほどな。その罠にかからなかったとするとどうなる？」

「そっちの部屋に、一番強い奴をお宝の番として置いてあります」

出口を抜《ぬ》けると、そこはさらに広い部屋だった。部屋の中央には巨大《きょだい》なゴーレムが座り込んでいる。なるほど、あれがこのダンジョンのラスボスか。全身が黄色がかった岩石で出来ていて、落ちくぼんだ目に小さな瞳《ひとみ》が光っている。口は耳までさけ、宝石のような鋭《するど》い牙《きば》が何十本も並んでいた。座っていても大きく見えるが、立ち上がると五メートル近くにはなるだろう。俺を見ると、ぺこりと頭を下げるあたり可愛く見えるが、敵として遭遇《そうぐう》したら、かなりの脅威《きょうい》だ。今の2Aギルドでは敵《かな》わないかも知れない。

「あれは工事用に使ってる奴で、アダマイトゴーレムってんですが、この現場で一番強いんで、とりあえずここの番をさせてるんです」

なるほど、元は重機代わり、今は見張りというわけか。

見上げると、アダマイトゴーレムは照れたように後ろ頭をかいている。工事現場のおっさんが頑張《がんば》って戦ってみる、という雰囲気《ふんいき》がぬぐえないが、この際贅沢《ぜいたく》は言っていられないだろう。

「他にも、近くをぶらついてる腕自慢《うでじまん》の傭兵《ようへい》を何人か雇《やと》いました」

そう言って紹介《しょうかい》されたのは、砂で出来た薔薇《ばら》のような植物のモンスターや巨大なカマキリ、体長一メートルもある不気味な蜘蛛《くも》などだ。見た目はともかく、全員レベル20以上のモンスターらしい。

「……そうか。で、魔王殺《ホーリーグレイヴ》しの剣は？」

「へい、あちらに……」

奥の壁を見ると、地面に木箱が置いてある。近付いて見ると、現場監督がその蓋《ふた》を開けて見せた。

「これが……」

それは白く美しい剣だった。鞘《さや》も白ければ、刀身も白磁のような白。その刀身に名前を書くための平らな部分が用意されている。

そこに俺の名前を書けば、俺を一撃で殺すことが可能な武器になる、というわけか。

「あ！　魔王様、お手を触《ふ》れては危ないですよ！」

剣に手を伸《の》ばそうとする俺に、オークたちは焦《あせ》った声を上げる。だが、この状態ならダメージを受ける心配はない。俺には確かめなければならないことがあった。

それは、この魔王殺《ホーリーグレイヴ》しの剣を俺が回収してしまう、という方法だ。もしそれが可能なら、2Aの邪魔《じゃま》をしてクエストを失敗させるなんて面倒《めんどう》なことをしなくて済む。

「……む？」

剣に触れアイテムの回集コマンドを選択《せんたく》したが、俺のアイテムリストには落ちてこない。

どうやら、俺はこのアイテムを所持する資格がないらしい。

やはり、そう簡単にはいかないか。

そのとき一匹《いっぴき》のオークが転げるようにして部屋に飛び込んできた。

「て、てえへんです！　麓《ふもと》の街に人間共のパーティがやって来てます！」

もう来やがったのか！　くそっ、急いで奴《やつ》らと合流しなければ。

俺は不安そうな表情を浮かべているオーク共に向かって言った。

「もうすぐ夜だ。人間たちも旅の疲《つか》れを癒《い》やすに違《ちが》いない。襲撃《しゅうげき》は明日《あした》の朝だと思っておけ。この剣を死守するのだ、よいな！」

「ははっ!!」

オークと傭兵、そしてゴーレムはひざまずいて深々と頭を下げた。

「あと気を付けねばならぬことがある。人間共の中に、鎧や楯《たて》に☆印を描《か》いている奴がいる。そいつには手出しは無用だ」

「へ？　そりゃまた、どういう……」

「うむ。少々使い道がありそうな人間なのでな。今しばらく自由に泳がせてみる、というだけのことだ。気にするな」

首をひねるオークに俺は続けて命令をした。

「それともう一つ、この部屋の壁《かべ》に穴を掘って、隠し部屋を一つ用意しておけ。そこには兵を潜ませる必要はない。むしろ誰《だれ》も近付けるな」

もう一度深々と頭を下げるオークたちを一瞥《いちべつ》すると、俺は早足で出口へ向かった。そしてダンジョンから出ると、転げるようにして山を駆《か》け下りる。山道を外れて大回りをすると、2Aを追いかけてきたという風を装い、麓の街へと向かった。

+　+　+

麓の街はグラールシュトックという名前だった。ドイツやスイス風の街並みで、落ち着いた赤い色の屋根とクリーム色の壁に木の枠《わく》がむき出しになっている。色々な種類の石を寄せ集めて作られた石畳《いしだたみ》の道を、様々な種族のNPCが歩いていた。

人間だけでなく、グラシャのような獣人《じゅうじん》や背が低くて体格のいいドワーフの姿が目立つ。やはり山間部の街だからだろうか。ハンターや木こり、鉱山労働者に向いた種族が多い。そんないかつい男たちの足下《あしもと》を、猫《ねこ》のようなイタチのような、見たことのない動物が走り抜けていった。

街に宿泊施設《しゅくはくしせつ》はそう多くない。順番に探せばすぐに見つかると思い、大通りに並ぶホテルや宿屋を片っ端《ぱし》から覗《のぞ》いてゆく。四番目のホテルに入った瞬間《しゅんかん》、聞き覚えのある澄《す》んだ声に迎《むか》えられた。

「堂巡くん！　良かった、間に合ったんだね！」

ロビーで手続きをしていた朝霧が俺を見つけると、極上《ごくじょう》の笑顔を披露《ひろう》してくれた。ああ、その微笑《ほほえ》みと歓迎《かんげい》の言葉で、トレイルランニングをした甲斐《かい》があったと報《むく》われる。ロビーに並んだソファを避《よ》けて、朝霧が駆け寄ってきた。

「朝霧が手紙を残しておいてくれたおかげだよ。その、ありがとな」

思わず目をそらしてそう言った。おかげで、その後の「どういたしまして」という朝霧の言葉に添《そ》えられていたであろう、優《やさ》しく蕩《とろ》けそうな笑顔を見逃《みのが》したのが悔《く》やまれる。そんな幸せな瞬間に水を差す、不機嫌《ふきげん》そうな声が上から降ってくる。

「あれ、なに？　来たの？」

ちょうど階段を降りてやって来たのは毒島《ぶすじま》メグだ。それが挨拶《あいさつ》ってあんまりだと思うけどね。しかも超嫌《ちょういや》そうな顔してるし。

「え、うそ。ステルスくん本当に来ちゃったの？」

毒島のすぐ後ろからやって来たのは宮腰蝶羽《みやこしあげは》。毒島と共にギャルコンビの一翼《いちよく》を担《にな》う。もっとも俺から見ると、宮腰《みやこし》はギャルと言うよりはキャバ嬢《じょう》だが。言うまでもないが、俺はキャバクラになんて行ったことはないぞ。あれは自分の金で行くものじゃなくて、会社の金で行くものだと偉《えら》い人が言っていた気がするからな。

で、さすがはキャバ嬢、というわけでもないが、あからさまに嫌そうな顔をする毒島と違って、宮腰は楽しげに笑っている。感情を隠している分、毒島よりもたちが悪い。

「でもステルスくん、いつもどこで何やってるか分からないもんね。どこに行ってたの？」

いやいや、二週間近くギルドホールの修理をしてたじゃないですか。むしろその間、お前ら楽な仕事しかしてなかっただろと文句を言いたい。

「ま、ちょっと……一人でレベル上げやアイテム集めとか……あとマッピングを。昔からRPGでもソロプレイが基本だったし、俺」

すると宮腰がくすくすと忍《しの》び笑いを漏《も》らした。

「やっぱり、ソロプレイが好きなんだねーステルスくんって」

「ま、寂《さみ》しい自分を慰《なぐさ》めるのが、アンタにはお似合いだけどね」

お前ら、ソロプレイをどう翻訳《ほんやく》してるんだ。怒《おこ》らないから先生に言ってみなさい。

「で、何よ。それで何かいいアイテムでも見つけたワケ？　それとかむっちゃレベルが上げられる場所とか、すっごいリゾート地とか見つけたワケ？」

毒島がダメ出しをするように俺に食いついてくる。

「いや、そういうのは別に……」

すると毒島は、はーっと大袈裟《おおげさ》に溜息《ためいき》を吐《つ》いた。

「やっぱ役に立たないわコイツ。もーいいから帰れば？　弱いから戦闘《せんとう》でも役に立たないし、それ以外のサポートもこの有様じゃ、ホントーにいるだけムダ。うちらの寄生虫みた

いなもんじゃん」

　俺も心の中で溜息を吐いた。毒島は別に本気で俺の働きを要求しているわけじゃない。他人をけなすことで感じる、自分が優秀《ゆうしゅう》で、偉くなったような気分を楽しんでいるだけだ。だが俺が2Aでしなければいけない立ち回りを考えれば、バカにされているくらいが丁度いい。俺は適当な愛想《あいそ》笑いを浮かべ、自分の部屋を取ろうとフロントへ向かおうとした。

「じゃ、俺はこれで──」

「ちょっと毒島さん、それはいくら何でも言い過ぎなんじゃない？」

　朝霧が俺の前に、一歩出た。

「は？　何よ朝霧。アンタ、このぼっちの肩《かた》を持つの？」

「肩を持つとか持たないとかじゃなくて、堂巡くんだって2Aの仲間なんだよ。みんなで助け合って、力を合わせないと、この世界から脱出《だっしゅつ》することなんて出来ないじゃない。あたしたちは、あの魔王ヘルシャフトを倒《たお》さなきゃいけないんだから」

　俺の胸がずきりと痛む。せっかく朝霧があぁ言ってくれているのに、この瞬間も俺は朝霧のことを裏切り続けている。

　毒島は思わぬ反撃《はんげき》に、顔を真っ赤にして震《ふる》えていた。

「そうよ！　こんなワケの分からない世界なんか、とっとと出て行きたいの！　帰りたいのよ！　うちは！　それなのに、アキラだけが頼《たよ》りだったのに……それなのに」

毒島の目に涙《なみだ》が溢《あふ》れた……って、うそ！　お前、こんなことで泣くの⁉

「あんな化け物とエッチしてて、うちが殺されてても知らんぷりで……もう、誰も頼れないし、信じらんない」

隣《となり》の宮腰が毒島の肩を抱《だ》いてやると、毒島は頭を宮腰の肩に寄り掛《か》からせた。

「落ち着きなよメグ。それに、アゲハのことも信じられない？　それってショックかも」

「ん……アゲハは、べつ」と泣き声で答えた。

苦笑いを浮《う》かべる宮腰は、毒島を抱《かか》えるようにして、階段を上って行った。

ちらりと横目で朝霧を盗《ぬす》み見ると、朝霧もつらそうな顔をしていた。

「あー、その……ありがとうな、朝霧。でも、みんなとの関係が悪くなったら申し訳ないから、俺のことは別に庇《かば》ったりしなくても、いいんだぞ？」

むしろあの程度、スルーしてくれた方が助かる。しかし、朝霧は首を横に振《ふ》った。

「駄目《だめ》だよ、そんなの」

そう言って、力なく笑った。

「……洸《あきら》くんが、またリーダーシップを取ってくれたらいいんだけど。この前の戦闘以来、みんなとの関係が上手《うま》く行ってないでしょ？　時間が経《た》てば、みんなも落ち着いて、あれが事故だって分かると思うの。だからそれまでの間、あたしが代わりにって思ったけど…

…あはは、やっぱり上手く行かないね」

一之宮が他《ほか》のメンバーの信用を失ったのは、俺がエクスタスと課金アイテムのサキュバスを使ったせいだ。俺にとっても予想外だったが、結果オーライ。むしろ予想以上の結果と言える。しかしそれが今、朝霧を苦しめることになってしまっている。

「いや……朝霧は良くやってると思う。一之宮とはまた違うけど、それでも──」

「ううん。全然ダメ。これじゃあ、せっかく魔王殺し《ホーリーグレイヴ》の剣が手に入るクエストなのに、失敗しちゃうかも……」

確かに失敗させるつもりだし、その結果、朝霧が自信を喪失《そうしつ》してリーダーとして動かなくなれば、その時こそ2Aギルドが烏合《うごう》の衆《しゅう》となる時だ。まさに俺が望んだとおりの結果になる。喜んでいいはずなのに、なぜか胸の中のわだかまりが大きくなってゆく。

「……あの魔王はまともにぶつかっても勝てる気がしないからな、だから──」

だから、挑《いど》むのはしばらく控《ひか》えよう。そう言おうとした時、朝霧の目が鋭《するど》く細められ、刃物《はもの》のように光った。殺気にも似た圧力に、背筋がぞくりと冷える。

「朝霧……さん？」

「勝つよ。絶対に。たとえ魔王殺し《ホーリーグレイヴ》の剣が手に入らなくても、別の方法で必ず勝つ」

「あ、ああ……そう、だよな。でも、やけに気合いが入ってるな。あはは」

普段《ふだん》とは違う、幾《いく》つもの死線をくぐり抜《ぬ》けてきた戦士の顔で、朝霧は言った。

「ヘルシャフトは人の心をもてあそんでいる。詳《くわ》しくは分からないけど、多分洸くんも魔王の策略にはまって操《あやつ》られていたに違いないわ。あたしだって――」

口をつぐむと、朝霧はきゅっと唇《くちびる》を噛《か》んだ。

まさか、朝霧……本当は、覚えているのか？　俺にエクスタスをかけられ、エロい攻《せ》めを受けたことを。

「あんな、人を玩具《おもちゃ》のようにして、心を踏《ふ》みにじるような奴は、絶対に許せない。魔王《まおう》の正体っていうのが何を指しているのか分からないけど、もしそれがＮＰＣではない誰かなのだとしたら、あたしは……」

俺は背中と脇《わき》に、じっとりと汗《あせ》をかいていた。心臓が早鐘《はやがね》のように鳴る。くそっ、静まれ心臓。落ち着け、俺。

やはり朝霧は覚えているのか？　とても他人には言えないから、覚えていないふりをしているだけで。

この前も感じたが、朝霧のヘルシャフトに対する殺意は異様だ。だが、もしエクスタスのことを覚えているなら、納得《なっとく》がいく。

安易に朝霧の心を折れると思ったら、大間違《おおまちが》いだった。

俺は、一番厄介《やっかい》な敵を作り出してしまったのかも知れない。

何にせよ、

朝霧にだけは悟《さと》られるな。

もし気付かれたら、そのときは――、
俺の前に朝霧の手が突《つ》き出された。

「――っ!?」

銀色の輝《かがや》きが目の前を切り裂《さ》く。

「うあっ！」

俺は後ろに大きく飛び退《の》いた。後ろにあったソファにぶつかり、大きな音を立てた。

「ど、どうしたの？」

朝霧が驚《おどろ》いた顔で、俺を見つめている。

「え……あ」

朝霧の手には、部屋番号のタグが付いた鍵《かぎ》が握《にぎ》られていた。俺は慌《あわ》てて姿勢を正すと、申し訳なさそうに頭をかいた。

「……考え事に夢中になってて……ごめん。話聞いてなかったかも」

朝霧はしょうがないな、という風に笑うと俺に鍵を手渡《てわた》す。

「多分、無理して追ってきたんでしょ？　疲《つか》れてるだろうから、ゆっくり休んでね。三階の奥の部屋だよ」

「あ、ああ……ありがとう」

俺は鍵を手にすると、その場から逃《に》げ出すように階段を上がっていった。

くそっ、緊張《きんちょう》したな。体力だけでなく神経もすり減った気がする。早いところ部屋に引きこもって一人で休みたい。

俺は三階まで上がると、廊下《ろうか》を進んで行った。タグに彫《ほ》られた数字は３０１。廊下の一番奥まで進むと、そこが俺の部屋だった。鍵を鍵穴《かぎあな》に突っ込んで、ガチャガチャいわせていると、反対側の部屋の扉《とびら》が開いた。

「あら、これはこれは。行方《ゆくえ》不明のはぐれ犬じゃない」

振り向かなくても分かる。

――雫石乃音《のん》。ある意味、２Ａギルドで俺が最も警戒《けいかい》しなければならない相手。

一難去ってまた一難。っていうか、こいつとだけは顔を合わせたくなかった。神経も疲れている今、こいつと渡《わた》り合う自信がねえ。

「あのー雫石さん？　せめて一匹狼《いっぴきおおかみ》と呼んでくれませんかね」

振り向くと、そこには目つきの悪い女が立っていた。

「狼と呼んで欲しいなら牙《きば》を見せなさい。犬」

てめぇ、今普通に俺のこと犬って呼んだな？

「あ、いえ。訂正《ていせい》するわ……駄犬《だけん》？」

ああ、くそぅ！　アドラにバカにされるグラシャの気分が分かったような気がする！

「もう犬の話はいい。俺は疲れているんだ。休ませてもらうぞ」

「あ、待ちなさい。ステイ」

「だから、犬から離《はな》れろって言ってんだろが！」

「ごほうびをあげる。この私と特別に話をさせてあげるわ。こっちに来なさい」

話があると言えば手っ取り早いのに、何でこう面倒《めんどう》くさいんだ、こいつは。

しかし一応仮にも、俺は男なんだぞ？　夜に男を自分の部屋に呼ぶって……一体、何の話をするつもりなんだ？

恐怖《きょうふ》と一縷《いちる》の期待が胸に去来する。

はっ！　いかん。そんなファンタジー有り得ない。むしろ、この門をくぐるものは一切《いっさい》の希望を捨てろ、そう自戒《じかい》すべきだ。

俺は決死の覚悟《かくご》で雫石の部屋に入ると、後ろ手にドアを閉める。雫石はベッドに腰《こし》掛《か》け、特に俺に椅子《いす》を勧《すす》める様子もない。

俺はざっと部屋の中を確認《かくにん》した。八畳《じょう》間くらいの広さに、ベッドとテーブル、それと椅子が二脚《きゃく》置いてある。自分の部屋もまだ見ていないので比較《ひかく》できないが、恐《おそ》らくこれと同じ間取りだろう。

今日取っただけのホテルの部屋なので、別にこいつが生活している部屋ってわけではない。しかし雫石に割り当てられた部屋というだけで、男の部屋とは違って見えてくるのは何故《なぜ》なんだろう？　自分に釘《くぎ》を刺《さ》したつもりではあるが、ホテルの部屋に二人っきりって考えると、理性に反してドキドキしてしまう。雫石も少し落ちつかない様子で、指先をベッドの上でさ迷わせる。

「今回のクエストでは、とても重要なアイテムが手に入るわ」

「まあ、そうだな」

「……ヘルシャフト様は来ると思う？」

さま？

雫石は見た目で分かるほど、そわそわした様子で訊《き》いてきた。

「……会いたいのか？　その、ヘルシャフトに」

微《かす》かに頬《ほお》を染めると、雫石は不機嫌《ふきげん》そうな表情を作った。

「それは、そうよ。会いたいわ」

何でだよ……。

「まあ、会えるんじゃねえの？　お前が会いたいって思ってるなら」

「駄目よ、そんなの！」

「え？　な、何で」

雫石は分かってないわね、と言わんばかりに腕《うで》を組んだ。

「あのね、ヘルシャフト様は私が会いたいと思った程度で現れるほど、安い存在ではないの。見くびらないで頂戴《ちょうだい》」

ええ……じゃあ、どうしたらいいんだよ。

「よく考えなさいよ。今回手に入るアイテムは魔王殺しの剣《ホーリーグレイヴ》。もちろん条件付きではあるけれど、それでも一撃《いちげき》で自分を倒《たお》す可能性を秘《ひ》めた武器よ？　それを、みすみす見逃《みのが》すかしら？」

見逃すわけねえだろ、と答えるわけにもいかない。

「さあな。でも自分でのこのこ出てくる必要もないだろ。手下のヘルゼクターを使うか、現地のモンスターを使って対応するとかが普通なんじゃないの？」

雫石の求める答えがどこにあるのか分からず、思わず適当に答えてしまった。雫石は眉《み》間《けん》のしわをより深くし、しかし口元には微笑《ほほえ》みを浮かべた。

「へえ、知った風な口をきくのね」

あれ？　喜んでる？　何にせよ、早いところ話を切り上げよう。ヘルシャフト談議を続けると、ボロが出る可能性が高まりそうだ。

そういう俺の気持ちとは裏腹に、雫石は逃がさないとばかりに身を乗り出して、質問を重ねてくる。

「ねえ、ヘルシャフト様だったら、もし魔王殺しの剣《ホーリーグレイヴ》を私たちが手に入れたら、どうすると思う？」

「ええー、そんなこと言われてもな……別に俺はヘルシャフトじゃないし」

「当たり前でしょ。汚《けが》らわしいこと言わないで」

くそ……この女。正体をバラして、その幻想《げんそう》をぶち壊《こわ》してやろうか⁉　っていかん、いかん、そんなことをしたら終わりだ。色んな意味で。っていうか、若い男女が夜のホテルで二人っきりというドキドキワクワクのシチュエーションからはかけ離れた話題だ。何だかヘルシャフト同好会のオフ会みたいじゃねえか。

「ああ……そうだよな。それじゃ、俺はそろそろ……」

雫石はすっと立ち上がると、壁際《かべぎわ》に置かれたテーブルと椅子に近付いた。そして木で出来た簡素な椅子を引きずる様にして部屋の中央に移動させる。

そして自分はまた元の位置へ戻《もど》り、ベッドに腰《こし》を下ろした。

……え、これって座れってこと？

そう問いかけるようなまなざしで雫石を見ると、面倒《めんどう》くさそうにあごで椅子を指し示した。

こ、こいつ……。

俺はしぶしぶその椅子に腰掛けた。女の子に部屋にいることを許されたとか、座らせてもらえたとか、距離《きょり》が近付いたとか、そんな雰囲気《ふんいき》では決してない。どちらかと言えば、本格的に尋問《じんもん》するからなゴラァと言われている気分になった。

「ま、まあ……魔王殺しの剣《ホーリーグレイヴ》を、そうだな……奪《うば》い返そうとするか……正体って何を意味しているのか俺たちが探《さく》ろうとするなら、それを阻止《そし》しようとするか」

俺は言葉を濁《にご》しながら、口の中でつぶやくようにぼそぼそと話す。すると聞き取りづらいのに苛立《いらだ》ったのか、体を前に乗り出す。う、意外と距離が近い。

「或《ある》いは既《すで》に対策を講じてあるかよね。実は魔王殺しの剣《ホーリーグレイヴ》を防ぐアイテムがまた存在しているとか。物理的な接触《せっしょく》が出来ない手段を考えてあるとか」

「な、なるほど……」

「もし本当の脅威《きょうい》だとしたら、ヘルシャフト様ともあろう者が放置しておくはずがないわ。恐らく何かしらの策があるはず。剣が意味を成さなくなる何かが……」

確かに言われてみれば、対策に使えるアイテムを探したことがなかった。城に帰ったら調査させよう。それに剣が意味を成さなくなる、か……。

「例えば、正体について間違った情報を流しまくるとか」

雫石が目を輝かせ、俺をぴたりと指さした。

「いい線ね。情報戦というのは、今まで考えなかったことね……ヘルシャフト様ならそういう謀略《ぼうりゃく》も平気でしそうだわ。こちらが尻尾《しっぽ》を掴《つか》んだと思ったら、ヘルシャフト様の手の平で踊《おど》っているだけなの。でも、そこからわずかな手がかりをもとにヘルシャフト様に近付いてゆく……」

いつしか雫石の瞳《ひとみ》は、少女が王子様を夢見るようなまなざしへと変わっていた。きらきら光るその瞳に、どきりと俺の心臓が大きく伸縮《しんしゅく》した。うっとりと濡《ぬ》れた瞳が、真っ直《す》ぐ俺に向けられている。しかしその目は、ここにいないヘルシャフト、そして今ではない何時《いっ》かを見つめている。今の雫石の目には俺は映っていない。その顔からは険も取れ、本当に可愛《かわい》らしく、美しい少女のそれだった。

こいつは、どうしてそんなにヘルシャフトのことが気に入っているんだろうか……。

俺は音を立てないよう静かに立ち上がると、雫石に背中を向けた。

「俺もちょっと考えてみるよ。雫石も、またヘルシャフトについて気が付いたことがあったら教えてくれ」

「え？　あ、ちょっと、まだ話は終わって——」

引き留めようとする雫石の声に蓋《ふた》をするように、俺はドアの把手《とって》を回して廊下へ出た。

そして向かいの部屋の鍵穴に鍵を差し込む。すると今度はあっさり開いた。部屋に入って扉を閉め、すぐに鍵をかける。そこでやっと俺は人心地《ひとごこち》付いた。

「はぁ……やれやれ、だな」

部屋の間取りは、予想通り向かいの雫石の部屋と同じだった。俺はふらふらした足取りでベッドに向かうと、そのまま倒れ込んだ。

とりあえず仮眠《かみん》を取ろう。そう思ったところへ、部屋の扉がノックされる。

え？　まさか追いかけてくるの!?　さすがに二次会は勘弁《かんべん》してくれ！

俺は苛立ちを表すように荒々《あらあら》しく立ち上がると、大きな足音を立てて、扉へ近付いた。

そしてドアを開きながら言った。

「なあ雫石、今日はもう勘弁してくれよ。ちゃんと考えるから――え……？」

「……雫石さんじゃなくて悪かったな」

ドアの向こうに立っていたのは、堕《お》ちた英雄《えいゆう》。スクールカーストの頂点に君臨していた元2Aギルドのリーダー、一之宮洸だった。

＋　＋　＋

「君は……雫石さんと、どういう関係なんだ？　今日は勘弁してくれとか……何をちゃんと考えるように言われてる？」

運ばれてきた料理を見ながら、一之宮が訊いた。

「関係もなにも……別に何の関係もない。しつこくバカにしてきたってだけだ。考えるってのは……明日《あした》のクエストとか、魔王討伐《まおうとうばつ》についてだよ」

こいつも俺が雫石と仲が良いと思って《い》いやがるのか。にしても、訊き方がどこか遠慮《えんりょ》がちというか……こいつなら、まっすぐ目を見て質問してきそうなものだが。

「そうか……雫石さんも、この世界からの脱出《だっしゅつ》は真面目《まじめ》に考えているんだな」

納得《なっとく》したように一之宮はうなずいた。

「で……何なんだ？　話って。リア充《じゅう》のお前が、俺如《ごと》きを誘《さそ》うだなんて」

「ちょっと意見を訊いてみたくてね」

一之宮はスープに沈《しず》んだソーセージにフォークを突《つ》き刺し、皿の上で半分に切った。すると中から肉汁《にくじゅう》が溢《あふ》れ出して湯気を上げる。その白い煙《けむり》は美味《おい》しそうな香《かお》りとなって、俺たちの食欲を刺激《しげき》した。

「リア充って言葉は、あまり意味のない言葉だと思っているが……今の俺はみんなとの距離が開きすぎている。つまり……何て言ったらいいのかな」

俺も目の前に出された分厚いステーキにナイフを入れる。鉄板はまだ高熱を発し、肉から溢れる脂《あぶら》をその熱で弾《はじ》き続けている。何でもこのフィールドに生息しているラムルピッグというモンスターの肉らしいが、はっきり言って美味《うま》い。超《ちょう》うまい。

「ぼっち初心者の一之宮が、ぼっちのベテランに教えを請《こ》いたいとでも？」

美味しい料理には、皮肉と自虐《じぎゃく》を混ぜて作った軽いギャグが良く似合う。一之宮も思わず噴《ふ》きだした……って、マジで？

俺の皮肉に嫌《いや》な顔をするどころか、可笑《おか》しそうに笑っている。

「確かにな。鋭《するど》いな、堂巡は。空気を読むというか、察するというか、そういう能力に長《た》けているんだな」

しかも褒《ほ》められた。

「もう一つおまけに、ジョークのセンスもある」

こいつの器《うつわ》のでかさと、余裕《よゆう》を見せ付けられた気がする。むしろ、俺の方が面白《おもしろ》くない。

「……まぁ、俺に出来ることがあればいいんだけどな。多分、ないけど」

「お飲み物おかわりお持ちしましたー♪」

ドイツの民族衣装っぽい服を着た、耳と尻尾を生やしたウエイトレスがジョッキを持ってやって来た。アルコールは入っていないが、白い泡《あわ》の層といい、その下の琥珀色《こはくいろ》の液体に立ちのぼる泡といい、どう見てもビールだ。

ここは部屋を取ったホテルから歩いて五分ほどの距離にあるビアホールである。木造の一軒家《いっけんや》だが、中に入ると意外と広く、天井《てんじょう》も高い。三十以上並んだテーブルは八割方埋《う》まっていて、一日の労働を癒《い》やしているのだろう、獣人《じゅうじん》やドワーフたちが大きな笑い声を上げながら酒盛りをしている。

みんながいるホテルでは話がしづらいから、少し離《はな》れたこの店まで俺を連れて来たのだろう。

それにしても、あの一之宮が自分から俺に相談をしてくるなんて驚きだ。

「で一之宮的には、実際どうなんだ？　ソロプレイも悪くないだろ？　お前は今まで、友達がいないだなんてことはなかっただろうから、新鮮《しんせん》なんじゃないか？」

一之宮は溜息《ためいき》を吐《つ》くと、自嘲《じちょう》気味につぶやいた。

「俺はみんなから距離を置かれて、孤独《こどく》がこんなにこたえるものだと初めて気が付いた。平然としていられる堂巡のメンタルの強さには感心する」

そうか？　かえって気楽だと思うんだが。

「することがないし、辛《つら》さをごまかす為《ため》に一人で経験値稼《かせ》ぎに専念していた。おかげで短期間だがレベルを上げることが出来たよ」

なに？　むしろそっちの方が気になるぞ。

「いま、どんくらいなんだ？　レベル」

「22」

に……にじゅうに、だと!?　ついこの前まで18か19くらいだったじゃねえか！　くそっ、もう死亡のペナルティを乗り越《こ》えたどころか、レベルアップしていやがったのか。今回のクエストは推奨《すいしょう》レベル23だ。こいつはヤバい。

「そ、そうか……凄《すご》いな。でも、もう少し精神的なゆとりを持った方がいいんじゃないか？　思い詰《つ》めて、心の病気にでもなったら大変だ。体を治すよりしんどいぞ、多分」

ふっと笑《え》みを漏《も》らすと、一之宮は警戒心《けいかいしん》のない微笑みを俺に向けた。

「みんなの信頼《しんらい》を取り戻したいんだ」

じっと見つめるその目が、そんなことあるはずないが、その視線がお前の責任なんだから何とかしろと訴《うった》えているようにも思えてきて、俺は逃げ場を求めるように手元の肉に視線を落とした。

「ソロプレイは俺には向いていない。それに、俺は前の生活というか、環境《かんきょう》が気に入っていたんだ。そんなに意識したことはなかったが、失ってみて初めて分かった」

「……この前のことは、一応聞いてる。俺はギルドホールへ戻る前に、侵入《しんにゅう》したモンスターにやられちゃったけどな……何で、そんなことになったのか、訊《き》いていいか？」

一之宮はジョッキに入ったビールのような飲み物を一口あおった。

「それが、いくら考えても分からない。この前、サキュバスに襲《おそ》われたとき、なぜ俺はあんなことをしてしまったのか、まるで分からないんだ。頭がぼうっとして、目の前にいる女性のことしか考えられなかった。まるで誰《だれ》かに操《あやつ》られたみたいだ」

それが淫魔《いんま》たるサキュバスの力なのかも知れないが、と付け加えると、一之宮はもう一度ジョッキに口を付けた。

確かに一之宮は一人で動いた方がレベルが上げやすいのかも知れない。だが、どこかでソロプレイの限界がくるはずだ。それに、いくらレベルを上げても、一人ならヘルゼクターの敵じゃない。俺はわずかな時間で考えをまとめると、一之宮に言った。

「今度のクエストで、みんなに改めてお前の力を見せ付けてやるんだ。みんなに指示をしたり、リーダー的な行動をする必要はない。率先《そっせん》して敵を倒《たお》すだけでいい。言ってみれば、お前の力であいつらをねじ伏《ふ》せるんだ。一之宮洸はやっぱりさすがだなって思わせれば、過去の失敗の記憶《きおく》なんて都合良く上書きされる」

だが、一之宮は納得出来ないのか、不安そうにつぶやく。

「しかし、そんなことでみんなの信頼を取り戻《もど》せるか？　単純すぎるというか、ケンカが強い奴《やつ》が恐《おそ》れられるみたいな感じじゃないか。それは人の信頼とはまた違《ちが》う気がする」

俺は口に入れた肉を飲み込むと、冷笑《れいしょう》を浮《う》かべた。

「いや、俺たちは単純なんだよ。高校生になったって、基本は小学生の時と変わっちゃいない。何か飛び抜《ぬ》けて力を持つ奴は一目置かれる。足が速いことでも、玩具《おもちゃ》を沢山《たくさん》持ってることでも、車や漫画《まんが》に詳《くわ》しいってことでもいい。さて一之宮、お前は多くの武器を持っている。この世界において、その中で一番強力なものは何だ？」

突然《とつぜん》の質問に一之宮は口ごもった。

「協調性かコミュニケーション能力か……あまり言いたくはないが、家は裕福《ゆうふく》なので経済力……いや、俺が金を持っているわけでもないし、違うか」

俺は手にしたナイフを左右に振《ふ》った。

「暴力だよ。お前の最大の武器は暴力だ。特にこの世界ではな」

一之宮は意外そうな顔をした。

「確かに元の世界なら、両親の地位や経済力も踏《ふ》まえた上でのお前の顔とスタイル、スポーツ、成績の総合力がものをいってる。だが、それらは同時に嫉妬《しっと》やひがみを生むのが普《ふ》通《つう》だ。特に、顔がいいのと金を持っているという点はな。しかし元の世界には秩序《ちつじょ》がある。誰もが、お前のステイタスの高さにひれ伏すだろう。だがここは言ってみれば異世界だ。法治国家じゃないし、警察がいるわけでもない。元の世界で出来なかったことだって、プレイヤーキラーだって出来る。気に入らない相手をこの機会にぶっ殺してやる。そう考えても全然不自然じゃない」

「それは違う。俺にはクラスのみんなが、そんなことをするとは思えない。実際に俺はそんな目に遭《あ》ったことはない」

だろうな。尤《もっと》も俺は雫石に殺されかけたけどな。

「それはお前が暴力という最終兵器を持っているからだ。戦闘《せんとう》能力では誰もお前に敵《かな》わない。この世界じゃ誰かがお前に文句を言っても、問答無用で切り捨てられたら抵抗《ていこう》のしようがない」

「俺はそんなことはしない！」

一之宮は大きな音を立てて、ジョッキを置いた。

「それは分かっている。お前の力は常に外へ向いているからな。お前は、それでいい。だが他《ほか》の連中は心の底でこう考える。いざその力が自分に向けられたらどうなるか？　それを踏まえた上でお前と付き合っているんだ」

「そんな風には……考えたくないな」

一之宮は体を反らせると、腕《うで》を組んだ。

「堂巡は基本的に、他人が全《すべ》て悪人だと思っているんだな？」

「なにも同意してくれって言ってるわけじゃない。お前はお前でいいんだよ。ただ他の連中は……お前ほど良い奴じゃない」

一之宮の顔が微妙《びみょう》に歪《ゆが》んだ。

「俺だって……そんなんじゃない」

「しかし、お前は失態を犯《おか》した。その上負けた。いいところなく。これはお前に限ったことじゃないが、強いと思っていた奴が負けたりすると、周りは勝手なもので、別に自分の実力が上回ったわけでもないのに、それまで強いと思って恐れていた奴を軽く見るようになる」

フォークを握《にぎ》る一之宮の指に力が入る。

「別に他の連中を威嚇《いかく》したり、高圧的になれって言ってるんじゃない。ただスタンドプレーで敵を倒しまくればいい。連携《れんけい》なんてどうでもいいから、先走って全然構わない。そうすれば、自然とお前のことを見直すはずだ」

一之宮はもう反論しなかった。じっとジョッキの中を立ちのぼる泡を見つめている。

「その為のお膳立《ぜんだ》ては、俺がする」

その言葉に、一之宮は顔を上げた。

「……すまない」

「気にするなって」

一之宮はゆっくりと立ち上がると、テーブルに置いてあったテーブル番号の札を持って、カウンターへ向かった。

俺はその背中を見つめ、ほくそ笑む。

一之宮、お前は確かに凄い奴だ。見た目も勉強もスポーツも、俺がお前に勝てる要素は一つもない。それなのに、俺の言うことにも耳を傾《かたむ》ける器の大きさと、性格の素直さと、善良な心を持っている。

それだけに扱《あつか》いやすい。

悪く思うなよ、一之宮。別に嘘《うそ》は言っちゃいない。だが、2Aの力を削《そ》ぐためには、チームワークを崩《くず》しバラバラにする必要がある。これも、俺たち全員が助かる為なんだ。Santa《サンタ》―X《クロス》適用まで、あと一ヶ月。それまでの辛抱《しんぼう》だ。それを過ぎさえすれば、全てが解決する。そうすれば、その後は……、

――俺が恨《うら》まれるだけで、丸く収まる。

11章「ダンジョンを抜けるとそこは」

空が白んでくると、山の峰《みね》から太陽の光が差し込んで来た。霞《かすみ》のかかったひんやりとした空気を追い払《はら》うように、温かい光が満ちてゆく。

いよいよダンジョンへのアタック開始だ。２Ａギルド総勢十二名が、入り口の前で装備とアイテムの最後のチェックをしている。

俺もメニューを開き、戦闘準備のための密《ひそ》かな仕込みを行っていた。何せ魔王《まおう》の鎧《よろい》を脱《ぬ》いだ俺はレベル１程度の力しかない。それを補う方法が必要だ。

それが課金アイテム。

俺はアイテムリストの中から、一つの薬を選択《せんたく》する。この攻撃力強化薬《ストロンガー》という魔法の薬を使えばあら不思議、俺の攻撃力が１上昇《じょうしょう》する。普通のアイテムにも攻撃力をアップさせるものはあるが、重複させても効果はない。ところが攻撃力強化薬《ストロンガー》は使えば使っただけ攻撃力が上がる。金はあるが時間がないという大人のために用意されたアイテムで、手っ取り早くメインクエストの敵を倒したい時なんかに使われることを想定しているらしい。

俺はレベルの上昇が遅《おそ》い駄目《だめ》な奴、ということにしているが、それでもまったく成長しないのはおかしい。サボり気味とはいえ、ログインしてから一ヶ月経《た》つので、一応レベル3、4あたりの設定にしたい。

仮にレベル3とすると、攻撃力は大体30前後。元の攻撃力が20なので、十個は使わなければならない計算だ。

攻撃力強化薬《ストロンガー》は一個五百円。すなわち魔法のお値段、五千円也《なり》。

な？　俺が2Aギルドと一緒《いっしょ》に行動したがらない気持ちが分かるだろ？

しかもこれ、レベルが上がれば上がるほど必要になる攻撃力強化薬《ストロンガー》の数が増える。なんかもう、消費者金融《きんゆう》の悪徳業者に騙《だま》されているような気分になってくる。

ヘルズドメインの方針によれば、事故は事故だが、この中で使用された課金アイテムについては、別途《べっと》請求《せいきゅう》を起こす方針らしい。或《ある》いは賠償《ばいしょう》問題になった際の取引材料に使われるとか、聞きたくもない情報が哀川《あいかわ》さんからもたらされている。

まぁ、今考えても仕方がないか。落ち込むだけだし。

俺は攻撃力のアップを終えると、今度は別のアイテムを選択した。すると俺の手の中に、スプレー缶《かん》のようなものが現れる。見た目はただのスプレー缶だが、中身もただのスプレーだ。いわゆるおしゃれやカスタマイズをして楽しむためのアイテムで、これは装備の色を塗《ぬ》り替《か》えることができる。俺はスプレーを軽く上下に振り、自分の鎧に☆形を描《か》いていった。こいつが俺の命綱《いのちづな》だ。防御力《ぼうぎょ》アップの課金アイテムはまだ見つかっていないからな。オーク共に殺戮《さつりく》対象ではないと知らせる、唯一《ゆいいつ》の手段。

「アーッハ、カケル！　オヌシ、なにシテンダヨ？」

湯島《ゆしま》レオンハルト（ドイツ）がいつも通りの高いテンションで話しかけてきた。

「いや、何でもないよ」

「ヤー！　イラスト描いてンノカ!?　痛ヨロイ！　イタヨロイダナ！　ヘンタイな絵を描イテンダナ！」

「ちげえよ！」

こいつも黙《だま》っていれば一之宮《いちのみや》と双璧《そうへき》をなすイケメンなのに……残念過ぎる。

湯島が騒《さわ》ぐので、有栖川《ありすがわ》（アリス）と山田《やまだ》（平凡《へいぼん》将軍）までやって来てしまった。

「へえぇ、堂巡《どうめぐり》くん。それって自分専用のカスタマイズ？」

「いや……カスタマイズってほどじゃないよ。単に験《げん》を担《かつ》ぐというか」

ちなみに有栖川は戦闘時も女性用装備だ。回復を主に担当する『神術士』という戦闘職《バトルクラス》で、白と青を基調にした不思議の国のアリスのような服を着ている。丈《たけ》が短く、ほぼミニスカートの服から、細くすらりとした足が伸《の》びている。気になるのは、その下に穿《は》いている下着が、男性用か女性用かということだ。

現在その秘密を知っているのは、有栖川本人と雛沢《ひなざわ》だけであろう。だが戦闘時にパンチラがあれば、そのとき真実が判明する。そのXデーが来るのを、俺は心待ちに……いや、それはいい。有栖川が手にしているのは、杖《つえ》だ。それほど長くはなく、どちらかと言えばステッキと言った方がしっくりくる。おかげで魔法少女度が上がっているのは否《いな》めない。

ちなみに、神術士の基本装備は杖だが、同じく魔法を武器とする魔導士は、杖よりも魔導書が基本的な装備になる。

山田は手をあごに当てて、何やら深刻そうな表情を浮かべていたが、

「星印か」

と一言つぶやいた。とくに何か思いついたり、深く考えていたわけではなさそうだ。

「まぁ、おまじないみたいなもんだよ。魔除《まよ》けの意味もあるし……そんなに気にしないでくれよ。俺はみんなみたいに戦闘力が高くないから――」

有栖川がぽんと手を打った。

「そっか。そういえば京都の神社でも、星の印を魔除けにしてるところがあったよね。確か、陰陽師《おんみようじ》の安倍晴明《あべのせいめい》の関係だったっけ?」

「オオオーッホォゥウウウ！　オンミョージ!!　アベノセーメー!!　カッケエエー！　やる、拙者《せつしや》もヤルデゴザル！」

なにぃ!?

「な、だ、だめだ！　これはっ」

俺はドイツの魔の手からスプレーを守るべく胸に抱《だ》いて背を向けた。

「何でデースカー！　ズルイデス！　ワラワもオンミョースタイルしたいデエエス！」

レオンハルトが抱きつくようにして俺の腕の中からスプレーを奪《うば》おうとする。うぜえ！

っていうか、こんなことしてもアイテムは移動しねえよ！

「カッコイイーペイント、ワレモシテーでごぜーますデスヨ！」

くっそ！　何でこいつは余計なことばかりしやがるんだ！　☆を付けた奴が何人もいたら、俺の計画が台無しじゃねえか！

「ち、違《ちが》うんだ！　これはただの呪《まじな》いだが、日本を守る為《ため》のものだ！　外国人のお前が使えば死ぬぞ!!」

レオンハルトの手がぴたりと止まる。そしてその口から流暢《りゅうちょう》な日本語が聞こえた。

「え、本当にそうなの？」

「え？」

「え？」

「……」

「オーウ！　やっぱヤメルデス！　ヤパーニッシュマジック、オッカネデース！」

「ちょっとあんたたち、静かにしなさいよ。モンスターが集まってきたら、どうするのよ」

どう見ても小学生、雛沢菜流《なる》（文科省推薦《すいせん》ロリ）が腕を組んで睨《にら》んできた。その後ろには、小さなロリ体形に隠《かく》れるようにして、悠木羽衣子《ゆうきういこ》（箱入り）がこくこくと無言でうなずいている。

「今のは俺のせいじゃ――」

ない、と言おうとしたところへ、毒島《ぶすじま》と宮腰《みやこし》のギャルコンビがやって来る。

「っつーか言い訳とか、超《ちょう》サイテー」

「いやーそう言ったらカワイソーだよ。ステルスくんにとっては難しいことなんだから。ね、無理しないで、ホテルに戻《もど》っててていいのよ？」

くっそ、毒島は事の経緯《けいい》を無視してディスるし、宮腰は俺のことを考えているような口調で、自分の要求だけを押し付けてくる。

その間に、朝霧《あさぎり》が割り込んできた。

「ま、まあまあ。それよりも、その、えっと……」

朝霧がぽんと手を打った。

「そう、順番！　ダンジョンを進む隊列の順番を決めましょう？」

その瞬間《しゅんかん》、俺と一之宮の目が合った。お互《たが》い目だけでうなずき合う。一之宮は立ち上がると、ダンジョンの入り口へ向かって行った。

「洸《あきら》くん？」

「俺が先に行く。みんなは後から来てくれ」

「あっ！　待って、洸くん！」

一之宮は朝霧の制止を聞かずに、ダンジョンの中へ飛び込んで行った。その後ろ姿が洞窟《どうくつ》の闇《やみ》に消えると、朝霧はみんなを振《ふ》り返って叫《さけ》んだ。

「あたしたちも行きましょう！」

驚《おどろ》いた扇谷《おうぎや》が声を裏返らせる。

「ちょっとぉお隊列はどーすんだよ⁉」

「ダンジョン攻略《こうりゃく》をするときの基本パターンでいいわ！」

走りながらそう答えると朝霧もダンジョンの入り口へ消えていった。

「あーったく、しょーがねーなぁ！　一之宮ってば、勝手すぎんだよ！」

扇谷の奴《やつ》、調子に乗ってんな。前はアキラくんとか呼んでたくせに。

ぶつぶつ文句を言いながら扇谷が続き、みんな不満そうな顔でダンジョンに向かう。つまらなそうな顔をしている雫石《しずくいし》が最後……かと思ったら、ギャル毒島が残っていた。行こうか行くまいか、迷っているようにおろおろしている。

「どうしたんだ？　みんな行っちゃったぞ？　毒島さんは回復役だから真ん中にいないと」

「う、うるさいわね！　話しかけないでよキモい！」

そう怒鳴ると、毒島は雫石の後ろ姿を追った。俺はそのさらに後ろからついて行く。

ダンジョンの中は、ほんのりと温かみのある黄緑色の光に照らされていた。俺はともかく、他《ほか》の連中は初めて見る黄緑色に輝《かがや》く鉱石と、それに照らし出されたダンジョンを、物《もの》珍《めずら》しそうに見回している。

「……きれい」

無口な悠木も思わず口にする美しさ。思わずしゃがみ込んで、きらきら光る石を撫《な》で回している。そんな悠木をイラついた様子で毒島が睨む。

「ジャマだから、そんなところでしゃがんでないでよ！　ダンジョンなんて、いつどこから敵が出てくるか、分からないんだから」

「ご、ごめんなさいっ」

たたた、と小走りで隊列に戻る悠木の背中に舌打ちを投げ、毒島は不安そうに辺りを見回した。杖を抱きかかえるようにして、背中を丸め気味で進んでゆく。

「ねえ、メグ。だいじょーぶ？」

宮腰が心配そうに蒼《あお》い顔をした毒島を気遣《きづか》った。

「ダメかも……昔からお化け屋敷《やしき》みたいのが――」

ばちっと俺と目が合った。毒島は頰《ほお》を染め、しまったという顔をした。

「なにこっち見てんのよ！　キモい！」

俺は黙って顔を背《そむ》けた。

さっきから挙動不審《ふしん》だと思ったら、そういうことか。考えてみたら、こいつフィールドで戦っているところは見たことあるけど、ダンジョンに入ったところって見たことないな。

普段《ふだん》の戦いも、一之宮にべったりくっついて守ってもらってたし……。成る程《ほど》、一之宮失《しっ》脚《きゃく》の影響《えいきょう》はこんなところにも現れているのだな。

その時、ダンジョンの奥からオークの叫び声が響《ひび》いてきた。

「ひっ！」

毒島の背筋がぴんと伸びる。

続けて金属のぶつかり合う音が響いた。この先で、一之宮と朝霧が何かと戦っているに違いない。

「ちょ、ヤバくない？　どーするよ？」

顔を引きつらせおろおろする扇谷に、雛沢が叱《しか》り付けるように言った。

「急ぐ以外に何があるのよ！」

全員武器を構えると、先行した一之宮と朝霧の姿を探して奥へと進んでゆく。すると、洞窟の先が二つに枝分かれした箇所《かしょ》に差し掛《か》かった。

毒島が半分パニクった声を上げる。

「ねぇ、ちょっと！　これってどっちに行けばいいワケ？　うちら迷っちゃうじゃん！出られなくなったらどうするの⁉」

先頭の扇谷が腕《うで》を組んで唸《うな》っている。まったく何をやってるんだ、こいつら。

俺は独り言のように、ぼそりとつぶやいた。

「大声で呼び掛けてみるしかないだろ」

するとそのつぶやきを耳にした毒島が、扇谷がすかさず大声を出した。

「あ、アキラ――っ！　どこ――っ!?」

するとすぐに、エコーのかかった一之宮の声が響いてきた。

「こっちだーっ！」

「ね、ねえ、いま右から聞こえてきた？」

「えっと……多分」

毒島の質問に、宮腰が自信なさげに答える。もう一度耳を澄《す》まそうとしたとき、別の音が聞こえてきた。背後から、がしゃがしゃという音が幾重《いくえ》にも重なってくる。鎧《よろい》を着た何かが走ってくる音だ。それもかなりの数だ。

「おいおいおい！　何か近付いてくるんだけどぉおお!?」

泣き出しそうな声で扇谷が叫んだ。

「イヤァアア！　毒島ガ大声ダシタカラ、他ノモンスターガ寄ッテキタデース!?」

「えっ!?　うちのせい？」

「そりゃ普通騒《さわ》げば、普通モンスターの注意を引くじゃん！　普通」

山田が普通に焦《あせ》った様子で、普通というキーワードを連発した。こいつが言うと説得力があるな。でもノーマルランクの山田にツッコまれるのは、ウルトラレアを自称《じしょう》する毒島としては我慢《がまん》がならないだろう。案の定、毒島は顔が怒《いか》りで真っ赤になってゆく。そして、ギギギという音がしそうな動きで俺を睨んだ。

「アンタが……余計なことを、言うから……」

ダンジョンを怖《こわ》がっていないアピールでもしようと思ったのか、良《い》いところを見せようとして火傷《やけど》した。今の毒島はそんな感じか。ご愁傷様《しゅうしょうさま》。

でも、別に俺たちが来ることは先刻承知だから、音を立てようが何をしようが関係ねえよ、と伝えたいところだがそういうわけにもいかない。

雛沢が小さな体に似合わない大きな声を張り上げた。

「そんなの後にして！　急ぐわよ！」

雛沢に急《せ》かされ、また後ろから追ってくるオークから逃《に》げるように、俺たちはダンジョンを全速力で走った。

「凛々子《りりこ》！　一之宮！」

雛沢が呼び掛けた。幅《はば》は狭《せま》いが奥に長い、細長い部屋に二人はいた。たった二人で、二十人以上のオークたちを相手に剣《けん》を振り回している。しかし部屋の幅が狭いことが幸いして、オークも一斉《いっせい》に襲《おそ》いかかることが出来ない。そのおかげで、二人でも持ちこたえることが出来たらしい。

「アキラくん！」「朝霧さん！」「大丈夫《だいじょうぶ》か⁉」

口々に放たれる呼び掛けに振り返る余裕《よゆう》もなく、朝霧は声だけで答える。

「回復をお願い！」

「‼　まかせて」

雛沢と有栖川が杖《つえ》をかざして、呪文《じゅもん》を唱える。すると白い癒《い》やしの光が朝霧と一之宮を包み込む。続けて、色とりどりの光が二人の体を取り囲む。

「防御《ぼうぎょ》力アップと攻撃《こうげき》力アップのアシストもおまけだよ！」

有栖川がぱちっと片目をつぶって、ピースをする。何か、普通の、いや普通以上に可愛《かわい》いアイドルにしか見えん。

「さあ、お次！　羽衣子とチャラ男《お》とモブ！」

雛沢が攻撃力と命中率アップの魔法《まほう》を悠木と扇谷、それと山田にかける。この三人は闘《とう》士《し》という格闘《かくとう》専門の戦闘職《バトルクラス》なので、その為のアシストだ。にしても、山田をモブ呼ばわりとは、お前も大概《たいがい》失礼だよな。その通りだけど。

さらに有栖川が全体に防御の魔法をかけ、前衛の物理攻撃チームがオークを次々と倒《たお》してゆく。そこへ、長めの呪文を詠唱《えいしょう》した魔導士組の攻撃魔法が、細長い部屋を駆《か》け抜《ぬ》けた。

「『フレイムストーム！』」

レオンハルトと宮腰の放つ火炎《かえん》の嵐《あらし》がオークのＨＰを削《けず》り取った。そして、二人の炎《ほのお》を合わせたよりも炎の量が多く、勢いも桁違《けたちが》いに速い魔法がオークをなぎ払《はら》う。

「『フレイムテンペスト！』」

雫石の攻撃魔法は、他の二人に比べると格が違う。現在のレベルは、宮腰とレオンハルトが19、雫石が20のはずだ。だが実際にはそれ以上の差がある。これが個性と才能による差。一之宮がレベル以上の力を発揮するのも、本人の資質と精神力によるものだしな。

しかもパーティを組むと、連携《れんけい》によりさらに手強《てごわ》くなる。

アダマイトゴーレムだけでなく傭兵《ようへい》も最後の部屋に集めてあるが、こいつら全員でかかられたら、さすがに守り切ることは不可能だ。何としても分断し、出来れば一之宮を孤立《こりつ》させる必要がある。

立ちふさがるオークを倒し、一之宮、朝霧と合流した2Aギルドは細い廊下《ろうか》を抜けて次の部屋へ入った。そこは例の罠《わな》がある部屋だ。俺が操作しやすいように、黒いタイルはほとんどを撤去《てっきょ》。部屋の隅《すみ》に一枚だけ残してある。

扇谷の素《す》っ頓狂《とんきょう》な声が部屋に響く。

「おいおいおい！　後ろから追ってきたって！　もう！　やべーって！」

オークの本隊が、俺たちが通ってきた道を追ってくる。

「一之宮くん……」

朝霧が一之宮を見上げた。

「く……」

一之宮はこれ以上先行するのは危険だと判断したのか、次の部屋へ飛び込むのを躊躇《ちゅうちょ》している。いいから早く飛び込めよ！　俺は壁《かべ》沿いの黒いタイルの近くに立ち、そのタイミングを見計らった。

「きたぞぉおおおおお！」

後ろから追ってきたオークの本隊が、ついに部屋になだれ込んできた。

「くそっ！」

一之宮は剣を構えてオークの群れに突《つ》っ込もうとした。

あのバカが！

俺はポジション取りをしていた黒タイルの前から離《はな》れ、一之宮の前に飛び出した。体当たりするようにして、一之宮の突進《とっしん》を止める。

「な、堂巡っ⁉」

その俺の背中に向かって、オークの一撃《いちげき》が振《ふ》り下ろされた。

「ぐあっ！」

30という赤い色の数字が浮《う》かぶ。だが幸いにして追撃《ついげき》がない。俺の背中に描《か》かれた☆印が功を奏しているのだろう。オークはどうして良いか分からず、戸惑《とまど》っている。

「はぁあああああっ！」

そのオークを朝霧の鋭《するど》い一撃が切り払った。その隙《すき》に俺は一之宮の耳に口を寄せる。

「いいから行くぞ！　見たところ次の部屋がラスボスっぽい。ボスを倒せば、雑魚《ざこ》も消えるのがお約束だ！」

「しかし敵に挟《はさ》まれるぞ！」

「俺に考えがある。行け！」

一之宮は唇《くちびる》を噛《か》むと、きびすを返した。その行動に、朝霧も驚《おどろ》いて振り返る。

「えっ？　洸くん!?　どこへ!?」

「ちょ、一之宮ぁっ！　また見捨てるのかよおおお！」

思いとどまらないよう、俺は一之宮の背中を押し、突き飛ばすように次の部屋へ送り込む。よし！　後は黒タイルを――!?

何かに足を取られ、俺はつんのめるようにして前に倒れた。黒タイルまでは、まだ五十センチほど距離《きより》がある。

な、なんだっ!?

俺は足をつかんでいるものを見て、怖気《おぞけ》が走った。

「アンタだけ逃げようっていっても、そうはいかないわよ！」

毒島が俺の足にしがみついている。

「アンタが来てから、何もかもうまくいかないのよ！　アキラのことだって、さっきだって！　この疫病神《やくびょうがみ》！」

「っべーわ！　オレたちも先に進もうぜ！」

「ヤー！　センリャクテキテッタイってやつデースネー!!」

まずい！　このままじゃ俺の計画が台無しだ！

俺は毒島を引きずって、這《は》ったまま黒タイルを目指す。

「くっそおおおおお！」

２Aギルドとオークがもみ合って次の部屋へ入ろうとする寸前、俺の手が黒タイルに触《ふ》れた。その瞬間《しゅんかん》、凄《すさ》まじい勢いで鉄格子《てつごうし》が落ちる。激しい音と地響《じひび》きを立てて、ラスボスの部屋への道が閉《と》ざされた。

「わぁ!?　なんなの、これ？」

「て、鉄格子か!?」

有栖川の叫《さけ》びに、山田が見れば分かる答えを返す。行く手を阻《はば》む鉄格子を掴《つか》み、有栖川は泣きそうな声を出した。

「ど、どうしよう!?　閉じ込められちゃったよ!?」

「ええっ!?」

入り口でオークを食い止めていた朝霧が、慌《あわ》てた声を上げる。

「みんな!?」

一之宮も驚いてこちらを振り返った。

だが一之宮の背後には、身の丈《たけ》五メートルはあるアダマイトゴーレムが、岩を擦《こす》りつけるような唸《うな》りを上げて迫《せま》っている。その巨大《きょだい》な腕《うで》が、一之宮を捕《つか》まえようと伸《の》びてきた。

「くっ！」

一之宮は咄嗟《とっさ》に横に転がり、アダマイトゴーレムの手から逃《のが》れる。

「畜生《ちくしょう》！　みんな、大丈夫か⁉」

そう声をかけながらも、一之宮は冷静に部屋の中を見回す。

アダマイトゴーレム以外に、カマキリのモンスター『クレイマンティス』。植物のモンスター『サンドローズ』がのそりと寄ってくる。それぞれがレベル20のモンスターだ。

そしてもう一つ。部屋の背後には出口の穴が見える。

「……くそっ！」

出口とモンスター、そして鉄格子の向こうの俺たちを見比べ、一之宮は冷や汗《あせ》を流す。

一人で戦っても勝ち目はない。同じクエストが失敗するなら、全滅《ぜんめつ》するよりは一人でも生き残った方がいい。一之宮もそういった論理的な判断は出来るはず。だが、見殺しにされるこいつらは、そうは考えない。

ここで逃げたら、もう一之宮のリーダーの復帰はないだろう。だが蛮勇《ばんゆう》をふるってモンスターと戦ったところで勝てるはずもない。自分勝手に先走った挙げ句、クエストに失敗して全滅。これもやはり、一之宮の復権はない。

「ちっくしょーっ！　何でこんなところで閉じ込められるんだよおお！」

「堂巡！　アンタが、やったんでしょ！」

――なに⁉

毒島が俺の足を手放し、立ち上がった。そして俺のことを親の敵《かたき》を見るような目で睨《にら》み付けている。

「うち見てたんだから！　アンタがそこの黒い石を触《さわ》った瞬間に、檻《おり》が閉まったの！」

俺は心外そうな顔を作って、首を振った。

「な……何言ってるんだよ、毒島さん。俺は何も――」

「いいからどいてっ！」

俺を無理矢理《むりやり》押しのけ、毒島は床《ゆか》の黒いタイルに触れた。力を入れて押すと、ガチリという音がして二センチほど凹《へこ》む。

「……やっぱり！」

毒島は憎々《にくにく》しげな表情で、何度もそのタイルを叩《たた》く。しかし檻はびくりとも動かない。

「あああぁあっ！　もう！　何で開かないのよっ！　堂巡！　さっさと開けて！」

しかし俺はうろたえるだけだ。

「そ、そんなこと言われても！　こんな仕掛《しか》けがあるだなんて、気付かなかったよ！」

扇谷が手を額に当てて、嘆《なげ》きの叫びを上げる。

「かぁあああっ！　また堂巡が足ひっぱってんのかあああああっ！」

だがその声に、一之宮は反応した。

「堂巡が……？」

そしてモンスターに剣《けん》を向けながら、こちらをちらりと振り返る。ほんの一瞬《いっしゅん》だが俺と目が合った。そのとき、一之宮の瞳《ひとみ》が、

——分かった。

と語ったように見えた。

朝霧がオークを斬《き》り付けながら、叫んだ。

「みんな！　鉄格子が開かないなら、こっちを早く手伝って！　抑《おさ》えきれないよ！」

朝霧、雫石、雛沢、悠木、宮腰の五人が入り口近くまでオークを押し返していた。しかし、次々現れる増援《ぞうえん》に、もはや食い止めるのも限界に達しようとしていた。

「タイヘンデース！　電撃《でんげき》戦で手伝いマース！　ヒャッハーッ！」

「す、すぐ行くよっ！」

レオンハルトを先頭に、鉄格子に取り付いていた有栖川や山田も応援《おうえん》に駆けつける。俺も立ち上がると、後を追おうとした。

「きゃぁあああああっ！」

だが、そのとき防衛ラインが決壊《けっかい》した。再びオークが部屋になだれ込んでくる。2Aの背後に回ろうとするオークを追いかけて、朝霧が斬りかかる。

部屋に侵入《しんにゅう》したオークはバラバラに動き回るので、雫石の魔法でもまとめて倒すことが出来ない。

「きゃあああああっ」

襲《おそ》いかかるオークに、闘士《とうし》の悠木は涙目《なみだめ》で逃《に》げ出した。数少ない戦闘《せんとう》要員があれでは対抗《たいこう》のしようがない。極度の人見知りで恐《こわ》がりの悠木にとっては、オークなんて恐怖《きょうふ》の対象以外の何者でもない。

両軍入り乱れての戦いは、もはやパーティの戦いではない。混乱して連携も何もなく、それぞれが必死にもがいている。もはや押し返すことも不可能だ。

――これで2Aギルドはまたも全滅だ。

俺は剣を構えるフリをして、じりじりと壁に下がった。俺に襲いかかろうとするオークもいるが、☆印を一瞥《いちべつ》すると、相手にしないとばかりに背を向ける。

明らかに不自然だが、この混乱の最中では気にも留めないだろう。そろそろやられたフリをして隠《かく》し部屋へ逃げ込むか――、
そのとき俺の膝《ひざ》に衝撃《しょうげき》が走った。

「ぐあっ！」

そして20という赤い文字が浮かび上がる。

一瞬、言いつけを守らず、オークが俺に攻撃《こうげき》したのかとも思ったが、近くにオークはいない。その代わり、毒島がこちらに魔法《まほう》の杖《つえ》を向けて構えていた。

「な……毒島、さん？」

長さ五十センチ程度の短い杖の先が、蒼《あお》く光った。

「がっ⁉」

風が巻き起こり、俺の体を貫《つらぬ》いた。神術士が使う、風を操《あやつ》る攻撃魔法だ。

「アンタが悪いんだ……アンタが来てからっていうもの、ロクなことがない。アキラをうちから引き離して、何のつもりなのよ！」

毒島は泣きながら訴《うった》える。その毒島の背後に、オークが忍《しの》び寄っていた。

「お、おい！　毒島っ！　後ろ！」

しかし俺の言うことなど聞かない。毒島の背中にはオークの鉈《なた》が振り下ろされた。しかし毒島は何かに取り憑《つ》かれたように、俺に向かってくる。着実にHPが減っているにもかかわらず、回復しようという発想もないようだ。

「これも全部、アンタが悪いんだ！　うちは悪くないのに！　アキラも振り向いてくれない！　うちは昔とは違《ちが》う！　キレイになったし、誰《だれ》もうちをバカにしなくなったのに！今までうまく行ってたのに、アンタが来てから全然おかしくなったんだから！」

意味の分からないことを叫びながら、もみ合いになる。

「ぐおっ！」

体勢が入れ替《か》わり、俺の背中にオークの攻撃が当たる。30という数字が浮《う》かんだ。

や、ヤバい！　次に喰《く》らったら、もう死ぬかも知れない！

俺は毒島の体を、渾身《こんしん》の力で壁《かべ》に押し付けた。すると壁がドアのように動き、その向こう側へともつれ合うようにして倒《たお》れる。

ここが隠し部屋だ。隠し扉《とびら》はバネの力ですぐに元に戻《もど》る。オーク共は当然この部屋のことを知っているが、魔王の言いつけを守り、追ってくることはない。

しかしもっと身近な危機が目の前にあった。

もつれ合って倒れた拍子《ひょうし》に、毒島にマウントポジションを取られた。俺に馬乗りになった毒島は、杖の先を俺の鼻先に向け、親の敵を見るような顔で俺を見下ろしていた。

「堂巡っ！　アンタなんか――!!」

毒島の杖の先が蒼く光る。

俺の指が素早《すばや》い動きでメニューを開くとメッセージが表示された。

『年齢認証《ねんれいにんしょう》――十八歳未満の方には不適切な機能です。使用してよろしいですか？』

すかさず承認のボタンを叩《たた》くと、杖の先から光が放たれるよりもわずかに早く――、
毒島の胸にハート形の紋章《もんしょう》が浮かび上がった。

――エクスタス。

相手を催淫《さいいん》状態にし、正常な判断を失わせ欲情させるアダルトモード専用の魔法。魔王ヘルシャフトが使える、ただ二つの魔法のうちの一つ。毒島はたちまちとろんとした瞳となり、頬《ほお》はうっすら赤く、口元はだらしなく開いたままになった。まるで目を開いたまま気絶したかのように、動かない。

「おい、毒島……聞こえるか？」

「……メグ」

「は？」

微《かす》かな声でつぶやくと、毒島は指先を伸ばしメニューを操作する動きをした。

「う⁉」

毒島の装備が一瞬にして消えた。ギャルっぽい神術士の服を脱《ぬ》ぐと、その下から出て来たのは、意外や可愛《かわい》らしいピンク色のブラジャーとパンツだった。

「毒島って名字嫌《きら》いなの……だから……メグって呼んで欲しい」

恥《は》じらいながらそうつぶやく毒島に、俺の胸がどきっと跳《は》ねた。

「う、そうか……えっと、メグ？　ちょっと落ち着こうか。今はクエストの最中だ」

「？」

毒島はかくんと首を傾《かし》げた。くそう、まともな思考能力すら奪《うば》われているのか。外がどうなっているのか気になってしょうがない。本当はここに一人で籠《こ》もって、全滅したらへルシャフトの姿になって外へ出る予定だったが……完全に予定が狂《くる》ってしまった。

「ねえ……堂巡くん、うちって、キレイかな？」

もじもじと腰《こし》をくねらせながら、そう訊《き》いてきた。下腹部に、毒島の下半身の柔《やわ》らかい感触《かんしょく》が押し付けられて、新鮮《しんせん》な感動を覚える。

「いやまあ……そりゃあキレイなんじゃないですか」

ブラの肩紐《かたひも》が外れて、なんか胸が半分以上見えちゃっているところなんか、特に。

「よかったぁ……」

毒島は心底ほっとしたような笑顔《えがお》を見せた。

「うちキレイになりたいの。うち、名前がぶすじまって……小学生の頃《ころ》さんざんバカにされたから……」

昔はいじめられてたの？　うわ、全然想像出来ねえ。

「そんなとき、雑誌に写っていた読者モデルのお姉さんたちがとてもキレイで、堂々としてて、楽しそうで。うちもこういう風になったら、バカにされないのかな、って思って」

毒島は隠すように両手を胸に当てると、責めるような視線で俺を見つめた。

「さっきから、ずっと見てる……」

「えっ！　いや、ごめん。そんなつもりじゃ……」

「もう……恥ずかしいんだから」

ん？　恥ずかしい？

こいつ……エクスタスが、効いているんだよな？

俺は改めて毒島を見上げた。潤《うる》んだ瞳にピンク色に染まった頬と目元。うっすら浮かんだ汗《あせ》と、荒《あら》い呼吸。揺《ゆ》するようにして、わずかに擦《こす》りつけてくる下半身。間違《まちが》いない。エクスタスの効果だ。

それでも催淫効果が薄《うす》いというのは、こいつって意外と身持ちが堅《かた》い？

「うち、男の子とこういうことするの初めてだし……」

うそっ！　そんな見るからに軽そうなキャラなのに!?

毒島の瞳には欲望の光が灯《とも》っている。それでも、恥ずかしそうに視線を外しながら、ちらちらと俺の顔を盗《ぬす》み見る。

「こ、こういうことは……遊びじゃダメだと思うの。ちゃんと真剣《しんけん》に考えてくれる？」

——えっ!?

まさか、エクスタスをかけた相手にこんなことを尋《たず》ねられると思わなかった！　いや、言ってることは正しいけど。でも毒島、お前が言うの？

俺が答えないことに不安になったのか、真剣なまなざしで俺を見つめた。

「あのね……初めては本当に好きな人に、あげたいの……で、出来れば……その、結婚《けっこん》とかも考えて欲しいし……」

け、けけ結婚⁉

重い！　こんなに重い選択《せんたく》を迫《せま》られることになるとは⁉　こいつ、何でこんなビッチな格好してて、こんなに純情というか、真面目《まじめ》なんだよ！

「もし、うちのこと真面目に考えてくれるなら……い、いいかな、って」

するりと手を解く。するとズレたブラがさらに緩《ゆる》み、丸い褐色《かっしょく》の曲線と誰にも触《さわ》られたことのない薄いピンク色の輪がちらりと顔を出した。

思わずごくりと喉《のど》が鳴る。

クラスメートの、それもあの高慢《こうまん》でムカつく毒島のおっぱいが目の前で揺れている。思わず注視してしまうが、何とか視線を引きはがす。すると、その上には幸せそうに微笑《ほほえ》む毒島の純度百パーセントの笑顔があった。

これはマズい！　絶対に！　何せ、今の俺はヘルシャフトじゃない。正真正銘《しょうしんしょうめい》、堂巡駆流《かける》なのだ。エクスタスの効果が解けたら攻撃されそうだ。今の内にHPを回復しないと！

俺はメニューを開き、アイテムリストの中から回復薬《エナジー》を選ぶ。よし、これを選択……と、押した指先が、ぷにゅっと柔らかいものにめり込んだ。

「♡ぁん……えっち」

うわぁあああああああああ！

毒島は胸を抱《だ》きかかえて、体をくねらせる。

いやいやいや！　それはメグさんが胸を突《つ》き出したからでしょう⁉　事故ですよ事故！

決して事案じゃありませんよ！　畜生《ちくしょう》。回復薬《エナジー》で元気になったついでに、色んなところが元気になっちまうじゃねぇか！

毒島は胸を抱《かか》え、おあずけをするように体をひねった。

「も～ダメだよ。ちゃんと返事を聞くまでは、触らせてあげないんだから♡」

くっそ。不覚にも萌《も》えてしまいそうだ。それって何か負けた気がする。

「ね、どうなの？　うちのこと……嫌い？　嫌いな――ん？　これって？」

毒島は何か違和感《いわかん》を覚え、腰を、というか股《また》を俺の下腹部に押し付けた。

「何か、硬《かた》いのが……何なの、これ――」

そこまで言って気付いたのか、頬を染めたピンク色が、顔全体を赤く染め上げてゆく。

「こ、これって……男の子の……え、えええっ⁉」

そしてうろたえたように、キョロキョロ見回した。

「や、やだ。どうしよう？　こ、こんなに硬いの？　うちのせいで、こんなに……なっちゃったの？」

とろんとした目になり、腰をゆっくりと回転させ始める。

「んっ……あ」

恐《おそ》らく無意識に動かしているのだろう。毒島自身も、自ら腰を押し付けているとは気付いていまい。

「ね……出来れば……ちゃんと、聞きたい……うちのこと……」

毒島の体から、ブラジャーの片方が完全にずり落ち、たわわな片乳がこぼれ落ちた。チラ見せだった輝《かがや》くようなピンク色がはっきりと顔を出した。思ったより先が尖《とが》っていないのは、陥没《かんぼつ》気味だからだろうか。

ああそれにしても、ヘルランダーと違って、クラスメートの裸《はだか》というのは何と生々しいものだろうか。しかもそれが普段《ふだん》意識もしていない相手のおっぱいとか、何だか意外すぎて、そりゃ脱げば裸になるのが当然なのに、妙《みょう》な驚《おどろ》きを感じる。そして後ろめたさと、じめじめしたエロさとでも謂《い》おうか。

外ではみんなモンスターになぶり殺しにされている頃だというのに、こんなところでこんなことをしているという背徳感が……ん？

外から賑《にぎ》やかな声が聞こえた。

断末魔《だんまつま》の叫《さけ》び、ではない。むしろこれは――歓声《かんせい》？

「すまない、メグ……ちょっとだけ降りてくれるか？」

「ん……？　うん？」

良く分かっていないのか、ぽーっとした顔でいやらしい微笑みを浮かべると、俺の上から降りて、床《ゆか》に寝転《ねころ》ぶ。俺は立ち上がると、壁に偽装《ぎそう》した扉を少し開いた。その隙間《すきま》から外を覗《うかが》う。

――誰《だれ》もいない？

俺は扉を開けて外へ出た。全員倒されたにしては、オークの姿がない。

まさか？

出口の鉄格子《てつごうし》がいつの間にか開いている。俺の頬に冷や汗が流れた。俺は鉄格子をくぐり、ラスボスのアダマイトゴーレムのいる部屋へ足を踏《ふ》み入れた。

そこにはモンスターの姿はない。代わりにあるのは、黄緑色に発光する鉱石の山。そしてその前に佇《たたず》む、一之宮の姿だった。

――な、何だと？

まさか……一之宮、お前。

「すごいじゃない一之宮。一人であのモンスターたちを倒しちゃうなんて、見直したわ。ね？　羽衣子」

「う、うん……すごい、です」

「スゲーデース！　まさにサムライダヨ！」

一之宮ぁあああああああああああああああああ!! 貴様、この俺の計画を!

みんなに囲まれ、称《たた》えられる一之宮を、俺は呆然《ぼうぜん》として見つめていた。

「いっやーマジでびっくりしたわ! いち……アキラくんがボスキャラ倒《たお》したら、オークたちもあっちゅーまに逃《に》げてくし。もーマジすげえ、もしかしてアキラくん神?」

いつの間にか呼び方が『アキラくん』に戻《もど》っている扇谷に、一之宮は苦笑いで答えた。

「そんなわけあるかって。実質倒したのは一体だけだからな。それに、みんながオークを食い止めてくれていたおかげだ」

そうか! 一之宮め、アダマイトゴーレムがボスだとすぐに見抜《みぬ》いたのか!

他《ほか》のモンスターは相手にせず、アダマイトゴーレムに攻撃《こうげき》を集中した短期決戦。アダマイトゴーレムが倒されれば、クエストは成功だ。他の雑魚《ざこ》も逃げるし、雇《やと》い主が消えれば傭兵《ようへい》も逃げてゆく。

それでも、そこまでの速攻勝負が可能だとは思わなかった。やはり、一之宮が一人のときレベル上げを行っていたことが勝因か。この俺ともあろうものが……甘かった。

「ねぇ……どこ行っちゃったのぉ♡?」

甘ったるい毒島の声が、背後から聞こえてきた。

ヤバっ! 俺は大慌《おおあわ》てでメニューを開き、エクスタスの効果をキャンセルした。するとすぐ背後で、きゃーとかひゃーとかいう声と、ばたばた暴れる音がした。そのせいで、みんなが俺の存在に気が付いた。

「うおっ⁉　A級戦犯の登場じゃーん！」

扇谷が俺を指さして顔を歪《ゆが》めた。

「あれ？　堂巡くん、無事だったの？　姿が見えないから、てっきり……」

「オー！　アレデス！　忍術《にんじゅつ》デースネ！　オンギョーノジュツ！」

有栖川とレオンハルトに向かって、扇谷がいやいやと手を振《ふ》る。

「違《ちが》うでしょー、自分だけ助かろうって隠《かく》れてたんでしょ。自分のヘマで、俺たち閉じ込められたってのに、何でそう自分勝手かなー」

呆《あき》れたように言う扇谷に、他の連中も汚《きたな》い物でも見るような目で俺を見つめた。あの悠木ですら、恨《うら》めしそうな目を俺に向けている。宮腰が眉《まゆ》を寄せて訊いてきた。

「ねぇー、もしかしてメグも一緒《いっしょ》だった？　あの娘《こ》も姿が見えなくて――」

ばつが悪そうに、俺の背後から毒島が顔を出した。

「メグ！　やっぱり！」

俺を押しのけて、宮腰が毒島に抱きついた。

「ねぇ、どこに隠れてたのー？　もー心配したんだよ？」

「うん……ごめん」

毒島はあからさまに挙動不審《ふしん》だった。目は泳ぐし、顔は赤いし、手は落ち着きなく動き回るし。妙に勘《かん》ぐられるから、落ち着けっての。

「その、壁《かべ》に寄り掛《か》かったら……向こう側に倒れて。何だか、隠し部屋みたいなとこだったみたいで。ちょっと出るのに手間取って……ごめん」

「なーんだ、そーゆーことだったんだー。で、堂巡も一緒だった？」

宮腰が俺に流し目を送る。

「まあな……乱戦だったから。オークの攻撃を受けた拍子《ひょうし》にっていうか」

「ふーん。で、二人っきりだったと……メグ、何か変なことされなかった？」

ぶっと毒島が噴《ふ》き出した。そして真っ赤な顔の前で、手の平を高速で左右に振る。

「ないないないないないないないないないない！　ぜったいにないっ！　こんなぼっちのイケてないクズみたいなオトコの価値なんてぜんぜんないみたいな――」

宮腰は一瞬《いっしゅん》ぎょっとした顔を見せたが、すぐに毒島をなだめに入った。

「わ、わかったからー。ごめーん、からかってぇー」

俺は部屋の奥、魔王殺《ホーリーグレイヴ》しの剣が入っている箱の方へ向かった。そこには朝霧《あさぎり》が立ち尽《つ》くし、箱の中に視線を落としている。ちょうど一之宮の横を通り過ぎたとき、扇谷がどこか楽しげに言った。

「ったく、堂巡のおかげで、また全滅《ぜんめつ》しそうなところだったんだから。アキラくんにちゃんとお礼と、オレたちに謝罪をしないとダメでしょー？」

俺は足を止めて、少し考える。

確かにそういうことになるか。計画が失敗した場合は、当然そうなる。俺はみんなの方を向いて、頭を下げた。

「みんな、ごめ――」

言い終わる前に、一之宮が言葉を被《かぶ》せた。

「待ってくれ、それは誤解だ。今回俺が一番助けられたのは――」

くっそ！　これ以上、俺の足を引っ張るんじゃねえ！

俺は咄嗟《とっさ》に一之宮の方を向き、腕《うで》を掴《つか》んだ。

「――？　堂巡」

「頼《たの》む」

俺はそう一言つぶやいた。

一之宮は、微《かす》かに顔を雲らせた。その中にあったのは、罪悪感か、それとも哀《あわ》れみか。

だがそんなものは、お前の自己満足とロマンティシズムとまとめて胸にしまっておけ。

俺は改めて頭を下げた。

「とにかくみんな、ごめん。しかし……これは凄《すご》いな、幾《いく》らくらいで売れるかな？」

俺はアダマイトゴーレムの残骸《ざんがい》を指さした。

「そ、そ！　それだよアキラくーん。これ何ゾルよ？　すっげえ金持ちじゃん？」

「そうよねーアダマイトって、どれくらいで売れたっけ？　この量だと、もうきっと凄いわよ。一之宮はこの世界でもお金持ちになったたってわけね」

扇谷と雛沢が興奮した声を上げると、他の連中も気になっていたのか話に食いついてくる。手っ取り早く話をそらすには、金の話が一番だ。

「いや、これは俺一人の力じゃない」

一之宮は俺を見つめて言った。

「みんなで勝ち取った結果だ。みんなで均等に割ろう」

「ひゃっほおおおお！　アキラくん、カッケー〜！」

「すげえ太っ腹ぁああ！」

「ステキ〜!!　気前のいいオトコは好きよ！」

たちまち歓喜《かんき》の声がダンジョンの中に響《ひび》き渡《わた》った。みんな一之宮を囲んで大興奮だ。まあ雫石は離《はな》れたところで冷めた目をしているが。

それともう一人。

みんなに背を向け、宝箱の前に佇んでいる。

俺はその後ろ姿に吸い寄せられるように近付いていった。

「……朝霧？」

しかし朝霧は俺の声が聞こえないかのように、手にした白磁の剣に魅入《みい》っていた。

「これさえあれば、魔王に勝てるんだね……ふ、ふふふふふ」

その日が、何というか……瞳《ひとみ》がぐるぐると渦《うず》を巻いているというか、ハイライトがないというか、端的《たんてき》に言うと危ない目をしていた。

あ、朝霧っ⁉ 正気に戻れ！ 帰ってこぉおおおおおおおいっ！

「はっ！ あ、あたしったら！」

俺の心の叫びが届いたのか、朝霧は我に返り恥《は》ずかしそうに頬《ほお》を染めた。

「へぇ、これが魔王殺《ホーリーグレイヴ》しの剣……」

いつの間にかやって来た雫石が、冷笑を浮《う》かべて朝霧の手元をのぞき込んだ。

「でも魔王の正体が分からなきゃ、ただのなまくらね」

「うん……これからは、その意味も考えなきゃね」

一之宮もみんなを引き連れてやって来た。

「魔王の正体って、どういう意味なんだろうな？ ここがゲームの世界だとしたら、魔王もプログラムなんだろ？」

山田が良《い》いことを思いついたように顔を上げた。

「じゃあプログラムって書けば」

せめて、プログラムの言語とか言えよ……違うけど。

雛沢が腕を組んで唸《うな》った。

「もっと概念《がいねん》的な、恐怖《きょうふ》とか、混沌《こんとん》とか」

「ヤー！　タブン中の人ダヨ！　声優サンの名前ダーヨ！」

レオンハルトの発言は当然スルー。続けて色々な意見が飛び交《か》った。その中に、すっと
ナイフを差し込むように、朝霧の温度感の違う声が割って入った。

「ねぇ、みんな。この魔王殺しの剣《ホーリーグレイヴ》だけど……あたしが預かっても、いいかな？」

しかし、朝霧のまとう空気に、有無《うむ》を言わせぬ圧力のようなものを感じた。

朝霧っ⁉　い、いや、せめて他の誰かに——、

「いいんじゃないか？　凛々子なら安心だ」

一之宮が爽《さわ》やかな笑顔《えがお》で答えると、反論する者は誰もいなかった。

くそ……望ましくはないが、反対する尤《もっと》もな理由が思いつかない。それに今騒《さわ》ぎ立てる
のは得策じゃない。

雫石に預けるよりはマシだと自分に言い聞かせているとき、有栖川の声が響いた。

「ねぇ！　みんな、こっちへ来て！」

有栖川の声はダンジョンの裏口の方から聞こえてきた。全員の体に緊張《きんちょう》が走る。

まだ、敵が潜《ひそ》んでいるのか？

一之宮がみんなに声をかける。

「みんな、行こう！」

一之宮を先頭に、俺たちは有栖川の身に何かあったのかと走り出した。朝霧も魔王殺しの剣《ホーリーグレイヴ》を自分のアイテムリストへしまうと、地面を蹴《け》る。

俺たちは駆《か》け足で洞窟を進んだ。すると洞窟の先が徐々《じょじょ》に明るくなってゆく。角を曲がると、突然《とつぜん》まばゆい光に包まれた。暗いダンジョンに慣れた目には痛いほどの光の洪水《こうずい》。

一体、何が――？

目が徐々に慣れてくると、白い霞《かすみ》のかかった視界に、うっすらと見えてくるものがある。まぶしいのも当然。

そこはダンジョンの外、太陽がさんさんと降り注いでいる崖《がけ》の上だった。そして眼下に見えるのは、太陽が良く似合う青い海。

その海に漂《ただよ》う白い帆船《はんせん》。砂浜《すなはま》と船が沢山《たくさん》並んでいる港。そこから地形は坂になり、急な斜面《しゃめん》に張り付くように太陽の光を反射する白い壁の家が並ぶ。その屋根は、南仏かイタリアのリゾート地のようなオレンジ色。

目の前に広がるのは、エグゾディア・エクソダスへ来て、初めて見る海だった。

三章「サンディアーノの休日」

「それじゃ、いくわよーっ！」

弾《はず》むような声に続いて、ビーチボールが空に跳《は》ね上がる。アンダーサーブでボールを打ち上げた雛沢《ひなざわ》は、十七歳とは思えない幼い肢体《したい》を精一杯《せいいっぱい》伸《の》ばし、体いっぱいで楽しさを表現している。スクール水着でも着るのかと思いきや、まさかのビキニ。しかも結構露出《ろしゅつ》度《ど》高い。ほぼ平らな胸を隠すビキニがズレてしまうのではないかと、見ているこちらがヒヤヒヤする。しかし雛沢の未熟な体よりも、皆《みな》さんの視線はビーチボールに釘《くぎ》づけだ。

いや、唯一《ゆいいつ》例外がいた。先程《さきほど》からレオンハルトの視線が雛沢を追っている。チラ見なんてレベルじゃない。ガン見だ。それどころか、さっきなんて砂浜に寝転《ねころ》んで超《ちょう》ローアングルからかぶりつきの一人鑑賞《かんしょう》会。さすがに朝霧《あさぎり》にたしなめられて、今は正座してガン見。結局、視姦《しかん》するのは変わらないあたり、ブレない奴《やつ》だ。

ドイツ人のくせに合法ロリという禁断の果実の味を知っているとは。さすがドイツから来た秋葉原《あきはばら》と呼ばれるだけのことはある。

そんなドイツと俺の視線を受けて、再び雛沢がビーチボールを打ち返す。あ、言っておくが、俺は全員を順番に見ているだけだからな。決して雛沢だけを愛《め》でている訳ではないので念のため。

青い空と白い雲を背に、ふわりとういたボールは相手陣地《じんち》へと落ちてゆく。

「おっしゃ！　オレに任せといて！」

砂を撥《は》ね上げ、ブカブカの海水パンツを穿《は》いた扇谷《おうぎや》がボールを追う。拳《こぶし》で弾《はじ》くと、再びボールはふわりと宙を舞《ま》った。次の落下地点は朝霧と悠木《ゆうき》のちょうど真ん中だ。

「羽衣子《ういこ》ちゃん、お願い！」

遠慮《えんりょ》してなかなかボールに触《ふ》れない悠木を気遣《きづか》って、朝霧が譲《ゆず》る。

「えっ⁉　は、はいっ」

うろたえた声を上げながらも、悠木は綺麗《きれい》にトスを上げる。ああ見えて運動神経は良《い》いんだよな、悠木羽衣子。さすがは闘士《とうし》の戦闘職《バトルクラス》なだけはある。水着は女子の中で唯一のワンピース。防御力《ぼうぎょ》が高そうだ。

そして狙《ねら》い澄《す》ましたように朝霧が華麗《かれい》なジャンプ。そのスタイルはまさに女神《めがみ》。白くしなやかな体。長い手足に細いウエスト。細身の体に似合わない豊かな胸が、飛び上がった動きに合わせて物理演算の結果を披露《ひろう》する。白いビキニに包まれた胸が、重力から解き放たれたように浮かび上がった。

「はっ！」

反らされた背中に溜《た》められた力が一気に解き放たれ、しなやかな腕がボールを打ち出す。

「させるか！」

強烈《きょうれつ》なスパイクを迎《むか》え撃《う》つべく、一之宮《いちのみや》が飛び上がり壁《かべ》を作る。一之宮のブロックに防がれたボールは、大きな音を立てて横に逸《そ》れた。そしてデッキチェアに腰《こし》をかけている俺の目の前に転がってくる。

「ごめーん、堂巡《どうめぐり》くーん」

朝霧が飛び跳ねるように、俺のもとに駆けてきた。その度《たび》に上下する胸に意識が持って行かれそうになる。何と恐《おそ》るべきデコイ。

俺は前屈《ぜんくつ》するようにしてボールを拾った。そして目の前までやって来た朝霧に、ボールを差し出す。

「ありがとう、堂巡くん」

朝霧の水着姿は文字通りまぶしかった。それは背にした青空のせいだけじゃない。汗《あせ》の光る朝霧の肌《はだ》と白い水着。その美しい体と南国の太陽に負けない明るい笑顔が、みんなを欺《あざむ》き続ける俺にはまぶしすぎる。

ここはダンジョンの出口から眺《なが》めた港町サンディアーノ。漁業と観光業で成り立っている街のようだ。ラムル山脈を挟《はさ》んで、カルダートとは反対側に位置している。

未発見のエリアなので、色々な攻略《こうりゃく》情報やアイテムなどが手に入るかも知れない。しばらくここに腰を落ち着けて、情報収集をしようということになったのだ。

「ね、堂巡くんも一緒《いっしょ》にやらない？」

俺はちらりとビーチバレーに興じる連中を見た。男女三人ずつで計六名。あれ？　男は一之宮と扇谷だけだから二名か……あ、山田《やまだ》がいたのか。一之宮が俺に気が付いたのか、爽やかな微笑《ほほえ》みを浮かべた。

「洸《あきら》くんに力を貸してくれて、ありがとう」

朝霧が一之宮を見て、目を細めた。

「いや……別に何もしてないよ」

「嘘《うそ》ばっかり」

楽しそうに笑うと、朝霧は腰を屈《かが》めて顔を近付ける。

「お、おい。そんな顔を近付けるなよ。一之宮だっているんだぞ――いや、いないところならいいってわけじゃないけど」

「？　どうして？」

いや、どうしてじゃないだろ。そんなきょとんとした目で訊《き》かれても。

「だって、朝霧は一之宮と……どの程度かは知らないけど、付き合っているっていうか」

ああ畜生《ちくしよう》！　こんなこと言う方も傷付くなぁ。

朝霧はしばらくじっと俺を見つめた。そして目を閉じると、先程とは趣《おもむき》の違《ちが》う微笑みをその口元にたたえた。

「そっか。そう見えるよね……やっぱり」

——え？

もしかして、付き合っているというわけじゃないのか？

「えへへ、恥ずかしいな」

朝霧はちょっと照れたように微笑んだ。

——ぐわっ！　そういうオチかよ！　ちょっと期待しちゃったじゃねーか、俺のバカ。

体を起こすと、朝霧はもう一度一之宮の方を見つめた。

「でも……洸くんは——」

ん？　何か含みのある言い方だな。やっぱり二人は——、

「ちょっと、いい？」

予想外の声が割り込んできた。振《ふ》り返ると、派手な花柄《はながら》のビキニを着た毒島《ぶすじま》が、俺のことを見下ろしていた。

朝霧が困ったように微笑んだ。

「毒島さん、なにかな？」

じろりと朝霧を睨《にら》むと、吐《は》き捨てるように言った。

「用があるのは朝霧さんじゃなくて、これ」

これ……って指されてるけど、もしかして俺のこと？

「あ、そうなんだ。それじゃあね、堂巡くん。気が変わったら、こっち来てね」

朝霧は笑顔《えがお》を置き土産《みやげ》に、ビーチバレー組の方へ戻《もど》って行った。それにしても朝霧は、一之宮と付き合ってたんじゃないのか？　何か微妙《びみよう》な余韻《よいん》を残していったが……くそう、話の続きが気になるってのに邪魔《じやま》をしやがって……。

「……で、俺に用って？」

毒島の背後に目をやると、少し離《はな》れたところにビーチパラソルが二つ並んでいる。その下にはビーチベッドで優雅《ゆうが》にくつろぐ宮腰《みやこし》の姿があった。さっきまで毒島もその隣《となり》で寝《ね》ていたのだが、一体何の用があって俺なんかに話しかけに来たのだろう？

もしかしたらあれか？　俺が視界に入るとリゾート気分が削《そ》がれるから、どっかへ行けって言いに来たのか？　それなら納得《なつとく》出来る。

「堂巡、アンタ……朝霧さんと、なに話してた？」

「ん……別に。ビーチバレーやらないかって」

毒島は皮肉を含《ふく》んだ笑いを浮《う》かべた。

「アンタがビーチバレーなんて、ガラじゃないでしょ」

その通りだが他人に言われる筋合いはないな。

続けて罵詈雑言《ばりぞうごん》が続くかと思いきや、どういうわけか毒島は黙《だま》ってしまった。しばらく黙っていたが、腕《うで》を組むと意を決したように口を開いた。

「あ、あのさ……」

しかしまた言い淀《よど》む。だが、言いたい内容は想像が付く。恐らくはこの前のダンジョンでエクスタスをかけられたときのことを、口止めに来たのだろう。

俺は毒島が言いふらすことはないと確信していたので、特に手は打たなかった。こいつの性格と思考回路。それに今のクラスでのポジションを鑑《かんが》みるに、むしろ秘密にしておきたい事実のはずだからだ。

「あぁ、何だか様子が変だったよな。毒島さん」

ぼっと頬《ほお》を赤くすると、毒島は慌《あわ》てたようにまくし立てた。

「ち、ちょっと！　アンタ勘違《かんちが》いしてるんじゃないでしょうね！　あんなのワケわかんないし！　正直、気持ち悪いっていうか、ほんっと悪夢！　うち的には、あんなのなかったことになってるから！　あんなの、ぜんっぜん意味不明っていうか――」

「多分、毒か何かだろ？」

「……え？」

「オークが使っていた剣《けん》が何か特殊《とくしゅ》なアイテムだったか、それともあの部屋に何か毒の罠《わな》があったのか……今となっては、もう分からないけどな」

毒島は取り繕《つくろ》うように、髪《かみ》の毛をいじった。

「そ、そう。そうだよね……でなきゃ、うちがアンタなんかに、あんなことするはずないし……」

俺はデッキチェアから腰を上げる。パーカーのポケットに両手を突《つ》っ込み、短パンから伸びる素足《すあし》にサンダルを引っかけた。

「毒島さん、お願いだからあのことは黙っててくれないか？」

「え？」

意表を突かれたように、毒島は口を開いたまま固まった。

「スクールカースト上位の毒島さんにあんなことしたなんてバレたら、俺終わりだし」

「そ、そうよね、そりゃ、そうよ」

どこかうろたえたような顔で、毒島は笑った。そして、指を組んで体を揺《ゆ》らすように、妙《みょう》にもじもじした様子で言った。

「しょうがないわね。仕方ないから黙っててあげる。うちは被害者《ひがいしゃ》だし。知られたら、アンタ確かに犯罪者だよね。あはははははは」

俺は愛想《あいそ》笑いを浮かべると、毒島に背を向けた。

「あ……」

何か言いたそうな声が聞こえた気がしたが、これ以上付き合う義理もないだろう。毒島もとりあえず安心したはずだ。

どこか一人になれるところへ行こう。そう思って波打ち際《ぎわ》を歩いてゆく。海風は気持ちよく、波の音は耳に優《やさ》しい。

――確かに癒《い》やされるな。

この街にいる間に、色々と次の手を考えておくか。今夜あたりインフェルミアに戻って、哀川《あいかわ》さんに報告もしておいた方がいいよな。ああ！　また失敗したってどやされるんだろうなぁ！　想像するだけで、たった今癒やされた心がストレスで死にそうになる。

砂浜《すなはま》を歩いていると、目の前に大きな岩が横たわっている。

ここから先は岩場になっているらしい。ダンジョンの出口から見下ろした光景によれば、この岩場の向こうに港があるはずだ。俺も独自に情報を集めてみるか。

そう思って波打ち際を離れ、堤防《ていぼう》の方へ歩いて行こうとしたとき、耳に心地《ここち》好い美しい音が聞こえた。

――なんだ？　人の声……歌声か？

声は海の方から聞こえてくる。

この場所にイベント発生のトリガーが隠《かく》されているのだろうか？

俺はサンダルを履《は》いたまま海の中へ入って行く。足が波を掻《か》き分ける感触《かんしょく》と、ひんやりした感覚が気持ちいい。遠浅の海らしく、膝上《ひざうえ》くらいの深さがしばらく続いている。足《あし》下《もと》を見ると、サンダルを履いた足がはっきりと見える。透明度《とうめい》の高い、とても綺麗な海だ。

ふと気付くと、いつの間にか歌声は後ろから聞こえてくる。

海で歌うモンスターというと、セイレーンか何かか？

何気なく振り向いた俺の目に、衝撃《しょうげき》的な光景が飛び込んできた。

なぜなら歌の主が、そこにいたからだ。

セイレーンではない。だが、モンスターには違いがない。ある意味俺にとっては、それ以上の脅威《きょうい》でしかない。

この有様を、今俺が感じているものを、何と形容したらいいだろうか。

恐怖《きょうふ》。

それしかない。なぜなら――、

黒いビキニで歌って踊《おど》る、雫石乃音《しずくいしのん》を目の当《ま》たりにしたからだ。


周りを岩場に囲まれ、海からしか見ることの出来ない秘密のスポット。まるでそこだけ岩を配置し忘れたかのような、直径五メートルほどのプライベートビーチ。

そこで雫石乃音が、たった一人で、楽しそうに歌っていた。

以前ギルドホールの屋上で見たときとは、違う曲だ。あのときはまだしっとりした感じの歌で、別に身振《みぶ》り手振りがあったわけじゃない。歌っていることに驚《おどろ》きはしたものの、それでもまだ雫石のイメージには合っていた。

しかし、これはヤバい。

まるでアイドルのようなポップで明るい曲調。南国リゾートの雰囲気《ふんいき》に当てられ、テンションが上がってしまっているのか、雫石の中の何かが弾《はじ》けたようなキレッキレのダンス。三方を岩場に囲まれ、誰《だれ》にも見られる心配がない。そんな安心感が余計に雫石を大胆《だいたん》にしているのだろう。

海水が染《し》み込んで少し固くなった砂浜をステージに、雫石がステップを踏《ふ》む。ビキニしか身に着けていないので、朝霧に比べれば慎《つつ》ましい胸も、立派に揺れてその存在感をアピールしている。くるりと背を向けると、お尻《しり》を回転させるように細い腰《こし》を振る。その腰つきが妙に可愛《かわい》らしく、そしてセクシーだった。

ふと、雫石がこっちを見た。

息が止まる。

雫石と俺の視線が、真っ直《す》ぐにぶつかった。

澄《す》んだ瞳《ひとみ》が、俺の目をじっと見つめる。

一瞬《いっしゅん》で、全身から脂汗《あぶらあせ》が噴《ふ》き出した。

し……しずく、いし？

そして、雫石はにっこりと笑顔を見せる。

その顔にメガネはない。

――見えてねぇのかよっ!!

脱力《だつりょく》すると同時に、どっと疲《つか》れが出た。安堵《あんど》の溜息《ためいき》を漏《も》らし、改めて笑顔を見つめる。

なぜか、もう一度息が止まった。

胸の内側を、誰かにがっしりと掴《つか》まれたような感覚。

俺の思考回路が停止していた。

頭の中も、胸の中も、その笑顔に根こそぎ吸い取られ、空っぽになったみたいだ。

あれは、一体誰だ？

雫石だったはずなのに、俺の知っている雫石ではない。

透《す》き通った美しい声。そして歌がべらぼうに上手《うま》い。

そして全力の、心の底からの笑顔。

本当に、歌うことが幸せだと、声で、仕草で、全身で、表現している。

俺は魅入《みい》られたように、呆然《ぼうぜん》と見つめていた。だが、徐々《じょじょ》にこの状況《じょうきょう》が頭の中に染み込んでくると、冷静な判断が遅《おく》れればせながら出来るようになってきた。

――俺の命が危ない。

いま奴《やつ》はメガネをかけていない。だから俺のことが見えていないのだ。だが、俺が見ていることに気が付いたら？

この有様はギルドホールの屋上のときとは、比較《ひかく》にならない恥《は》ずかしさだ。俺なら死ぬ。恥ずかしくて死ぬ。だが雫石なら相手を殺すだろう。

ゆっくりだ、ゆっくりと……。視力が悪くても、動くものには気が付くかも知れない。

そのとき、雫石がぴたりと俺を見つめた。

――!!

俺は片足を踏み出そうとした中途半端《ちゅうとはんぱ》なポーズでフリーズした。

くそっ！　早く向こうを向いてくれ！　片足で立っていると、波の力がやたら強く感じるな！　このままじゃ耐《た》えられない！

そんな俺にむかって、雫石はとてもいい笑顔で手を振《ふ》った。多分そこには存在していない観客に向かって手を振っているのだろう。そんなファンサービスはいいから、早く向こうを向いてくれ！　今の俺にとっては逆に迷惑《めいわく》というか、からかわれているようにしか思えない。ああくそ！　可愛いからいまいちムカつけないのが余計にムカつくというワケの分からないループに陥《おちい》りそうだ！

早鐘《はやがね》のように鳴る心臓を鎮《しず》めるように、俺は自分に言い聞かせた。

落ち着け、向こうを向いた瞬間がチャンスだ。雫石が俺から視線を外した瞬間、ダッシュでこの死地を離脱《りだつ》する。多少の水音は、波の音にかき消されるはずだ。それよりも、こんなだるまさんが転んだ状態をいつまでも続けている方が危険だ。ぐずぐずしている間に雫石が歌い終わって、メガネを装着でもしたらそれこそ一巻の終わり。俺の命が潰《つい》えてしまう。

そんな俺の期待に応《こた》えるかのように、雫石が背を向けた。

よし！　いまだ！　今こそ暁《あかつき》の水平線に勝利を刻むのだ！

水しぶきを上げて、俺は走り出した。

そして背を向けたと思った雫石はそのまま一回転して、こちらを指さし、銃《じゅう》を撃《う》つようなアクション&ウインクを決めた。

てめぇぇぇぇぇぇぇぇ！　なんだそのフェイントは！　仕留める気満々かよ！

俺はぴたりと動きを止めた。

心臓が早鐘のように鳴っている。

自分の心音がうるさいくらいに聞こえる気がした。なぜそんなに鼓動《こどう》の音が聞こえるのかと思ったら、周りが静かになっていたからだ。雫石の歌が止まっていた。俺は全身から冷や汗《あせ》を流しながら、雫石の方に恐《おそ》る恐る目をやった。

雫石は歌うのをやめ、眉根《まゆね》を寄せてこちらに向かって目を細めている。そして、指先を空中にさ迷わせた。

　雫石の背後に謎《なぞ》のカウントダウンが見えた気がした。それは死へのカウントダウン。雫石が指先を止めると同時に、その顔にメガネが装着される。その瞬間、背後の数字はゼロになった。その数字が死刑宣告《しけいせんこく》と同じ意味を持って迫《せま》ってくる。

「……⁉……っ⁉⁉⁉」

　これ以上はないというくらい目を見開き、雫石は石のように固まった。

「よ……よお……き、奇遇《きぐう》、だな」

　震《ふる》える声で挨拶《あいさつ》をしたが、雫石は口を開けたまま、唇《くちびる》を波打たせた。その顔が瞬間的に朱《しゅ》に染まり、滝《たき》のような汗が流れ出す。

「い、言っておくけど、俺は何も見てない――!!　あ、いや！　う、海！　ずっと海見てたから！　いやー全然気付かなかった……ちょっと、雫石さん？　何してるんです？」

　雫石は目に涙《なみだ》を浮《う》かべ、凄《すさ》まじい速さで指を動かしてメニューを操作している。

「あの！　マントと魔導書《まどう》出してどうする気ですか？　本が濡《ぬ》れちゃうから、しまった方がいいと！　思うんだけどおおおおおおおおおおおおおおおおっ!!」

　雫石の魔導書が開き、赤い光が輝《かがや》いた。

「『メガデストラクション!!』」

　次の瞬間、俺の体を衝撃波《しょうげきは》が吹《ふ》き飛ばした。雫石の渾身《こんしん》の爆発《ばくはつ》系攻撃《こうげき》魔法が、十数メートルの高さの水柱を作り、衝撃波が海の上に円形に広がっていった。

「死ぬかと思った……」

「死なかったなんて……」

雫石は体育座りをして、顔を伏《ふ》せたままつぶやいた。

あまりにも雫石がテンパりすぎて、狙《ねら》いが無茶苦茶《むちゃくちゃ》だったおかげで助かった。それでも

何十メートルも飛ばされて、ＨＰも残りギリギリまで削《けず》られたけどな。

さっきまで雫石のステージだった場所、今はただの砂浜で二人並んで座っている。

「何で一度ならず二度までも……わざと？……わざとなの？　ストーカー？」

一発魔法を撃ったら落ち着いたのか、自己嫌悪《けんお》に襲《おそ》われたのか、怒《いか》りが静《しず》まったと思ったら、今度は落ち込んだまま浮上《ふじょう》する気配がない。膝《ひざ》を抱《かか》えた腕《うで》に顔を埋め、ぶつぶつと怨嗟《えんさ》の言葉を唱えている。なんだかリアルな呪術《じゅじゅつ》で呪《のろ》われそうだから、やめてくれませんかね？

「あーえーっと……ぐ、偶然《ぐうぜん》だよな。俺もちょっとみんなから離《はな》れて、一人になろうと思って……同じ事考えると、同じ場所に行き着いちゃうのかな、なんてな。はは……」

「……」

く、何だこの横から感じる無言の圧力は。

「う、海きれいだよな。なんかこう、気持ちが高ぶるの、わかるぞ、うん」

腕の隙間《すきま》から、ジロリと睨《にら》まれた。

「別に。嫌《きら》いじゃない、という程度の事よ」

嘘《うそ》つけ。めっちゃウキウキだったじゃん。

「そうか……機嫌《きげん》が良さそうに見えたから」

「っ！　そ、そんな訳ないでしょう。他《ほか》のみんなみたいに、群れてバカみたいに騒《さわ》ぐほどではないわ」

いやー一人で十人分の騒ぎを凌駕《りようが》していたと思うぞ、あれ。

「何か言いたいことでもあるの？」

「ない！　ないから、魔導書に手を伸《の》ばすのはやめて！　っていうか、早くしまって！」

雫石はしぶしぶ空中で指を動かした。するとかき消すようにマントと、傍《かたわ》らに置いてあった本が消える。

「まあ、言わんとしてることは分かるよ。俺もあいつらの青春まっただ中、俺たち楽しく充実《じゆうじつ》した毎日送ってます感が、肌《はだ》に合わなくてな」

わずかに顔を起こすと、またしても俺を睨む。

「あらそう。てっきりあなたは、もう向こう側に行ったものかと思っていたわ」

悪い冗談《じようだん》だ。そんなことあるわけねぇだろうが。

「雫石こそどうなんだよ。お前は独立愚連隊《ぐれんたい》のつもりかも知れないけど、あいつらからは、ちょっとクールでミステリアスな、２Ａの仲間って思われてるんじゃないのか？」

「やめてよ」

って、本当に嫌《いや》そうな顔するんだな、お前。

しかし、何か思いついたようにふっと微笑《ほほえ》む。これ雫石の悪い笑顔《えがお》だ。

「……ヘルゼクターになら、入って良《い》いかもね」

冗談じゃねえ！　断固拒否《きょひ》する！　不採用確定だ！

「おいおい、まさか魔王側に寝返《ねがえ》る気か？」

「ふふふ。かもね」

そう言って邪悪《じゃあく》に微笑む。さっき歌っていたときの笑顔と、ここまで違《ちが》うものなのかと感心すらしてしまう。一応……志望理由でも聞いてみるか？

「言うまでもないと思うが、他の連中には冗談でもそんなこと言うなよ？　で、この前から魔王ヘルシャフトをいたくお気に入りのようだけど。何か理由でもあるのか？」

「一度でも直接相対して、そんなことも分からないの？」

ゴミを見るような目で睨んでから、雫石は話し出した。

「私は元の世界……私生活でちょっとした問題を抱えていたのよ」

雫石？

「ああ、別にそんな深刻な話じゃないのよ。我ながら馬鹿馬鹿《ばか》しい話なのだけれど。でも、そんなつまらない問題が頭から離れなくて、くよくよ悩《なや》んで……」

おいマジか。ある意味、あのアイドル風オンステージよりも驚《おどろ》きだ。まさか雫石が、こんな立ち入った話を自らするとは夢にも思わなかった。

「他人の同意を得なければ、自分の人生さえ決められない……そんな理不尽《りふじん》な世の中に怒りを覚えているの。私の人生よ？　それなのに、何で他人を納得《なっとく》させなければ、自分のすることを決められないの？　そんな他人と世の中にも腹が立つけど、一番許せないのは……そんな状況を覆《くつがえ》せない、私自身」

雫石の指先が、柔《やわ》らかい二の腕に食い込んでいた。

「口先だけの反抗《はんこう》をして、でも結局一人で生きて行く生活力も才覚もない。決断も行動も出来ない。考えれば考えるほど、自分の無力さを感じて嫌になる。大学を出て、大人になってから好きなことをすればだなんて、よく言うわ！　それじゃ遅《おそ》いから言ってるんじゃない！」

俺は間《あい》の手を挟《はさ》むことも出来ず、黙《だま》って雫石の言葉に耳を傾《かたむ》けた。

「……でも魔王ヘルシャフトは違う」

顔を上げ、どこか夢見るようにつぶやいた。

「常識も、理屈《りくつ》も、倫理《りんり》も、しがらみも、全《すべ》てなぎ倒《たお》すようにして、自分の好きなように行動する。そして自分の好きなようにしてしまう。圧倒《あっとう》的な存在感と実力。あんな超然《ちょうぜん》とした存在に私はなりたいのよ」

「……そうか」

雫石の目には、魔王ヘルシャフトはそう映っているのか。

「でも、何も魔王の仲間にならなくたっていいだろ？　別に2Aギルドでだって、精神的な成長は出来るんじゃないか？」

しかし雫石は、小馬鹿にしたような表情で俺をちらりと見つめた。

「人間を作るのは環境《かんきょう》よ。どんな人間と付き合うかで、その人間は変わってゆく。駄目《だめ》な連中と付き合っていると、自分も自然とそのレベルへ落ちてゆくのよ」

そう言って立ち上がると、雫石はお尻《しり》についた砂を払《はら》った。

「だから、これ以上あなたと話をするわけにいかないの。私の人間レベルが下がるわ」

何だよそのステイタス！　初めて聞いたよ！

周りを囲む岩場に足をかけ、雫石は階段状になっている岩を上ってゆく。いかにも身軽そうな動きで最上段まで上ると、向こう側へ飛び降りようとした。

「なあ、雫石」

雫石は返事をしなかったが、一応立ち止まって振《ふ》り向いた。

「たとえレベルの低い相手であっても、悩みを打ち明けることで、自分の中で問題整理とか出来る場合もあるんじゃないのか？」

眉間《みけん》のしわをさらに深くし、雫石は答えた。

「他人と接していると思考能力を奪《うば》われる。私は自分の問題を解決するのに手一杯《ていっぱい》で、他人のために脳の処理能力を分けてあげる余裕《よゆう》なんてないのよ」

くるりと背中を向けて、雫石は小さな声でつぶやいた。

「あなただって、そうしてるでしょ？」

──それは、
確かにそうだ。俺は他人とのコミュニケーションについて、コストが高いことを理由に嫌悪している。でもそれは俺だからであって──お前は、他人に好かれるスペックと資格がある……んじゃないのか？

雫石はこちらにお尻を突《つ》き出し、岩場の向こうへ降りようと身を乗り出した。

「……雫石。お前が抱えている問題って、進路とかそういうことか？　もしかして、歌とか、音楽とかの方面に進みたいとか？」

「な……！」

弾《はじ》かれたように振り向いた顔が、瞬間《しゅんかん》的に真っ赤になった。

「ば、バカじゃないの!?　なんの根拠《こんきょ》で、そんな妄想《もうそう》──きゃああっ！」

ふっと雫石の姿が消えた。足を滑《すべ》らせて向こう側へ落ちたらしい。

猿《さる》も木から落ちる。という表現はあまり当たってないな……なんてのんびり考えている場合か！　今度こそ殺されるぞ！

俺は反対側の岩に飛び乗ると、岩場を伝って街の方へ一目散に逃《に》げ出した。

＋　＋　＋

「ここまで逃げれば大丈夫《だいじようぶ》だろう……」

俺は人通りが多く、店や市場が並んでいる通りへやって来た。どうやら、ここがサンデイアーノの目抜《めぬ》き通りらしい。

にしても、雫石の悩み相談には驚いた。しかもよくもまあ、俺なんかに悩みを打ち明けたもんだ。口ではあんなこと言ってたけど、やっぱり誰《だれ》かに聞いて欲しかったのかな。どうせ相談するなら、一之宮とか、朝霧とかの方が良いと思うがな。

それともあれか？　俺はぼっちだから、とりあえず悩みを吐《は》き出すには都合が良いってことか？　他人に言いふらす危険がないとか。

それなら納得だ。しかし――、

雫石を一人にさせておくと、何をしでかすか分からない。特にヘルシャフトへの執着《しゆうちやく》心は尋常《じんじよう》じゃない。俺にとっても脅威《きようい》となることが考えられる。その意味でも、あいつにはより2Aに溶《と》け込んでもらって、仲間という名前の足枷《あしかせ》を付ける必要がある。

俺は繁華街《はんかがい》に並ぶ店の看板を、何となく眺《なが》めた。食材や衣類、武器や防具といった商品を扱《あつか》う店は、すぐに分かる。だが、何を扱っているのか良く分からない店も沢山《たくさん》あった。

当初の目的通り、情報収集でもしてみるか。

そう思ったとき、見慣れた顔を発見した。

あれは有栖川《ありすがわ》と……レオンハルト？　あいつ、ビーチにいたんじゃなかったのか？

「あ、堂巡くーん」

気付かれないうちに離れよう——と思った矢先に、見つかってしまった。

「お、おう……」

有栖川がにこにこ笑って手を振っている。どっから見ても美少女だよなぁ……気のせいか、こっちの世界で初めて会ったときよりも、女装が馴染《なじ》んでいるような気がする。これもレベルアップによるステイタスの更新《こうしん》の賜物《たまもの》なのだろうか。

何にせよ無視するのも不自然だ。俺はしぶしぶ二人のところへ歩いて行った。決して、有栖川の笑顔に釣《つ》られたわけじゃないからな。

「どうした有栖川？　何か面白《おもしろ》いものでもあったか？」

「ううん。僕はたまたまレオンが張り付いてるのを見て……」

そう言って有栖川は、ショーウインドウにヤモリのように張り付いているレオンハルトを見つめた。

「どうしたんだレオンハルト？　お前、ビーチで雛……みんなと遊んでたんじゃ？」

「オー……ロリボディを愛《め》デテイタラ、追っ払ワレタデース……」

そうか。ま、当然といえば当然か。

「で、何があるんだ？」

「ヤー……あのエルフ……エロいデース。デュフフフフ」

何だこの気持ち悪いドイツは。俺の中のドイツイメージが大恐慌《だいきょうこう》を起こしている。

レオンハルトが見ているのは、ショーウインドウに並ぶエルフの像だ。美術品か骨董《こっとう》の店なのだろう。大小様々な像が並んでいるが、中には半裸《はんら》で煽情《せんじょう》的なポーズを取っているものもある。このあたり、エロか芸術か意見の分かれるところだが、俺的にはその二つは別の要素なので、エロのみ、芸術のみもあれば、エロ&芸術というものも存在しうると思っている。

「コレがこのセカイのフィギュアデスカ……なかなかイイ腕《うで》をしてるデゴザル。この世界にはオタク要素がスクナイノデ、コレは貴重デース。国宝ニ認定《にんてい》シマース」

「じゃあ買ったらいいんじゃないか？」

レオンハルトはこの世の終わりのような顔を俺に向けた。

「それがデキネエンダヨ！　ウッテネエンダ！　ひどいデース！　ガイジンを差別シテマ

ース！ ドイツにはオタク文化は輸出シネエッテ、ソーユーコトデスカ！ ヨカロウ、ナ

ラバ戦争ダ！ コロシテデモウバイトル！」

おいおい、過激な冗談はやめておけ。各方面から苦情が来る。

俺はショーウインドウに並んでいるアイテムを見ながらメニューを開く。この店のアイテム一覧が出てくるが……普通《ふつう》に買えそうだけどな。大体、一体平均で一万円くらいか……ん？ 円？

「そうなんだ。僕も欲しいアイテムがあったんだけど、メニュー開いても選択《せんたく》出来ないし、お店の人に言っても売ってくれないんだよね……」

「有栖川は何が欲しいんだ？」

そう訊《き》くと、有栖川はえっ、と言葉に詰《つ》まった。少し頬《ほお》を染めると、おずおずと隣《となり》の店を指さす。っていうかそーゆー可愛《かわい》いリアクションやめて欲しいんだけどな。性別が分からなくなりそうだから。

隣は明るく小綺麗《こぎれい》な店構えで、美容室かエステサロンのような雰囲気《ふんいき》だ。有栖川の後について中に入ると、ウィッグや化粧品《けしょうひん》も並んでいる。その奥に、高級ホテルのフロントを彷彿《ほうふつ》とさせる一角があった。俺たちに気が付くと、机に座っている美人が顔を上げた。

「いらっしゃいませ。どのような御用《ごよう》でしょうか？」

いや、御用と言われても。特にないけど。

「さっき教えて頂いた、あれなんですけど……もう一度聞かせてもらえませんか？」

有栖川が申し訳なさそうに言うと、美人の店員さんはにっこり微笑《ほほえ》んだ。

「喜んで。こちらは皆様《みなさま》の容姿のお悩みについて、ご相談を伺《うかが》うお店になっています。髪《かみ》の色や形、それにお化粧でだいぶイメージが変わりますよ。当店自慢《じまん》のヘア＆メイクのスタッフにお任せ頂ければ、男女を問わずきっとご満足頂けます」

つまりこの世界における美容院ってわけだ。確かにＲＰＧとかで、遊んでいる間に飽《あ》きてきて、ちょっとキャラクターの見た目を変えたくなるときとかあるもんな。

ちらりと有栖川を見ると、うわぁ♪　という顔で目を輝《かがや》かせている。

「さらにエステコースで体形の変更《へんこう》も可能です。女性ならお好みのスリーサイズに変更したり、男性であれば筋骨隆々《りゅうりゅう》のマッチョタイプに変身するなど、何の努力も時間も必要ありません。お手間をかけずに、すぐに変わることが出来ます。それでもご満足頂けない方には、究極の美容コースがございます」

店員さんが指を振ると、俺と有栖川の前にコースの説明が表示される。

「このコースでは、あなたに新しい人生をプレゼント致《いた》します。もう一人のあなたを提供し、もう一つの人生を生きて頂く為《ため》のお手伝いをさせて頂くのです」

何だか胡散臭《うさんくさ》い話だが、興味が湧《わ》くな。何だよそれ。

「ヘアメイクやエステコースとは違《ちが》って、究極の美容コースでは一切《いっさい》の制限がありません。

理想のあなたに変身することが出来ます」

「それって……見た目を全部、望み通りに変えることが出来る……ってことか？」

店員さんは首を傾け、にっこり微笑んだ。

「はい。種族や性別までも」

有栖川の喉《のど》が、ごくりと鳴った。

確かに……このコースを使えば、俺だってイケメンになれる。人間は見た目じゃないと言う人がいるが、それは理想だ。大抵《たいてい》の人間は、まず人を外見で判断する。そういった先入観や偏見《へんけん》を持たない、素晴《すば》らしい人間だっているかもしれない。だが、そんなことが出来そうなのは、俺が知っている範囲《はんい》では朝霧くらいしか想像出来ない。

同じ発言をしたって、ブサメンとイケメンが言うのとでは、説得力や受け取り方に天地の違いがある。

さらに言うなら、自分の容姿に自信があれば、言動も自然と自信に溢《あふ》れたものになる。そういう意味で、見た目を気にするのは当然のことなのだ。

俺だって、一之宮みたいなイケメンだったら、全然違った人生を送れたのかも知れない。それこそ、朝霧と付き合うことだって――。

俺の胸の中で、急激に湧き上がる何かがあった。

「あ、あの。これって、どれくらいの費用がかかるんですか？」

一体、何ゾルなんだ？

「そちらの説明に価格のご案内がございます」

俺はコース説明の価格のボタンを押した。するとスライドして価格表が現れる。

究極美容コース――五十万円。

思わず目まいがした。

くそっ！　ヘルズドメインの連中がああっ！　奴《やつ》ら金の亡者《もうじゃ》か！　人の弱みにつけ込みやがって！　悪魔《あくま》め！

有栖川は困ったように口をへの字にしていた。

「ね？　値段も表示されないし、選択することが出来ないんだ」

なに？

俺はもう一度、燦然《さんぜん》と輝く五十万円の表示を睨《にら》み付けた。

そうか。課金可能なのはアダルトモードの俺だけなのか。一般《いっぱん》コースの有栖川にはそもそも選択する表示すら出てこない。レオンハルトが欲しがっていたエルフのフィギュアも、きっと同じだ。

この外見を変更するオプションは確かに法外な値段だが、エグゾディア・エクソダスのリアルさを考えると当然なのかも知れない。言ってみれば、美容整形手術や性転換《せいてんかん》手術をするようなものだ。しかも、リアルでは不可能なほど、完璧《かんぺき》に理想に近付ける。いや、理想そのものになれるに違いない。

しょぼいゲームならそんな大金払《はら》う気にもなれないが、このエグゾディア・エクソダスのリアルさは現実と何ら変わらない。謳《うた》い文句の、もう一人の自分を手に入れる、もう一つの人生を生きるというのは、あながち大袈裟《おおげさ》な表現ではないのかも知れない。

有栖川は残念そうに、ぽつりと漏《も》らした。

「はぁ……いいなぁ……」

「有栖川はどんな自分になりたかったんだ？」

「ふえっ⁉　ぼ、僕はその……あははは。で、でも選べないんじゃしょうがないよね」

「何か条件を満たせば選択出来るようになるのかも知れないけど、今は確かにどうしようもないな。外へ出るか」

「うん……そうだね」

寂《さみ》しげな微笑みを漏らすと、有栖川は店員に礼を言って店を出た。そしてまだショーウインドウに張り付いていたレオンハルトを回収する。

さて、そろそろ単独行動に戻《もど》るか……思ったとき、有栖川が思い出したように言った。

「そういえば、さっき人に聞いたんだけど、この先に船を売ってくれるところがあるみたいなんだ。行ってみようよ」

船？　まさか、ここから海上の移動が出来るようになるっていうのか？

それは想定外だった。まだバルガイア大陸の地理すら全《すべ》て把握《はあく》していないというのに、他《ほか》の島や大陸に足を延ばせるようになるだと？

だがこのエグゾディア・エクソダスの世界。その果てがどうなっているのかは謎《なぞ》だ。というか、どこまで実装されているのかが不明だ。

「そいつは……確かに気になるな」

「ヤー！　行くデース！　センカンっぽい姿をシタ女の子がイルカモデース」

いねえよ、と突《つ》っ込む気力もなく港に向かった。

港はさっき雫石と出会った場所から、さらに進んだところにある。小さなボートから、全長数十メートルはある巨大《きょだい》な帆船《はんせん》まで、多くの船が係留されていた。いかにもリゾートっぽい小綺麗な船と、だいぶくたびれた漁船が入り乱れている。

港に沿って、レストランや酒場が何軒《けん》も並んでいる。大きな船から荷揚《にあ》げをする人々が、忙《いそが》しそうに働いていた。港なので力仕事が多いためだろうか、体のがっしりしたＮＰＣが非常に多い。女性もいるが、背が高く筋肉隆々だ。

船着き場のすぐ向かいには、運ばれてくる荷物が取引されている市場があり、至る所から威勢《いせい》の良《い》い声が響《ひび》いてくる。

「活気があって、すごいねー」

有栖川は目につくもの全てに興味を示すように、あたりをきょろきょろと見回しては興奮の声を上げている。

「ヴンダバー！　イタヨ！　センカンのムスメ！」

んなわけあるか――とあきれ顔でレオンハルトの指さす方を見ると、確かにこの世のものとは思えないほど、美しい少女が立っていた。

「うわぁあ……すごい、キレイな人……」

有栖川まで溜息《ためいき》をついている。それほどの美人だった。

すらりとした肢体《したい》に小さめな頭。見るからに頭身が高く、脚《あし》も長い。細身の体に合わせたような繊細《せんさい》な鎧《よろい》を身に着け、腰《こし》には持ち主に合わせたような細く優雅《ゆうが》な剣《けん》を下げている。

繊細な口元に輝くピンクの唇《くちびる》は困ったように微《かす》かに開き、大きめな青い瞳《ひとみ》が何かを探すように、人波を見つめている。

誰《だれ》か人を探しているのだろうか。喧噪《けんそう》の中から待ち人の声を聞き取ろうとするように、金色の髪から尖《とが》った耳が飛び出している。

「っていうか、あれエルフじゃないか？」

「うん、確かに……」

「オウゥ！　生エルフ！　等身大フィギュアみたいデース！」

騒《さわ》ぎ立てる俺たちに気が付いたらしく、エルフの視線がぴたりと止まった。

「あれ？　こっちに来るよ？」

そのエルフは俺たちの方を見つめ、真っ直《す》ぐ歩いてきた。

「あなた方が、船を売る商人？」

鈴《すず》を転がすような可愛い声で訊いてきた。

「え？　いえ、僕たちは……その、旅人です」

有栖川の答えに、そのエルフは細いあごに手をやった。

「そうでしたか。造船所を営む裕福《ゆうふく》な若い商人とその妻、それに使用人が出迎《でむか》えると聞いていたものですから……」

そのキャスティングに誰が当てはまるかは置いておいて、だ。

「ええと……僕たちはラムル山脈の向こう側からやって来たんですが、あなたは？」

有栖川がおっかなびっくり話しかけると、そのエルフは海の方を指さした。

「私はこの海の向こうにあるログレス大陸からやって来ました。エルフの国『アルズヘイム』の騎士《きし》です」

海の向こうの国……エルフたちの住む国か。

そいつは色々と聞き出したいな、と口を開きかけたところへ、逆に質問をされた。

「ラムル山脈の向こうというと、人間の国ですね？　それなら訊きたいことがあります」

両手の拳《こぶし》を握《にぎ》ると、有栖川は少し身を乗り出した。

「な、何ですか？　僕たちに答えられることでしたら」

力になりたいです、という態度の有栖川を見つめ、そのエルフは微かに微笑んだ。

「バルガイア大陸では、魔王ヘルシャフトの治めるヘルランディアという国が勢力を増しているとか。それは真実なのですか？」

レオンハルトは思い出したように、怒《おこ》って両手をじたばたさせる。

「ヤー！　その通りダヨ。カルダートもメッチャやられチャッタンダヨ！」

エルフは驚《おどろ》きに目を見張った。

「カルダートまで？　そんなところにまでヘルランディアは領土を拡大して？」

有栖川が慌《あわ》てて訂正《ていせい》した。

「いえ、攻撃《こうげき》はされたんですが……今は撤退《てったい》しています」

「それは妙《みょう》ですね。どうして魔王はそんな攻撃を……」

怪訝《けげん》な顔をするエルフに、有栖川やレオンハルトまでが言われてみれば、と首をひねる。

ちっ、妙な疑問を持たれても面倒《めんどう》だな……。

「俺にも良く分からないし、想像の域を出ませんが……人間の力が強くなって来たので、一発頭を叩《たた》いておこうって感じじゃないですかね？　撤退したのは元から占領《せんりょう》するつもりじゃなくて、単にダメージを与《あた》えるのが目的だったからとか」

有栖川とレオンハルトは、おおーと納得《なっとく》したような声を上げた。

「そっか、確かにヘルランディアの領土からは、ずいぶん離《はな》れてるもんね。統治するには色々無理があるのかも」

エルフは深刻そうな表情を浮《う》かべるとうなずいた。

「なるほど……しかし、ヘルランディアの脅威《きょうい》が増しているというのは事実なのですね。魔王ヘルシャフトはダークエルフとも懇意《こんい》だと聞きますし……やはり調査する必要があるようです」

ダークエルフ。サタナキアのことか。

「ヤー！　ヘルランディアの幹部ニイルヨ！　ダークエルフ！」

「うん。その手下もダークエルフの軍団だし……」

エルフは険しい顔をすると、やはりですか、とつぶやいた。

「ありがとう。それでは私は船を用意して、ヘルランディアの近くまで行ってみます」

立ち去ろうとするエルフに、俺は慌てて声をかけた。

「ちょっと待ってくれ。その、さっき魔王とダークエルフは仲がいいって言ってたけど、あんたたちはそうなると何か困るのか？」

エルフは俺を見つめると、重々しくうなずいた。

「ええ。我がアルズヘイムとダークエルフの国ロヴァルリンナは、共にログレス大陸にある隣国《りんごく》です。もしダークエルフとヘルシャフトが手を組んだとすると、我々エルフにとって最大の脅威となります」

そうか。他の種族の力を借りるという発想はあったが、国単位での同盟というのは思いつかなかった。っていうか、そんなことも出来るのか。エグゾディア・エクソダス。

「そうだったんですか……とすると、あなた方エルフとダークエルフの関係は、あまり良好とは言えない……ということなんですか？」

何を言っているんだと言わんばかりに、エルフは目をつり上げた。

「当然です。我々エルフとダークエルフは相容《あいい》れぬ存在。長きにわたる両種族の対立は、もはや修復など不可能。いずれ、どちらかが滅《ほろ》びるより他に道はありません。いえ、邪悪《じゃあく》なダークエルフたちが滅びるしかないのです」

「オー……オダヤカジャナイデース……」

エルフの殺気に満ちた瞳が、俺たちの背筋を震《ふる》え上がらせた。

「だからこそ、魔王ヘルシャフトに対する調査も必要なのです。それに――」

苦々しい表情を浮かべると、吐《は》き捨てるように言った。

「我らエルフの中に、魔王ヘルシャフトの軍門に降《くだ》った者がいる、との情報があるのです。恥《は》ずべき存在、我らエルフの面汚《つらよご》し。決して許すことは出来ません」

なに？　そんな手下いたっけ？

カルダート攻略《こうりゃく》戦のときに歌ってたエルフの奴隷《どれい》はいたけど、あとで確認《かくにん》したら、本物のエルフじゃ無くてああいうファッションのバンドだったし。いわゆるビジュアル系？

もしかしたら俺が知らないだけで、サタナキアの手下にいるのかもしれない。戻ったら、後で訊《き》いてみよう。

「私がヘルランディアに行くのは、その真偽《しんぎ》を確認する為《ため》でもあります。そして、その裏切り者が一体何者なのか……」

エルフの表情は、怒《いか》りからどこか悲しみを含《ふく》んだ、苦しげな表情へと変わっていた。

「その事実を確かめないと、私は……」

何だかその声が、今にも泣き声になってしまいそうに聞こえた。

そこへ道の向こうから手を振《ふ》ってやって来る人影《ひとかげ》があった。どうやらエルフが探していた商人のようだ。なるほど確かにいかにも金持ちそうな若い男女と使用人だ。だけど使用人がおじいちゃんなんだけど。

すっと顔を上げると、エルフの表情は今の悲しげな様子が嘘《うそ》だったように、凛々《りり》しい顔へと変わっていた。

「私の名はエルネス。これから海を渡《わた》るのでしたら、一度アルズヘイムへ行ってご覧なさい。人間となら、共に戦う道もあるかも知れません」

そう言い残すと、エルネスと名乗ったエルフは去って行った。

四章「廃棄されし魔王」

夜になり、俺は人目を忍《しの》んでインフェルミアへと戻って来た。テレポートって本当にいいものですね。旅の情緒《じょうちょ》は全くないけど。

サンディアーノでは、また俺が勝手にいなくなったとディスられているだろうが、やむを得ない。こちらはこちらで放置しておくと、《LOYALTY》が下がって、大変なことになる。

というわけで、まずは哀川《あいかわ》さんに報告。それからヘルゼクターとの会議だ。

廊下《ろうか》を急ぎ足で歩いていると、石の床《ゆか》をモップがけしている哀川さんが目についた。うむ、真面目《まじめ》に働いているな、感心感心。すると哀川さんも俺に気が付き、顔を上げた。

「あ、堂巡《どうめぐり》く——魔王様」

俺はあたりを素早《すばや》く見回すと、哀川さんに顔を近付け耳元で囁《ささや》く。

「ちょっと相談があるんですが」

「なに？　手早くしてね。早いところこの廊下を片付けちゃいたいから」

ほんと真面目に働いてるなあ。ヘルズドメインで鍛《きた》えられた社畜根性《こんじょう》は伊達《だて》じゃない。一生懸命《いっしょうけんめい》仕事をしているところを邪魔《じゃま》するのも悪いので、一段落したら俺の部屋に来るように伝えて、一旦《いったん》別れた。

インフェルミアの中央にある魔王の塔《とう》。その上層階に魔王の自室がある。

重厚《じゅうこう》な扉《とびら》を開け、不気味でクールなインテリアと再会する。ああ、もうこのエイリアンの体内のようなデザインが心地《ここち》好くなってきた。すげえ落ち着く。

俺は魔王の鎧を解除し、サンディアーノで手に入れたリゾートファッション的なアロハシャツと短パンに着替《きが》える。そしてキングサイズよりデカいベッドにダイブ。

ああ安らぐな……とゴロゴロしていると、三十分もしないうちに哀川さんが現れた。

「何よ、その格好」

イラッとした顔で言われた。

「いや、ちょっと……その辺も含めて報告しますんで」

そして俺は哀川さんと自分の部屋で二人っきり。手早くここ数日の出来事を話した。

「そう……確かに魔王殺し《ホーリーグレイヴ》の剣を奪《うば》われたのは痛いけど、でもあと三週間くらい持ちこたえれば、Ｓａｎｔａ《サンタ》－Ｘ《クロス》も適用されるし……まあ許容範囲《はんい》ね」

おお！　修正プログラムの予定が哀川さんに余裕《よゆう》を生んでいる！　絶対怒られると思っていたのに。良かった～。

「その代わり、今まで以上に注意するのよ？　話を聞く限り、何だか最近クラスメートに対して警戒心《けいかいしん》が薄《うす》れているような気がするわ」

「え？　そ、そうですか？」

「もちろん直接見てるわけじゃないから想像というか……何となくだけど」

そんな馬鹿《ばか》な。俺に限って、そんなことは有り得ない。

「冗談《じょうだん》じゃないですよ。そう見えるとしても、それはあくまで奴《やつ》らを操《あやつ》るための手段に過ぎません。あいつらをコントロールする為には、多少の接近は必要ですからね」

「そう？　それならいいんだけど」

哀川さんはそれ以上突《つ》っ込まず、さらりと話題を流した。

「それより別の大陸に行くかも知れないんですって？」

「……ええ。まだ分からないですけど、その可能性はあります」

船の値段を調べたが、かなり高い。ボートならともかく、全員乗れて別の大陸まで行けるような船となると、三十万ゾルは下らない。

「だったらテレポートで戻《もど》って来られないから、気を付けてね」

「えっ!?　マジっすか！」

「マジよ。テレポートが可能なのは、同じ陸地にいるときだけ」

何てこった。テレポートがあるからこそ、２Aギルドとヘルランダー、二つのコミュニティを行ったり来たり出来るっていうのに。

「だからより慎重《しんちょう》な行動が必要に――」

部屋の扉がノックされた。

「ヘルシャフト様。お戻りになったと聞きましたが……いらっしゃいますか？」

凛《りん》とした呼び声に、俺はバネのように背筋を伸《の》ばして反り返った。

サタナキアの声だ。俺は哀川さんに、ひそひそ声で叫《さけ》ぶように言った。

「哀川さん、早くごまかさないと！」

「もう！　またなの!?　ちょ、もうエクスタスはやめてよっ！」

哀川さんは自らベッドへ横になると、拘束《こうそく》具の下の服をはだけた。そして俺は、まず魔《ま》王《おう》の兜《かぶと》を装着する。以前、フォルネウスに乱入されたときに学んだことだが、服を着替えるより、まず兜だけ装着していれば後はどうとでもごまかせる。

とはいえ、勝手に入ってくるということもないだろうが、保険のようなものだ。これで安心して、装備の交換《こうかん》が出来る。では次はシャツと短パンを脱《ぬ》ぐか――、

「失礼ですが、入ります」

白く輝《かがや》く髪《かみ》と褐色《かっしょく》の肌《はだ》をした美女が、何の躊躇《ちゅうちょ》もなく扉を開けて入ってきた。

おわーっ！　てめぇ！　本当に失礼な奴だな。

「さっ、サタナキアっ!?　まだ入れとは言っておらぬだろうが！」

「失礼致《いた》しました。お返事がなかったので心配になりまして――魔王様、そのお姿は？」

サタナキアは魔王の兜を被《かぶ》った、アロハシャツに短パンの俺をまじまじと見つめた。

「おぉうっ！　これはだな――」

俺が言い訳をする前に、サタナキアはぽんと手を打った。

「ああ、これが前にフォルネウスが言っていた、奴隷と遊ぶためのお姿ですか」

「え？　あ、ああ……そうだ。そういうことだ。良く知っていたな」

そういえば、フォルネウスに見られたときに、そんな言い訳をしたんだった。

「フォルネウスが、今日面白《おもしろ》いもの見ちゃったんだもん、と言いふらしてましたので」

あのアホの堕天使《だてんし》……。

「それで、サタナキア……一体、どうしたというのだ？」

サタナキアは俺の質問が耳に入らないかのように、じっとベッドの上の哀川さんを見つめていた。

「ヘルシャフト様は、あの奴隷のどこがそんなにお気に召《め》しているのですか？」

うっ！　なんだかサタナキアの背後に、蒼《あお》い炎《ほのお》が燃え上がっているような気がする！

哀川さんもただならぬ殺気を感じているのか、ヘビに睨《にら》まれたカエルというか、肉食動物に怯《おび》える小動物のように、丸くなってガタガタ震えている。

「勘繰《かんぐ》りすぎだ。気に入っているとしても、お前たちヘルゼクターとは比較《ひかく》にもならん」

サタナキアはやや溜飲《りゅういん》を下げたのか、ふうと息を吐くと哀川さんから視線を外した。

「しばらくご不在でしたが、一体どちらに行っておられたのですか？　決裁を頂きたい書類があるとアドラがぼやいておりましたが」

やべえ、やはり長期の不在が影響しているらしい。

「それに、度々《たびたび》お姿が見えないことがありますが……ヘルシャフト様はどこで何をしてらっしゃるのですか？」

ううむ、ここで疑念を晴らしておく必要がありそうだ。そうしないと、今後の活動にますます制限が生まれる。

「実はな、俺も独自でヘルランディアと周辺国の調査を行っているのだ」

「ヘルシャフト様が、自ら……？　そのようなこと、我らヘルゼクターにお任せ頂ければ」

「決して、お前たちのことを疑っているわけではない。だが俺の国、そしてこれから俺のものになる国を直接見て回ることで、得られる情報もある」

「では、せめてお供をおつけ下さい」

「それは出来ぬ。供を付けると目立ちすぎる。それでは隠密《おんみつ》の視察にはならん。だが俺は見ての通り、人間に擬態《ぎたい》する能力がある。だから一人で行った方が良いのだ」

しかしサタナキアはまだ納得《なっとく》しかねるようだ。

「しかしヘルシャフト様の身に何かありましたら……」

「ふふふ、この俺様を誰《だれ》だと思っている。史上最強の魔王ヘルシャフトだぞ。何を脅威《きょうい》に思うことがある。万が一、何か危険があったところで——」

俺はサタナキアの肩《かた》に手を置いた。

「そのときこそ、お前たちの出番だ。頼《たの》むぞサタナキア」

「……はい♥」

サタナキアの瞳《ひとみ》がとろんと潤《うる》んだ。

——そうだ。そういえば、サンディアーノで出合ったエルネスというエルフが気になることを言ってたな。

「サタナキアよ。一つ訊《き》きたいことがあるのだが……貴様にエルフの部下はいるのか？」

「……？　ダークエルフの軍団を預かっておりますので、それはもちろんです」

サタナキアはプラチナブロンドの髪をかき上げる。

「そうではない。ダークエルフではなく、エルフの、だ」

サタナキアの手が、ぴたりと止まった。

「……いません」

「そうか、それなら構わんが……」

だとすると何かの勘違《かんちが》いか？　或《あ》るいは設定ミスの台詞《せりふ》が残ってしまっているとか。

サタナキアが何か思い出したように顔を上げると、淡々《たんたん》と告げた。

「ヘルシャフト様。唐突《とうとつ》ですが、今からエッチなことをしましょう」

唐突過ぎるわ！　っていうか、エルフのこと思い出したんじゃないの⁉

サタナキアは、マントと一体になった肩当《かたあ》てを外し、続いて手首から肘《ひじ》までを守る腕《うで》のガードを外した。さらに迷いのない動きで、膝《ひざ》の装甲《そうこう》をはずして靴《くつ》とストッキングを脱ぐ。

「さっ、サタナキア⁉　な、どうしたっ⁉」

「どうもこうもありません。ダークエルフなので、これくらいは当然の行動です」

ビキニだけになったサタナキアがベッドに上がると、押し出されるように、哀川さんはベッドの上を転がって端《はじ》まで逃《に》げた。

「あの、恐《おそ》れ多いですので、私は失礼させて頂き――」

「待ちなさい」

逃げようとした哀川さんの腕を、サタナキアがかっしり掴《つか》んだ。

「ひっ！」

「ここにいなさい。私の体がどれだけヘルシャフト様を愉《たの》しませることが出来るか、それを見届けるのです。お前と私、どちらの体がより魔王様に相応《ふさわ》しいか、思い知ってもらいます」

「ひぃいいいいいっ⁉」

真っ青な顔で、哀川さんは悲鳴を上げた。

「そ、そんな！　卑《いや》しい奴隷《どれい》の私が、サタナキア様と比べられるだなんて、あまりに恐れ多いことです！　敵《かな》うはずもございません。どうか、お許しください！」

「気にすることはありません。敵わないということを、ヘルシャフト様とお前に知らしめる為《ため》です。私が許します」

　哀川さんは、そうじゃねーんだよ、という顔で目に涙《なみだ》を浮《う》かべていた。

　これはもう、避《さ》けられない事態だ。覚悟《かくご》して下さい、と俺は目で語りかけた。と言っても、兜を被っているので目なんか見えない。

　しかし哀川さんは見ているだけで良《い》いはずなので、気が楽だろう……まあ、こんなアリーナ最前列というか、むしろステージに上がっちゃってる状態で見せ付けられるのも、たまったもんじゃないだろうが。

「さあヘルシャフト様。奴隷ばかり可愛《かわい》がって、ヘルゼクターであるこの私をないがしろにするなんて、理不尽《りふじん》ではありませんか。今宵《こよい》こそは、私の体でお楽しみ下さい」

　そう言って体をくねらせ、姿勢を変えた。仰向《あおむ》けになり長い脚《あし》を組み替《か》える。やや股《また》を開き、片膝《かたひざ》を立てた姿勢のせいで股の間にある秘密の部分が丸見えになった。ビキニパンツは穿《は》いてはいる。しかし、その細い布はサタナキアの谷間に吸い込まれるように食い込んでいる。

　俺は思わずごくりと喉《のど》を鳴らした。

「さあ、ヘルシャフト様……」

迎《むか》え入れるように、両手を開いて俺が来るのを待っている。これを無視するのは、さすがに可哀想《かわいそう》だ。というか、《LOYALTY》が危険な状態になってしまう。俺は覚悟を決めて、ベッドに上がった。

「え……えっと」

戸惑《とまど》っているのは哀川さんだ。これから自分はどうしたらいいんだ、という気持ちが良く伝わってくる。しかし隣《となり》のサタナキアは、ライバル心むき出しの視線を哀川さんに送っていた。

サタナキアは自分の胸に手を当てると、その大きな二つの膨《ふく》らみを両側から寄せる。

「どうぞ、早く召し上がって下さい」

わずかに震《ふる》える声で、サタナキアが懇願《こんがん》する。

本人が食べろって言ってるんだから、いいよね？　っていうかこれが据《す》え膳《ぜん》食わぬはってやつ？　そうだよ、女の子と部下に恥《はじ》をかかせちゃ駄目《だめ》だよね。

俺はサタナキアにのしかかると、震えそうになる手を必死で抑《おさ》え、たっぷりとした量感の胸に手を伸ばした。肩紐《かたひも》も左右のカップをつなぐフロント部分もない、左右から挟《はさ》んでいるだけのアーマーが胸を守っている。守っていると言うにしては、守備範囲《はんい》は狭《せま》いが。

そのわずかな防御《ぼうぎょ》を崩《くず》すべく、アーマーと柔《やわ》らかい胸の隙間《すきま》に指をもぐり込ませる。

「んっ……」

指先が胸の敏感《びんかん》なところにあたり、サタナキアが微《かす》かなあえぎ声を上げた。俺はやさしくアーマーから胸を取り出そうとするが、胸が大きすぎてきつい。やや力を入れると恐ろしい弾力《だんりょく》を持つ胸が大きく歪《ゆが》み、アーマーが弾《はじ》けるように外れた。その勢いで、褐色の胸が暴れるように飛び出してくる。

「あぁん♥」

うおわっ⁉　い、いつ見ても、何度見てもすげえ……。

飛び出したおっぱいは、振動《しんどう》を吸収するようにしばらく弾《はず》むように揺《ゆ》れていた。その美しさと色っぽさに思わず息を呑《の》む。

張りのあるおっぱいは、その丸みを際立《きわだ》たせるように照明の光を反射し艶々《つやつや》と輝いている。左右にあまり広がらずに、丸い形を保つ胸は奇跡《きせき》のようだ。その下乳がくっきりした影《かげ》をウエストに向けて落としている。そこからへそにかけて、引き締《し》まった体の凹凸《おうとつ》を影の明暗が表現していた。盛り上がった部分に、てかるように光る肌がとてもいやらしい。

そして股間《こかん》を隠《かく》すわずかな黒い布と装甲。白いシーツの上に広がる輝く白い髪。その上で泳ぐように手を広げる褐色の女体《にょたい》。見ているだけで、正気を失ってしまいそうになる。

「さ、さすがの、妖艶《ようえん》さだな……サキュバスすら、お前の前では霞《かす》んでしまう」

俺も正直、魔王のキャラを維持《いじ》するだけで、いっぱいいっぱいだ。全神経を消耗《しょうもう》するような試練を受けている気分になる。

「ありがとうございます。ダークエルフですから……これくらいは、当然です」

クールなサタナキアに、ほんのわずか照れが見えた気がした。微かに眉《まゆ》を寄せて、ほんのり頬《ほお》を染める表情が、またそそる。

身動《みじろ》ぎする度《たび》にふるんと揺れる胸は、やわらかなデザートのようで、俺に食べられるのを待ち構えているかに思える。それは大きなチョコレートプリン。先端《せんたん》には肌《はだ》とは違《ちが》う綺《き》麗《れい》なピンク色がトッピングされている。その内側ではこれから始まる行為《こうい》への期待が膨れあがり、褐色《かっしょく》の肌は今にもはち切れそうに張り詰《つ》めている。

その胸を見つめていると、こちらの理性もどこかへ飛んで行ってしまう。すぐ近くでは哀川さんが見ているというのに、それもまったく気にならなくなった。

いやらしい肉体が早くしてと俺を誘惑《ゆうわく》する。そんな誘惑、断れるオスなんて生物じゃない！　断じて！　その誘《さそ》いのままに、俺は胸の谷間に顔を埋《うず》めた。

「はぁあああんっ♥！」

思いっきり息を吸い込むと、サタナキアの香《かお》りが胸一杯《むねいっぱい》に広がった。サタナキアの体からはとても良い香りが立ちのぼっている。フォルネウスからは、お菓子《かし》のように甘い香りがしたが、サタナキアの肌からは草原のように清々《すがすが》しく、香木《こうぼく》のように妖艶で、森林のように落ち着く香りがした。

我慢《がまん》出来ず、丸い褐色の肌に吸い付く。

「ん、ふっ！」

そして舌で味わうように、破裂《はれつ》しそうなほど張り詰めた胸を舐《な》め回した。

「あっ、はぁ！　んぅっ！」

その度に、サタナキアの体がくねり、その唇《くちびる》から声が漏《も》れる。そして胸を隠すように、くるりとうつぶせになった。その背中が震えて、肩で息をしている。白い髪《かみ》が切り開かれるようにして覗《のぞ》く褐色のうなじ、そして肩甲骨《けんこうこつ》と背筋の描《えが》き出す濃淡《のうたん》がとても美しい。感じ過ぎたのか、今は手を触《ふ》れていないのに背中の痙攣《けいれん》が止まらない。

しかし胸を隠したのだろうが、その代わりにもっとボリュームのある部分が露《あら》わになった。申しわけ程度にお尻《しり》を隠す――いや、隠しているとは言えない。黒いパンツはほぼ紐《ひも》で、お尻の二つの丸みは何ら隠されていない。

大きなお尻だった。これで押し潰《つぶ》されたら圧死するのではないか、などと馬鹿《ばか》な考えが頭を過《よ》ぎる。だが、ちょっと乗っかられたい。そんな矛盾《むじゅん》した考えが頭の中でぐるぐる回る。俺はそっと、そのお尻に手を当てた。

「んあっ！」

サタナキアがぴくんと頭を上げる。そして俺の手から逃《のが》れようとするように、お尻を左右に動かす。だが逃げられるはずもない。

むしろその動きが、もっと揉《も》んでと誘っているようにしか見えない件。いやらしく腰《こし》をくねらせる大きなお尻。俺は指に力を込めて、その弾力の固まりのような部位を揉み始めた。

「ああっ！　へ、ヘルシャフト様……そ、そんなところはぁあああああっ！」

肩越《かたご》しに振《ふ》り返ったサタナキアは、眉を寄せ、泣きそうな瞳で俺を見つめていた。

おお、喜んでくれているぞ！　そう判断した俺は、さらに大胆《だいたん》に揉みしだいた。

「ひゃあぁ、ああっ！　あっあっあぁぁあんんはぁっやぁああんんっ」

サタナキアはベッドに顔を伏《ふ》せ、必死にあえぎ声を押し殺している。

だが、その肩と背中の震えに、違和感《いわかん》を感じた。

——？

これは……快感によるものなのだろうか？　全身が小刻みに震えるこの震えは……何となく寒さや恐怖《きようふ》、のようなものに感じた。

「どうした？　サタナキア。寒いのか？」

「いえ……そういうわけではございません。どうぞ、そのままお続け下さい」

サタナキアは顔を伏せたまま、いつものクールな声で答えた。しかしその声色《こわいろ》は、微かに濁《にご》って俺の耳に響《ひび》く。

俺はサタナキアから体を離《はな》した。

「そうか……だが無理をすることはないぞ。体調が優《すぐ》れないのであれば——」

サタナキアは飛び起きると、俺の体に抱《だ》きついた。

「お願いです、ヘルシャフト様。お情けを下さい。わたし、私は……ダークエルフなんです。こんなことを好きでする種族なんです。ですから、ベッドの上で奴隷に負けるなど、あってはならないことなのです……」

「サタナキア？」

何だかいつものサタナキアとは、少し違うような……？

現在のライバルである哀川さんを見ると、女の子座りをして手を股の間に挟んでいる。そして、潤《うる》んだ瞳《ひとみ》で俺とサタナキアの睦《むつ》み合いを見つめていた。

俺の視線に気付いたサタナキアは、挑戦《ちょうせん》的な声で、しかしどこか救いを求めるような表情で哀川さんに言った。

「……あなたも一緒《いっしょ》にご奉仕《ほうし》することを許します。こちらに来なさい」

「へ……ええええっ!?」

ぼんやりした顔が、急に引きつる。哀川さんにして見れば、完全にギャラリーを決め込んでいたところへ、降って湧《わ》いたような災難だろう。

「うう……わかりました」

膝立ちになると、涙目でにじり寄った。

「さあ、早くその体を見せなさい」

哀川さんは無言でシャツに手をかけた。羞恥《しゅうち》に耐《た》える表情を浮かべながら、ゆっくりとたくしあげる。すると拘束《こうそく》具の隙間から、白い胸がたぷんと揺れて出た。

そのままシャツを首元に引っ張り上げ、器用に拘束具の隙間から引き抜《ぬ》く。白い肌に黒い拘束具が背徳的な雰囲気《ふんいき》を漂《ただよ》わせている。恥《は》ずかしそうに頬を染め、目を背《そむ》ける仕草も、哀川さんの淫靡《いんび》さを強調する演出としか思えない。

サタナキアも、じっと見つめてしまってる自分に気付き、慌《あわ》てたように取り繕《つくろ》う。

「ふん……さすがはヘルシャフト様の性奴隷《どれい》といったところですね」

「せっ！　性奴隷⁉」

「さあ、こちらに横になりなさい」

サタナキアはベッドに横たわると、その隣を指し示した。哀川さんはしぶしぶ、その隣に横になる。

並んだ二人の体は見事なまでの、白と黒の対比を描き出している。白髪《はくはつ》褐色肌のサタナキアと、黒髪白肌の哀川さん。この二つの見事な体が、俺の前に差し出されている。

「さあヘルシャフト様……この二つの体、味わいつくして下さい。そして、どちらが美味《おい》しいかをご確認《かくにん》なさって下さい」

二人の期待と不安に満ちたまなざしが俺に注がれる。急に俺はプレッシャーを感じた。

ヤバい。ちゃんと二人を満足させることが出来るだろうか？

じゃなくて。

この勝負、何としてもサタナキアを勝たせねばならない。万が一にでも哀川さんが勝ちでもしたら、その時はサタナキアが哀川さんに何をするか分かったものじゃない。

「……良かろう。ならばサタナキアには特別に、極上《ごくじょう》の快楽を与《あた》えてくれる」

ここは奥の手を使うしかない。

俺はメニューを開き、俺にしか使えない魔法《まほう》を選択《せんたく》した。

「エクスタス‼」

「ひあうっ⁉」

サタナキアの胸の谷間に、ハート形の紋章《もんしょう》が浮《う》かび上がった。その顔が、うっとりとしたものに変わってゆく。

その様を見て、跳《は》ね起きた哀川さんは俺の耳元に口を寄せる。

「助かったわ。エクスタスを使って、うやむやにしちゃうつもりね？」

「いやいや、さすがになかったことにするのは無理ですよ……ちゃんと二人の体を比べてサタナキアの方がいいよ、って事にしないと殺されちゃいますよ？　ただ、あからさまな八百長《やおちょう》だと気付かれる恐《おそ》れがあるんで、エクスタスで正気を失ってもらったんです」

「っ……結局、私にもしようってのね……覚えてなさいよ……」

哀川さんは呪《のろ》いの言葉を吐くと、俺を間に挟んでサタナキアの横に寝転んだ。

俺はまずサタナキアの体にのしかかるようにして、顔を寄せた。いやほんと、近くで見ると一段と美しい。

「あん……ヘルシャフト様ぁ……」

魔王の兜《かぶと》に口づけをする。サタナキアの舌が、その隙間《すきま》をこじ開けようとすると口のガードが開き、俺の生身の舌と触れ合った。

「ん……く♥」

なめらかで柔《やわ》らかい唇の感触《かんしょく》。柔らかく、ぬるりとした生き物に口の中を撫《な》で回されるような快感。サタナキアの甘い唾液《だえき》が俺の口で混じり合う。そのあまりの気持ちよさ、官能に、俺は別世界を漂っているような気分になった。

それはサタナキアも同じなのか、うっとりと唇を付けたまま、俺の体を撫で回す。その気持ちよさとくすぐったさに、俺は思わず体を引く。

「んんぁ、ヘルシャフト、さまぁ……」

唇を離しても、触れ合う舌だけは離したくない。そう言いたげにサタナキアは舌を伸《の》ばし、舌先だけで俺の舌を愛撫《あいぶ》する。それがひどく愛らしい行為に思えて、胸が熱くなった。再び唇を合わせるが、すこし息苦しくなり再び体を離す。

「あん……」

名残惜《なごりお》しそうなサタナキアの唇が糸を引く。その様を見つめる哀川さんの唇が、まるで自分がキスしているかのように開かれている。

その艶やかなピンクの唇を見ていると、つい吸い付きたくなってしまう。しかし哀川さんの唇を奪《うば》って無事でいられるとは思えない。俺は哀川さんから目をそらした。

「ふふん♪」

すると何を勘違《かんちが》いしたのか、サタナキアがどうだ見たか、と言わんばかりの顔で哀川さんに微笑《ほほえ》んだ。つまり、自分にだけはキスしてくれたという優越《ゆうえつ》感のドヤ顔だ。

まあ、それでサタナキアが満足して、哀川さんの唇も守られたのならお互い幸せ、WIN－WINの関係だよね。

しかしちょっと哀川さんが恨《うら》めしそうな目で見ている気がするのは、気のせい？

サタナキアは自分の手で胸を寄せるようにして、持ち上げた。

「ヘルシャフト様。次はこちらの感触を比較《ひかく》されては？　奴隷といえど憐《あわ》れですから、今度は揉んであげてください」

次に哀川さんは、なんて余計なことを言うの⁉　と心の中で言う。

「な……なんて余計な……」

哀川さんはギリギリと歯を軋《きし》ませながら、自分の胸を手で持ち上げた。

サタナキアも胸を反らして、ただでさえ大きい胸を強調する。

「う、うむ……では」

俺は両手を左右に開き、左右の手それぞれで二人のおっぱいを掴《つか》んだ。

「はぁああん♥」

「ひゃっ！　あ……んんんっ！」

エクスタスの効果で性感が増幅《ぞうふく》されているサタナキアは、ただ胸を揉まれただけでも強烈《きょうれつ》な快感が襲《おそ》いかかっていることだろう。一方の哀川さんは、我が身の不幸を呪い、その呪いを俺に返す勢いで睨《にら》んでいる、ってちょっとやめて。こわい。

「ん……ちょっと、揉み……すぎよ、あぁんっ！」

怨霊《おんりょう》を調伏《ちょうふく》する気持ちで、一心に哀川さんの胸を揉む。どうか静まれと祈《いの》る心とは反対に、哀川さんの鼓動《こどう》は激しく、俺の手の平でころころと硬《かた》さを増す物体まである始末だ。

「んっ♡や、ああんっ……んっ……だ、だめぇっ♡」

哀川さんは眉《まゆ》を寄せ、一見苦しそうな顔で体を悶《もだ》えさせた。

やはり相手が喜んでくれると、嬉《うれ》しいものだな。俺はより二人が快楽を得られるように、強く弱く絶妙《ぜつみょう》な揉み加減で、二人の胸を揉みしだいてゆく――って駄目《だめ》だろ！　サタナキアを重点的にしないと！　あ、ほらサタナキアが気持ちよさそうな哀川さんを羨《うらや》ましそうに睨んでる！

「さすがはサタナキア。圧倒《あっとう》的な大きさと弾力《だんりょく》。奴隷の比ではないな」

俺のあからさまな褒《ほ》め言葉も、エクスタスの効果もあって何の疑問も抱かずに喜びを露わにする。

「はぁあっ、へ、ヘルシャフト様。嬉しい、嬉しいです！　あ、そんなにされては、わ、私の胸が、とろとろになってしまいますぅううっ♥」

「く……これだけ、んっ……す、好きに揉みまくった挙げ句に……何て言い草」

頬《ほお》を染めながら、哀川さんが怨嗟《えんさ》の言葉を口にする。いや、くれぐれもサタナキアにエクスタスをかけておいて良かった。

「ま、魔王様っ、大きさは、負けますけどっ、あぁん！　は、肌触《はだざわ》りは、いかがですか」

「う、うむ。ど、どちらも、個性があって、よいな」

どのおっぱいも、みんなちがって、みんないい。全国の学校に標語として採用されそうだ——って、何で対抗《たいこう》してるんすか⁉

顔を快楽に歪《ゆが》めながらも哀川さんを睨むサタナキア。その気をそらすため、今度はおっぱいの先にあるピンク色の硬いつぼみを指でつまむ。

「♥んん♥んっ！」

「くっ……あああっ♡♡！」

その突起《とっき》が生み出す快感は格別のようで、二人の乱れ方がより激しくなった。俺も指先に感じる硬めの弾力がくせになりそうだ。優《やさ》しく押し潰《つぶ》したり、ひっぱったりするとあえぎ方が変わって、二人のことが可愛《かわい》らしく感じられた。

「へ、ヘルシャフト様♥どちらの、胸が……お好みですか？」

うむ、みんなちがって（ｒｙ
「そうだな、サタナキア……だが、どちらもそれぞれ趣《おもむき》がある」

二人の視線を受け、内心冷や汗《あせ》を流しながら答えると、二人とも不満そうな顔をした。

「……でしたら」

サタナキアは仰向《あおむ》けのまま体を丸めると、辛《から》うじて股間《こかん》を隠《かく》していたパンツに手をかける。するすると長い足から黒い下着を引き抜くと、パンツを丸めてシュシュのように手首にはめた。

「今度は、こちらで……ご確認下さい」

エクスタスの効果で、先程《さきほど》まで見え隠れしていた戸惑《とまど》いは消え去っていた。大胆《だいたん》なサタナキアに、哀川さんも目を見張る。しかしすぐに、つんと赤くなった顔をそらす。

「わ、私は……脱《ぬ》ぐ必要が、ありませんし」

そっぽを向いたまま、哀川さんは膝《ひざ》を立てた。上着を腰《こし》に巻いただけで、下着を着けることを許されていない哀川さんは、それで十分だった。

「どうせ……もう、何度も見られてるし……そうよ、これくらい」

哀川さんはぶつぶつと独り言をつぶやいた。哀川さんが何を考えているのか、もう俺には良く分からない。もしかしたら、エクスタスって伝染《でんせん》するの？

俺は甘い蜜《みつ》に誘《さそ》われる蜂《はち》のように、二人の秘密の谷間に手を伸ばした。

「きゃぁあああぁあっ!!」

「ひぃあああぁあああっ!?」

ぬめりとした熱いものに触《ふ》れた瞬間《しゅんかん》、二人の体が跳ねるようにのけぞった。

「へ、ヘルシャフト……さまぁ……♥」

既《すで》に軽く達してしまったかのように、サタナキアが恍惚《こうこつ》とした声であえぐ。

「んんっ♡ ど、どうめ……魔王様っ！ そこまでしていいとは言って……ああっ！」

口ではそう言いながら、哀川さんの体は快感をねだるかのように自ら腰を押し付けてくる。無意識に動いてしまうのだろうが、普段の姿からは想像も出来ない乱れっぷりだ。

喜んでくれる二人の気持ちにもっと応えたい。二人の熱気とフェロモンに当てられ、俺はさらに手の平全体で刺激《しげき》を送るように撫で回した。

「きゃぁん！ ああっ、き、気持ちいい、です！ はぁっあ！」

下腹部を襲う快感にサタナキアが俺の下で身をよじる。その度《たび》に大きな胸がぶるんと暴れた。哀川さんも髪《かみ》を振《ふ》り乱し、虚《うつ》ろな瞳《ひとみ》で宙を見つめる。

「はっ、ああ……ああ、ま、まおう、さま……♡」

汗だくの顔に黒い髪が張り付き、甘い吐息《といき》をはく哀川さんには知性のかけらもなく、ただ快楽に溺《おぼ》れるだけの性奴隷のようだった。

「ああっ……く、くる……ヘルシャフト様！」

絶頂が近いのか、サタナキアは反射的に、太ももで俺の腕《うで》を挟《はさ》んだ。

「わ、私も……あぁぁあああっ⁉」

哀川さんも、やわらかい太ももで俺の腕を挟んだ。

「はぁっ、あ、だめ、何か、なにか、きます、あ、あ、く、くる——」

次の瞬間、サタナキアと哀川さん、二人の背筋が同時に反り返った。

「ひ、や、ぁあああああああああああああああああああっ♥♥♥‼」

「や、あぁあはぁあああんんんんんんっっっっっ♡♡♡‼」

二人は渾身《こんしん》の力を込めて太ももを締《し》める。挟まれた俺の腕に強烈な痛みと、温かい感触が走った。

「……っ！　は、あ……くぅっ！　んんっ！」

体をがくがく震《ふる》わせて、二人は全身を襲う快感に翻弄《ほんろう》されている。やがてその体は力を失い、がくりと体を弛緩《しかん》させた。

哀川さんは気を失ったのだろう。目を閉じて、寝息《ねいき》を立てている。

「ヘルシャフト様……」

しかしサタナキアは、潤《うる》んだ瞳を俺に向けていた。

——そうだ、ここで勝利宣言をしてやらないと。

「うむ……さすがはサタナキア！　見事だ。お前の勝ちだ！　人間ではダークエルフに歯が立たないな。いや、お前自身が素晴《すば》らしいのか……」

そう言ってやると、サタナキアは嬉しそうに、ほっとしたように、目を閉じた。

「これで……私も、立派なダークエルフに……なれますね」

？　どういう意味だ？

俺は手を伸ばし、サタナキアの白く輝《かがや》く髪、ダークエルフの特徴《とくちょう》であるプラチナブロンドの髪を手ぐしで梳《す》いた。

「お前がダークエルフらしくても、そうでなくても、お前がヘルゼクターであることは間《ま》違《ちが》いない。誰《だれ》が何と言おうと、お前は俺の部下だ。決して手放しはしない」

サタナキアは嬉しそうに微笑むと、舌を出し俺の胸をちろちろと舐《な》め始めた。

うおっ！　く、くすぐったい、けど、気持ちいい！

俺はお返しとばかりに、大きく飛び出した耳をいじってやる。

「やぁん♥」

可愛らしい声を上げて、身をよじった。やはりエルフは耳が弱いのかな。

そのとき、微《かす》かに部屋が揺《ゆ》れた。

「地震《じしん》か？」

っていうか、地震なんて機能があるのか？

「何か……騒《さわ》がしいですね」

サタナキアも耳をぴくぴくさせて、体を起こした。

耳を澄《す》ますと、遠くで叫《さけ》ぶ声、それに何か大きなものを落としたり、転がしたりするような物音が重なって聞こえてくる。そして俺の部屋の前の廊下《ろうか》にも、その騒ぎがやって来た。体のでかいモンスターが廊下を走るような、地響《じひび》きが行ったり来たりする音が聞こえ、しまいには扉《とびら》が激しい音を立て始めた。まるで何かが扉に体当たりでもしているかのようだ。

「ん……何の音？」

その音と震動に、哀川さんも意識を取り戻《もど》した。

「何事だ、一体？」

俺はベッドから起き上がると、不機嫌《ふきげん》そうに足を踏《ふ》みならし扉を開けた。

——な、
牛の頭をした、巨人《きょじん》がいた。

体は人に近いが、恐《おそ》ろしいほどの筋肉の塊《かたまり》は人間のそれとは大きくかけ離《はな》れている。

グラシャの魔獣《まじゅう》軍団かと思ったが、こんな奴《やつ》は見たことがない。

「おい、貴様。魔王の部屋に一体、何の用だ」

しかし俺の声が聞こえないのか、牛の化け物は黒目のない瞳を血走らせ、猛烈《もうれつ》に熱い息を鼻と口から吹《ふ》き出している。

——こいつ、おかしいぞ。

俺の質問に答えることなく、ただ歯をむき出し、よだれをだらだらと垂らしている。雑音のような唸《うな》り声を上げると、手にしていた巨大な斧《おの》を振り上げた。

人間など、一撃《いちげき》で真っ二つに出来そうな斧だ。それが俺に向かって、振り下ろされる。

——⁉

殺される。

瞬間的にそう思ったが、体が動かない。振り下ろされる斧を、呆然《ぼうぜん》と見つめることしか出来なかった。

死ぬ。

目をつぶる、

その瞬間に——俺の顔に熱いものが降りかかった。

「……え」

目を開くと、牛の化け物の胸に、穴が空いていた。俺の体に熱い血が降りかかる。

斧は砕《くだ》け、粉々になった破片《はへん》が床《ゆか》に落ちた。

化け物は断末魔《だんまつま》の叫び声を上げながら、後ろ向きに倒《たお》れる。

「ご無事ですか？」

その声に振り返ると、ベッドの上でサタナキアが弓を構えていた。

「あ……」

サタナキアは先程までの痴態《ちたい》が嘘《うそ》のように、素早い動きでベッドから飛び降りると扉から廊下を覗《うかが》う。すると、廊下の向こうから、同じような牛の化け物が何体も駆《か》けてきた。

サタナキアは廊下に飛び出し、矢をしまうケースとそのベルトだけを腰《こし》に巻いた、あられもない姿で矢を次々と放ち始めた。

「ヘルシャフト様、はやくお召《め》し物を」

「お……おう！」

くそっ！　一体何が起きているんだ⁉　ここはインフェルミアだぞ⁉　何でモンスターが魔王の部屋に殴《なぐ》り込んで来て、俺を殺そうとするんだ！

俺はメニューを開き、魔王の鎧《よろい》を装備した。たちまち高校生男子の俺の体が、二メートル三十センチの巨体へと変化する。

「哀川さん！」

俺はベッドの上で体を起こし、呆然としている哀川さんに駆け寄った。

「哀川さん、立てますか？」

「今の……モンスター……ううん、そんなはずは……」

哀川さんは、信じられないものを見たような顔でつぶやく。

「どうかしたんですか？」

「堂巡くん、あれは……でも、見間違い、かも……」

「何なんですか？　はっきりと言って――」

哀川さんが目を見開き、叫び声を上げた。

「きゃあああああああっ！」

振り向くと、ベッドの向こうに牛の化け物が立っていた。サタナキアの防衛線を突破《とっぱ》してきたのか。俺は無造作に近付くと、牛の化け物を睨《にら》み付けた。先程は見上げるほど巨大だった相手だが、今は俺の目線より下に顔がある。

牛の化け物は威嚇《いかく》するような鳴き声を上げると、斧を振りかぶった。人間の何倍もの筋肉が、ただの斧を恐ろしい破壊《はかい》兵器へと変貌《へんぼう》させていた。

――だが、無意味だ。

「ふっ！」

俺は無造作に腕を振った。軽く腕を振ったパンチが、牛の顔面にめり込む。その衝撃《しょうげき》は牛の顔を変形させ、その体をコマのようにくるくると回転させた。そしてその回転が止《や》むと、糸の切れた人形のように、牛の化け物はその場に崩《くず》れ落ちた。

ふん、さっきはビビらせやがって。

「哀川さん。あのモンスターが何か……」

振り向くと哀川さんは、拘束具《こうそく》の隙間《すきま》からシャツをもぐり込ませ、器用に服を着ているところだった。そしてその間も、ずっと眉《まゆ》を寄せ深刻な表情を浮《う》かべている。

「堂巡くん……あれは、ここにいるはずのないモンスターよ」

え？　何を言ってるんだ？

「ミノタウロス……ダンジョンでよく使われるはずのモンスター、だった」

だった……って、過去形？

「いるはずがないって……いま目の前にいたじゃないですか。どういう意味ですか？」

「いてはおかしいの！　だって、あれはNGになったモンスターなのよ！」

NG？

「それって……ボツになったキャラ、ってことですか？」

「そうよ！　データまでは作ったけど、他《ほか》のキャラに差し替《か》えになって、データも削除《さくじょ》したの。ううん、削除したはずなの」

俺は光となって消えるミノタウロスを見つめた。

こいつが、いるはずのないモンスター？　でも、ここにいる。削除したはずのデータ。それが蘇《よみがえ》った？　駄目《だめ》だ。考えても何が起きているのか、わけが分からない。

「哀川さん、失礼しますよ」

俺は返事を待たず、哀川さんを抱《だ》き上げた。

「ちょ、ちょっと。堂巡くん⁉」

「よく分からないけど、インフェルミアの中に敵がいることは間違いない。一人だと危ないですから、俺と一緒《いっしょ》にいて下さい。俺の側《そば》なら安全です」

哀川さんを俺の左腕《ひだりうで》に座らせるようにして、抱きかかえる。

「う、うん……」

少し頰《ほお》を赤らめ、哀川さんは俺の首に抱きついた。

俺は床を蹴《け》って、廊下へ飛び出す。そこではサタナキアがたった一人で、ミノタウロスの大群を相手にしていた。サタナキアは矢継《やつ》ぎ早に射殺してゆくが、ミノタウロスたちの数と勢いが止まらない。徐々《じょじょ》にミノタウロスの先頭がサタナキアに近付いてくる。

「サタナキア！　下がれ！」

俺の声に反応し、サタナキアは後ろへ大きく飛び下がった。空中で何度も回転して、華《か》麗《れい》に着地する。大きな胸がその動きについてこれず、遅《おく》れて左右に揺れる。

激しい唸り声を上げて、十数匹《ひき》のミノタウロスが突進《とっしん》してきた。

「ウシ共が……」

俺は炎《ほのお》のマントを剣《けん》の形に変え、右手で構える。

「いい肉ドロップしやがれよ！」

俺は大きく振《ふ》りかぶって、剣を振り抜《ぬ》いた。剣が空気を切り裂《さ》き、軌跡《きせき》に沿って衝撃《しょうげき》波《は》が走る。廊下の壁《かべ》を切り裂きながら、衝撃波がミノタウロスの胴体《どうたい》を切り裂いてゆく。

衝撃波の刃《やいば》が突《つ》き当たりの壁を突き抜けた瞬間《しゅんかん》、ミノタウロスたちの上半身が、一斉《いっせい》に倒れた。廊下には、主を失った下半身だけが林立していた。

「サタナキアよ、お前も早く身支度《みじたく》をしろ」

「は」

脱《ぬ》がしておいて何だが、サタナキアは俺の命令通り手早くアーマーを装備する。おっぱい丸出しで戦う姿も美しいが、どうやらそんな呑気《のんき》なことを言える状況《じょうきょう》ではないらしい。

俺は息を吸い込むと、大声で呼んだ。

「来い！　ヘルゼクター!!」

俺の叫び声が、インフェルミアに響《ひび》き渡《わた》る。こだまのような反響《はんきょう》が消える頃《ころ》、廊下の突き当たりにある窓が弾《はじ》けた。

「ヘル様ぁああああ！」

堕天使《だてんし》フォルネウスが白い羽を広げて飛んできた。

「呼んだかぁああ！　おうさまぁああああああっ！」

床が爆発《ばくはつ》したようにはじけ飛んだ。木と石の破片が宙を舞《ま》い、その中からグラシャが飛び出してくる。

そして黒い霧《きり》がどこからともなく漂《ただよ》ってきて、俺の前で渦《うず》を巻いた。

「お呼びに従い、参上致《いた》しました」

アドラは実体化すると、うやうやしくひざまずいた。そして部屋から身支度を調《ととの》えたサタナキアがやって来る。

俺の前に、四人のヘルゼクターが勢揃《せいぞろ》いした。

「うむ。今このインフェルミアで起きていることを、説明出来る者はいるか？」

グラシャが耳の後ろをかきながら難しい顔をした。

「それがなんだかよくわからねーんだよ。見たこともねー奴らがあちこちにいて、手当たり次第《しだい》ケンカふっかけて来やがるんだ。話も通じねーし」

「それは牛の化け物か？」

「ウシ？　ああ、それもいたけど、何だか色んな種類がいるぜ？　タコみてーなのと、あと馬とトカゲが合成した感じのとか」

「……『オクトローパー』と『リザードホース』だわ。やっぱりボツキャラよ」

哀川さんが俺の耳元で、こそっと囁《ささや》く。

NGモンスターは何種もある、ということか……。

アドラがメガネのブリッジを指で押し上げた。

「キング。原因は分かりませんが、状況報告だけでしたら」

「よかろう」

「現在、数種族のモンスターがインフェルミアを徘徊《はいかい》、暴行と破壊を繰《く》り返しております。いずれも我がヘルランダーの者ではなく、出身地、種族も不明。しかし発生場所は特定できております」

「!?　どこだ」

「インフェルミアにあります、地下霊園《アンダーグラウンド》から出現しております」

地下霊園……だと？

一斉にフォルネウスに視線が集まった。霊園はフォルネウスの管轄《かんかつ》だからだ。

「ふえ？」

フォルネウスは慌《あわ》てたように、羽をぱたぱたさせた。

「おい、これはおめーのしわざか？　フォルネウス」

「怒《おこ》らないから、正直に言ってご覧なさい」

グラシャとサタナキアに詰《つ》め寄られ、フォルネウスはさらに慌てた。

「ち、違《ちが》うんだもん！　フォルネウスも、全然知らないもん！」

これは、地下霊園に行ってみるしかないようだな。

「よし、ならば俺とヘルゼクターの四人は地下霊園へ向かう！　侵入《しんにゅう》者がどこから来た何者なのかを突き止めるのだ！　それと各軍団員に命令を出せ。インフェルミア内にはびこる侵入者を片っ端《ぱし》から誅殺《ちゅうさつ》せよ！　一匹《いっぴき》たりとも逃《のが》すな！　このインフェルミアに攻《せ》め入ろうとした事、死をもって償《つぐな》わせるのだ！」

「「「はっ！」」」

　フォルネウス、グラシャ、サタナキアはそれぞれの軍団に指示を出すために散った。そして残ったアドラは、俺が抱《かか》えている哀川さんを見上げた。

「しかしキング、その奴隷《どれい》もお連れになるのですか？」

　俺の首を抱く哀川さんの腕に、力が込められる。

「うむ。ちょっとしたアクセサリーのようなものだ。気にするな」

「承知致しました。では塔《とう》の外でお待ち申し上げております」

　そう答えると、アドラの姿は霧となって消えた。黒い霧はコウモリの群れとなって、窓から飛び去ってゆく。

「じゃ、哀川さん。俺たちも行きますよ」

「え、ええ……お手柔《てやわ》らかにね」

　緊張《きんちょう》した面持《おもも》ちの哀川さんに「了解《りょうかい》です」と答えると、俺はマントをひるがえし、階段へと向かった。

　塔の中央を貫《つらぬ》く吹《ふ》き抜けには、壁に沿って螺旋《らせん》階段が下まで続いている。上から覗《のぞ》くと、各階でNGモンスターとヘルランダーの戦闘《せんとう》が繰り広げられているのが見えた。そして一番下。一階は広いホールとなっているが、そこにはNGモンスターがひしめき合っていた。

まるでラッシュアワーの満員電車のように、床《ゆか》も見えないほどだった。

俺の中で、妙《みょう》な怒《いか》りが湧《わ》き上がった。

——こいつら、俺の城を！

「では、行きます」

「え、ちょっと、まさか——」

俺はひらりと螺旋階段を飛び越《こ》えて、吹き抜けを落下して行った。

「きゃぁあああああああああああああああああっ！」

哀川さんの絶叫《ぜっきょう》が、吹き抜けの中を駆《か》け抜ける。そして、あっという間にNGモンスターがびっしりとひしめく床が迫《せま》ってくる。

激しい衝撃と激突《げきとつ》音が轟《とどろ》いた。

そして踏《ふ》みつぶされたNGモンスターは、叫《さけ》び声を上げる間もなく死滅《しめつ》する。

俺は一階の床へ着地した。その衝撃が、爆弾《ばくだん》のような衝撃波を生む。その衝撃波が一《いっ》瞬《しゅん》にして、NGモンスターたちを吹き飛ばした。NGモンスターたちは宙を舞い、折り重なって倒《たお》れたモンスターの上に落ちて転がる。俺を中心に巻き起こった衝撃波は、俺の周りにぽっかりと誰《だれ》もいない空間を作った。

NGモンスターたちは、言葉にならないうめき声を上げながら起き上がってくる。

「こいつら……」

オークに似た気味の悪い化け物だった。紫色《むらさきいろ》の肌《はだ》に、耳まで裂けた口。口の中にはびっしりと牙《きば》が生えている。

「ど、堂巡くん。『グール』だわ」

グールたちは俺が抱いている哀川さんを見つけると、一斉によだれを垂らした。

「人食い鬼《グール》か……さぞかし哀川さんはご馳走《ちそう》に見えるんだろうな」

「ひっ……ち、ちょっと！　やめてよ、そんなこと言うの！」

しかしグールたちは俺を警戒《けいかい》し、一定の距離《きょり》を置いて様子を覗《うかが》っている。俺は剣をだらりと下げ、無警戒に歩き出した。

哀川さんが悲鳴にも似た叫び声を上げる。

「後ろ！」

俺は振り向きざまに剣を一閃《いっせん》する。鋭《するど》い光が走った後に、真っ二つになったグールの体が残っていた。その体は、転がりながら光の破片《はへん》となって消えてゆく。

それを皮切りに、キシャアアアという耳障《みみざわ》りな鳴き声を上げ、一斉にグールが飛びかかってきた。

「はぁああああああああああっ！」

同時に飛びかかられたら、一人では防げない。だが、それは普通《ふつう》の場合だ。俺は、ごく当たり前に炎の剣を振り回した。

襲《おそ》いかかるグール、およそ十二匹。全方位三百六十度。俺はその場で体をターンさせ、円を描《えが》くように剣を走らせる。そしてさらに上から襲いかかる四匹を、疾風《しっぷう》の如《ごと》く叩《たた》き斬《き》る。剣と言うよりは光の軌跡。そして、秒の単位に及《およ》ぶ前に、俺は襲いかかる全《すべ》てのグールを斬り倒した。俺を取り囲むグールの群れが、一斉に爆発するように弾けて消える。
グールの集団は恐《おそ》れをなしたのか、俺から一斉に後ずさった。

「知ってるか？　魔王《オレ》と書いて最強と読むことを」

俺は炎の剣を肩《かた》に担《かつ》ぎ、グール共を睨《にら》み渡す。

「数は力？　数が正義？　烏合《うごう》の衆《しゅう》が笑わせる
あがけ凡人　ほざけ常識　魔王《オレ》という現実に絶望しろ」

グールたちは、冷や汗《あせ》を流しながら、徐々に後ろへ下がってゆく。

「俺が貴様らのレクイエム　魔王ヘルシャフト参上！」


悲鳴のような鳴き声を上げ、グールが一斉に逃《に》げ出した。

まあ、ざっとこんなもんだ。と悦《えつ》に入ってると、抱《だ》きかかえている哀川さんが俺をじっと見つめているのに気が付いた。

「どうかしましたか？」

俺の顔のすぐ横で、哀川さんは微妙《びみよう》な微笑《ほほえ》みを浮《う》かべた。

「何て言うか……いつ聞いてもそのポエム――」

え？　なに？　今のちょっといい出来だった？

「寒いわね」

うるせえよ！　っていうか、そもそもあんたのディレクションじゃんかよ！

「よくもまあ、あんなにすらすらと出てくるものね。感心するわ」

「……これも才能なんですよ、きっと」

俺は気を取り直して、逃げてゆくグールの背中を見つめた。

グールたちは出口へ向かって殺到《さっとう》し、つかえながらも我先にと外へ飛び出してゆく。続けて、外で悲鳴と生き物の潰《つぶ》れる音、そして肉を切り、骨を砕《くだ》く音が響いた。

ホールからグールが一匹もいなくなると、俺は悠然《ゆうぜん》と外へ出た。

「お待ちしておりました、キング」

外は広い庭になっており、その中央にヘルゼクターの四人が揃《そろ》っていた。その周りは死《し》屍累々《るいるい》。庭を埋《う》め尽《つ》くすようにグールの死体が転がっている。

「目障りな奴《やつ》は、全部片付けておいたぜ！」

「うむ。ご苦労」

「インフェルミア内を四分割《ぶんかつ》し、それぞれを我ら四軍団が掃討《そうとう》に当たっております」

「だから、だから！　フォルネウスたちも行こっ！　ヘル様とみんなで遊ぶなんて久しぶりーって、フォルネウスはわくわくなんだもん♪」

これから殺戮《さつりく》をしに行くというのに、まるでピクニックにでも行くような様子でフォルネウスが笑顔《えがお》を見せる。

「よし、では地下霊園へと向かう。フォルネウス、先導しろ」

「りょーかいなんだもん♪」

可愛《かわい》らしく敬礼をすると、フォルネウスは翼《つばさ》を広げて空に浮き上がった。その後を追って、俺たちは悠然と歩いて行く。

心は急ぐが、走ってはいけない。王者たる者、忙《せわ》しなく走ってはいけないのだ。どうしても小物感が出るからな。まあ、時と場合によるが。

中庭から植木で造られた道を進む。すると、広大な訓練場が現れる。面積はサッカー場が四つ分といったところだろうか。ここで各軍団が日頃《ひごろ》訓練を行っている。だが今使用しているのはヘルランダーではない。

そこにいたのは、訓練場を埋め尽くすほどのNGモンスターだった。

グールやオクトローパー、リザードホースにその他名も知らぬボツキャラクターが、見《み》渡《わた》す限り続いている。一体何匹《びき》いるんだ？　何百……いや、千の単位だな、これは。一斉《いっせい》に襲いかかられたら、まずいかも知れない。

哀川さんが怯《おび》えた声でつぶやいた。

「ね、ねえ、どうするの？　こんなの……すぐに逃げないと」

哀川さんはHPも防御《ぼうぎょ》力も低いから、まぐれで当たった一撃《いちげき》でも、あっけなく死んでしまうだろう。怖《こわ》がるのも無理はない。

「お前たち、これは何事だ？　ヘルランダーが掃討に当たっているのではないのか？」

「は、申しわけございません。城内の殲滅《せんめつ》を最優先にしておりますので、こちらまで手が回っておりません。今すぐ片付けますので、しばしお待ち下さい」

アドラは自分の手に牙を立て、軽く引く。するとたちまち鮮血《せんけつ》が噴《ふ》き出した。その血は硬化《こうか》し、一振《ひとふ》りの剣《けん》へと姿を変える。

「だがこれだけの数となると……一人あたりは四百、いや五百か？」

いつものしかつめらしい顔に、微笑みが浮かんでいる。

「何だよ、結局てめぇが遊びたいだけじゃねーかよ」

グラシャがからかうように言うと、フォルネウスもサタナキアもくすくすと忍《しの》び笑いを漏《も》らす。むっとした顔でアドラは三人を睨んだ。

「勘違《かんちが》いをするな。私はキングのお役に立てるということに、喜びを感じてるだけだ」

「だってさ、サタナキア。ってフォルネウスはニヤニヤしちゃうんだもん」

「そういうことにしておいてあげましょう、フォルネウス。あまり本当のことを言って、人を困らせるのは気の毒です」

やけに真面目《まじめ》な発言だな。っていうか、そういう煽《あお》りなのか？　アドラのこめかみに血管が浮いてるし。

そのときグールの一匹が大きな雄叫《おたけ》びを上げた。警戒を知らせるようなうめき声が、次々に広がってゆく。

「気付かれたようですね」

サタナキアは慌《あわ》てる様子もなく、淡々《たんたん》と告げた。だが俺は内心、本当に大丈夫《だいじょうぶ》なのか？　と心配な気持ちでいっぱいだった。それは腕《うで》の中の哀川さんも同じらしく、ぎゅっと俺に体を寄せてきた。

「では、先にゆかせてもらう」

独り言のようにアドラは言うと、霧《きり》のように姿を消した。そして次に現れたのは、NGモンスターがひしめき合うど真ん中だ。

「はっ！」

踊《おど》るようにくるりと身をひるがえすと、その周囲で血しぶきが舞《ま》った。その血の雨の中で、アドラが愉悦《ゆえつ》に満ちた微笑みを見せる。

「確かに……血の喜びには抗《あらが》えんな」

床を滑《すべ》るように敵の中へ突《つ》っ込んでゆく。そして目にも留まらぬスピードで剣を振るい、次々とNGモンスターを倒してゆく。血路を開くように、アドラが通った後が一本の道になる。グールやリザードホースなどの死体と、その血で出来た道だ。

だがNGモンスターたちは興奮したうめき声を上げ、さらにアドラに殺到した。

さすがのアドラでも多勢に無勢、あれでは押し潰される。と思ったとき――、
アドラの目が赤く輝《かがや》き、微笑んだ口元から牙が覗《のぞ》く。

「ブラッドクロス」

そうつぶやいた瞬間《しゅんかん》、今まで倒したNGモンスターの体を突き破り、槍《やり》が生えた。それは美しい赤色をした十字形の鋭い刃物《はもの》。

——血で出来た十字架《じゅうじか》、か。

赤いガラスのような鋭い十字架は、近くのNGモンスターに突き刺《さ》さり命を奪《うば》う。そしてそのNGモンスターもまた、体が弾《はじ》けるように吹《ふ》き飛び、中から赤い十字架が屹立《きつりつ》する。それは伝染《でんせん》病のように連鎖《れんさ》し、NGモンスターたちを侵食《しんしょく》していった。そして、その後に残るのは、かつてその体に流れていた血で出来た赤い十字架。

地下霊園《れいえん》に新たな墓標が、次々と打ち立てられてゆく。

「うわぁ、きれいーっ。ってフォルネウスはうっとりなんだもん♪」

「なかなかやりますね。流石《さすが》は吸血鬼《きゅうけつき》の軍団長といったところでしょうか。技《わざ》にもエレガントさが現れています」

サタナキアの評価に、グラシャがけっと吐《は》き捨てる。

このままNGモンスターを一掃《いっそう》してしまうのでないかというアドラの勢いだったが、血の十字架の侵食はあるところで止まった。

「……鎧《よろい》のモンスターか」

すかさず哀川さんが解説を加える。

「あれは確か……ジャンクナイト。鎧だけで出来ている、血の流れていない奴よ」

左手に抱《だ》いている哀川は、生きた心地《ここち》がしないとばかりに、がたがたと震《ふる》えている。大きな音が響《ひび》く度に、俺の首に回した腕に力が込められる。

「――ならば、」

アドラが剣を構えた横を、グラシャが駆《か》け抜《ぬ》けた。

「こいつはオレがいただくぜ！」

「なっ！　私の獲物《えもの》だ！　横取りする気か駄犬《だけん》！」

焦《あせ》った声をあげるアドラだが、そのときにはもうグラシャがジャンクナイトを殴《なぐ》り飛ばしていた。

「いくぜぇえええええおるらぁあああああああああああっ！」

まさに手当たり次第《しだい》。目に入る敵を片っ端《ぱし》から殴り飛ばし、蹴《け》り飛ばしてゆく。技も何もあったものではない。ただ溢《あふ》れるエネルギーを強靱《きょうじん》な肉体に載《の》せて叩き付ける。純粋《じゅんすい》にして単純な物理攻撃《こうげき》の連続。

シンプルだが、効果は抜群。鎧は凹み、割れて、砕ける。殴られた鎧が宙を飛び、グラシャの周りに鎧の破片《はへん》が爆発《ばくはつ》したように巻き上がった。

「まとめていくぜ！　フェンリル！」

そう叫《さけ》ぶと、グラシャの腕に変化が起きた。元々太く筋肉質な腕だが、それが明らかに人間のものではなくなってゆく。二倍以上長く、そして胴体《どうたい》なみに太くなる。そしてその腕はくすんだ赤色の毛に覆《おお》われた。それは金属で出来た細い毛だ。その鎧を身にまとった腕の先には、鈎《かぎ》のような恐《おそ》ろしい爪《つめ》が生えた。

この変身能力がグラシャの力。まさに魔獣《まじゅう》。

その豪腕《ごうわん》は、一撃で十数体のジャンクナイトをバラバラにした。殴れば一撃で鎧が砕け、その爪を振るうと、巨大《きょだい》な鉈《なた》で切り裂《さ》いたように、金属の体が真っ二つになる。

しかし倒《たお》しても倒しても、NGモンスターはいくらでも湧《わ》いてきた。

「おもしれえ！　特別に見せてやるぜ、パーフェクト・フェンリル!!」

腕だけだったグラシャの魔獣化が全身へと広がった。その体は巨大化し、剛毛《ごうもう》が体全体を覆ってゆく。そしてその顔は人間のものから、狼《おおかみ》へ。まるでVFX映画のモーフィングを見ているかのような変身を遂《と》げ、グラシャは身長二メートルを超《こ》える巨大な赤毛の狼へと変身した。顔は完全に狼のものだが、体つきは人間に近い。元よりも、ごつく大きくなり、前傾姿勢《ぜんけいしせい》になってはいるが、四足歩行をする狼そのものとは大きく異なる。

グラシャは唸《うな》り声を上げると、ジャンクナイトの集団へ突進《とっしん》して行った。グラシャの前に立つものは、ことごとく粉砕《ふんさい》されてゆく。

まるでブレーキの壊《こわ》れたブルドーザー。殺戮の喜びに興奮したグラシャはもう止めることが出来ない。自分の目に映る敵を、片っ端から血祭りに上げていった。

「やれやれですね。あれにはやはり首輪を付けておいたほうが良さそうですね」

そう言いながら、サタナキアは腰《こし》から小さなアイテムを取り出した。それはミニチュアの弓のような形をした、アクセサリーだった。

「行きますよ、ブラックハート・シューター」

サタナキアの呼び掛けに応《こた》えるように、弓のアクセサリーが光を放ち、その姿を変える。それはいつもサタナキアが使っている愛用の弓だった。

黒光りする弓には呪術《じゅじゅつ》的な文様が刻まれている。これはダークエルフのおまじないか、文字なのだろうか？　緑色に光る文様は、この弓にダークエルフの魔力と加護を与《あた》えているかのように思えた。そして同じく緑に光り輝く弦《げん》。ここから射られる矢は正確な上、驚《おどろ》くべき威力《いりょく》を備えている。

その矢はサタナキアの腰についたケースにしまわれている。物理的に言って、矢が収まるようには思えない短く小さなものだ。しかし実際にサタナキアはここから大量の矢を取り出して、敵と戦うのだ。実際にいま、サタナキアは流れるような動作で青い縞模様《しまもよう》の付いた矢を取り出し、つがえ、放った。

「スパイラル」

そうつぶやくと放たれた矢が光を放つ。その矢は回転を始め、周囲の空気を巻き込んで渦《うず》を作った。そしてその空気のドリルがオクトローパーの群れを吸い込んだ。水平に伸《の》びる竜巻《たつまき》に巻き込まれるように、地面から引きはがされて宙を回転する。鋭《するど》い空気は刃物となって、触手《しょくしゅ》を容赦《ようしゃ》なく切断した。断末魔の叫び声を上げ、オクトローパーの群れがばらばらになってゆく。

さらにサタナキアは黄色と黒に塗《ぬ》られた矢をつがえた。

「ボルト」

鏃《やじり》の先端《せんたん》に放電が走る。そして撃《う》ち出された矢は、稲妻《いなずま》を放った。矢の進む先にいるNGモンスターたちを感電させ、一瞬《いっしゅん》で消し炭へと変えてゆく。

その戦いぶりを、哀川さんは口を開けて見つめていた。

「本当に……ヘルゼクターって強いのね……」

「まったく頼《たよ》りになる連中ですよ……それだけに怖いですけど」

そう、《LOYALTY》がゼロになったら、あの力が俺に向けられるのだ。そう考えると背筋が寒くなる。

うーんっ、とフォルネウスが背筋を伸ばした。

フォルネウスもやる気満々だったはずだが、今のところ見ているだけだ。あれだけいたNGモンスターだが、気が付けばもう半分くらいに減っている。

「えへへへ、でもそろそろヘル様にいいところ見せちゃうんだもん」

フォルネウスは翼《つばさ》を広げると優雅《ゆうが》に羽ばたき、ふわりと空に浮《う》かび上がった。

「じゃーいっちゃうよー、みんな気を付けてねーって注意をしちゃうもん」

腰の光の輪が高速回転を始め、輝きを増してゆく。

「セイクリッド!!」

その光の輪が、きらめいた。その瞬間、光の輪から放たれたレーザーのような光が地面を一閃《いっせん》していた。その光はNGモンスターの群れを右から左に薙《な》ぐようにして駆け抜ける。

そう思った時には、すさまじい爆発が起きていた。

地面を焼いた神の光。その光はNGモンスターを消滅《しょうめつ》させ、焼いた地面ごと爆煙《ばくえん》を巻き起こした。

「うっ⁉」

「おわっ！　っぶね！」

乱戦のまっただ中で戦っていたアドラとグラシャは、爆風に巻き込まれて文句を言った。

爆煙が晴れると、そこにはNGモンスターの姿はない。聖なる光は、悪魔をことごとく切り裂き、その命を奪い取っていた。

数千はいたと思われたNGモンスターは光の粒《つぶ》となって消えていった。

「すごい……」

俺の耳元で哀川さんが囁《ささや》く。

まったくもって同意見だ。天敵とも言えるフォルネウスの天使としての力が、魔族に対してこれ以上はないほど効果的に働いている。

「済んだか」

俺は空中に舞い上がる光の中を、ゆっくりと進んだ。

「はーい。楽しかったんだもん♪」

「でもちょっと、物足りねえなぁ」

元の姿に戻《もど》ったグラシャが戻ってくる。

「手応《てごた》えがなかったし、もうちょい暴れたいところだよな！　先に城の連中を片付けてくるか——ん？」

そのときどこからか一匹《いっぴき》のコウモリが迷い込んできた。そのコウモリはアドラの前でくるくる回ると、少女の姿に形を変えた。ゴスロリ風のメイド服。アドラの部下だ。

「アドラ様、ご報告です！　お城内部の敵は、全《すべ》て掃討完了致《そうとうかんりょういた》しました！」

「ふむ、ご苦労」

アドラがそう答えると、その少女はアドラと俺に一礼して、再びコウモリに姿を変えると飛び去っていった。

「残念だったなグラシャ」

意地の悪い微笑《ほほえ》みを浮かべるアドラに、グラシャは舌打ちを返した。

俺は哀川さんを抱いたまま、地下霊園の方へ進んでゆく。訓練場を抜けると、すぐに整然とした石が積まれた空間があった。

ここが地下霊園か。

一見すると、白い石が敷《し》き詰《つ》められた広場にしか見えない。中央に小さなピラミッドがありり、そこが入り口のようだった。

「この地下から、あのモンスターたちが侵入《しんにゅう》して来たようです」

地下にNGとなったはずのモンスターの秘密がある。

「よし。調べるぞ」

俺は先頭に立って、中へ入った。顔の横で、哀川さんが不安そうにつぶやく。

「真っ暗……」

中は明かりがなく、真の闇《やみ》だ。しかし何の問題もない。俺の炎《ほのお》のマントがその裾《すそ》を広げ、石畳《いしだたみ》の床《ゆか》に燃え広がる。たちまちピラミッド内部が炎の明かりに照らし出された。

中央に階段があり、そこから地下へと降りるようだ。

その階段は意外と深くまで続き、十数メートル以上降りて、やっと墓地に着いた。

そこは地下とは思えないほど天井《てんじょう》が高く、奥が見えないほど広大な空間だった。そのだだっ広い空間に、墓石がずらりと並んでいる。

「ヘル様ぁ、ここが地下霊園《れいえん》なんだもん」

「どうやら敵の姿はないようですね……ヘルシャフト様、いかが致しますか？」

この地下霊園は広すぎて、俺の炎のマントでも、先の方まで照らし出すことが出来ない。

「奥へ行ってみるぞ」

そう言うと、俺は奥へと進んだ。

墓標と暗闇だけが続く。その光景にやや飽《あ》きてきたとき、奇妙《きみよう》なものが目に入った。

――これは？

奇妙な形の墓標があった。墓石というよりは、彫像《ちようぞう》。それも、モンスターの。

こいつは、グール？

さらに進むと同じように、ジャンクナイト、オクトローパーなどの像が並んでいる。

哀川さんは眉《まゆ》を寄せた。

「多分……ここはデータの墓場だわ。本当は完全に削除《さくじよ》しなきゃいけないのに、後回しにしてたのか、それとも単に消し忘れか……」

くそ、この騒《さわ》ぎの原因は、開発者の怠慢《たいまん》かそれともミスってわけだ。理由が何であれ、ヘルズドメインのプログラマーのせいで、酷《ひど》い目にあったことは間違《まちが》いない。訴《うつた》えてやる。

哀川さんも唇《くちびる》を噛《か》んで、忌々《いまいま》しそうにしていた。

「不要なデータはちゃんと削除することになっているのに、どこのバカかしら……こういうのが、バグの温床《おんしよう》になるっていうのに――」

「キング……これは、一体何の像なのでしょう？」

慌《あわ》てて哀川さんは口をつぐんだ。

「さあな。だが、ここは封印《ふういん》しなければならない場所だということが分かった」

俺はＮＧモンスターたちの像を睨《にら》み付けた。

そのとき、俺の背筋がぞくりと冷えた。何かが這《は》い上がってくるような、嫌《いや》な感覚。

アドラが近付くと、俺に囁くように告げた。

「……キング、奥に何かいます」

俺は奥の闇に目をこらす。確かに大きな影《かげ》がうっすら見える。洞窟《どうくつ》の奥に、何か巨大な物体が闇に紛《まぎ》れ、潜《ひそ》んでいるような雰囲気《ふんいき》があった。

NGモンスターを送り込んでいた張本人か？

「そこにいるのは誰《だれ》だ。出てこい！」

しかし動く様子もなければ、返事もない。

くそっ、一体何者なんだ？　モンスターの一種なのか、それとも……？

俺は緊張《きんちょう》を感じながら、マントを広げる。赤く燃える炎が洞窟の床を走り、探《さぐ》るように闇の中を進んでゆく。

その炎が、闇に隠《かく》れた姿を照らし出した。

「な……っ⁉」

俺は思わず、驚きの声を上げた。

炎にゆらめくその姿は、まさに悪魔。

巨大《きょだい》な体は、ヘルシャフトの二倍以上。そしてごつい体が、さらに何倍もの質量と圧力を感じさせる。その体は溶岩《ようがん》が固まったような皮膚《ひふ》に包まれていた。

「何だ、てめぇは⁉」

グラシャが歯をむき出し、警戒心《けいかいしん》を露《あら》わにした。他《ほか》のヘルゼクターたちも、武器を構え戦闘《せんとう》態勢を取る。

しかしその相手は、ぴくりとも動かない。

「……なんか変なんだもん」

確かに。物としての存在感はあるが、生き物としての気配がない。

俺はマントの炎を強くし、その巨大な影へと近付いていった。

その姿は生物的であり、人が抱《いだ》く悪魔のイメージそのものだ。頭に角を何本も生やし、側頭部からは太くごつい羊のような角が生え、大きく湾曲《わんきょく》して前へ突《つ》き出ている。大きな顔に落ちくぼんだ光のない目。耳まで裂《さ》けた口には牙《きば》がずらりと並ぶ。大きな頭部を支える太い首が肩《かた》へとつながり、分厚い胸板《むないた》はごつごつした筋肉の山で作られている。獣《けもの》のような前傾《ぜんけい》姿勢。それを支える長い腕《うで》と、上半身の大きさに比べて下半身はやや小ぶりだ。その腰《こし》から太く強靱《きょうじん》な尻尾《しっぽ》が伸びている。そして背中から、コウモリの翼《つばさ》のような形をした巨大な羽が生えていた。

その姿を見上げ、哀川さんは震《ふる》える声でつぶやいた。

「魔王《まおう》……サタン」

え？

魔王って……この俺、ヘルシャフトじゃないの？

「これは、ヘルシャフトが出来る前……当初エグゾディア・エクソダスの魔王だったキャラクターよ」

「当初の、魔王？」

俺はその姿を改めて見上げる。それはまさに魔王という名にふさわしい威容《いよう》だった。にしても、サタンってネーミングはどうかと思うけど。そりゃ確かに由緒《ゆいしょ》正しい魔王の名前だし、イメージ通りの姿だけど、そんなベタな。

だが、この像には異様な禍々《まがまが》しさと、人を不安にさせる何かがあった。このままにしておいては、絶対に良くないことが起きる。そういう根拠《こんきょ》のない予感が、ふつふつと沸《わ》き起こってくる。

「アドラよ。これらの像を全て破壊《はかい》せよ。そしてこの場所に、堅固《けんご》な封印を施《ほどこ》すのだ」

「かしこまりました」

俺は哀川さんを抱いたまま、きびすを返す。そして囁くように、哀川さんに訊《き》いた。

「……これでもう、大丈夫《だいじょうぶ》ですよね？」

「そうね……だといいわね」

そして祈《いの》るような声で、言った。

「せっかく、あと三週間で修正プログラムが適用されるんだから……ね」

五章「出航」

サンディアーノでの宿は、海沿いのこぢんまりしたホテルだった。見た目も内装も上品で不満はないのだが、小ぶりなだけに部屋数も多くはない。男女それぞれに一つ大部屋を用意するので精一杯《せいいっぱい》だった。なんというか、修学旅行っぽい。

毒島《ぶすじま》と宮腰《みやこし》はもっとゴージャスなところに泊《と》まりたいとかぬかしていたが、朝霧《あさぎり》と雛沢《ひなざわ》にこれから何で出費がかさむか分からないから、とたしなめられていたっけ。

まあ雛沢は何となく分かるが、朝霧も意外とそういうところ細かいというか、しっかりしてるよな。本当にお金持ちのお嬢様《じょうさま》なのか？　って思うくらい。

ギャルコンビには不評なこのホテルだが、嬉《うれ》しいことに露天風呂《ろてんぶろ》があるらしい。しかもオーシャンビューという、いかにもリゾートっぽい計らいだ。

そんなわけで俺は一人、大浴場の脱衣《だつい》所で服を脱《ぬ》いでいる。なぜなら、戻って来たら部屋に誰もいなかったからだ。ホテルのフロントにいるＮＰＣに訊いてみると、どうやら街へ出かけているだけらしい。また置いて行かれたのかと思って、落ち込みかけたが問題ない。まだ引き払《はら》ったわけではないのなら、のんびりとして疲《つか》れを癒《い》やすに限る。

それに風呂なら一人の方が良《い》い。俺は修学旅行とかで、他の連中と一緒《いっしょ》に風呂に入るというのが、どうにも苦手なのだ。っていうか、みんな嫌じゃない？　何で、他人と一緒に風呂に入らなきゃならないんだよ。気まずいったらない。それに冷静に考えてみると、男同士で素《す》っ裸《ぱだか》になって一つのお湯に浸《つ》かるとか、気持ち悪くない？　大して親しくもない相手同士が、全裸《ぜんら》で至近距離《きょり》だよ。一緒に風呂に入るとか、それもうどう考えてもホモでしょ。ハッテン場でしょ。

俺はタオル一つ下げて、風呂場の扉《とびら》を開けた。

そう、だから俺は野郎《やろう》共と風呂に入るのはごめんだ。それが、こんな美少女と一緒だっていうなら、話は別だが。

「……」

そう、こんな美少女……。

広々とした大浴場は開放感に溢《あふ》れていた。横長の洗い場の向こうに、プールのような湯船がある。そしてその先は何の壁《かべ》もなく、そのまま海と青空が続いている。まるで風呂のお湯がそのまま海に続いているように見える。

その微《かす》かに湯気が立ちのぼる湯船の中に、立ち上がって海を見つめている後ろ姿があった。そして、俺が扉を開けた音にこちらを振《ふ》り返った。

そのポーズはまさに見返り美人。顔にかけたメガネに水滴《すいてき》が光っている。結《ゆ》った髪《かみ》からこぼれる黒髪が色っぽい。その黒髪が白い肌《はだ》に張り付き、さらに淫靡《いんび》さを漂《ただよ》わせる。肌を滑《すべ》り落ちる水滴が、背中からお尻《しり》の谷間へ吸い込まれるように流れてゆく。お湯でうっすらピンク色に染まっている肌が、可愛《かわい》らしくもいやらしい。振り向いた上半身には、横向きの姿を見せる、慎《つつ》ましくも美しい胸。

この細く繊細《せんさい》な体を拝むのは、もう三度目になるだろうか。

だが、その内の二回は俺のせいじゃない。

「な……な……な」

雫石乃音《しずくいしのん》が、わなわなと口と体を震わせていた。そしてまるで落下するように、湯船の中にしゃがんだ。

「このへんたぁあああああああああああああああああああいっ‼」

「ま、まて、俺にも、何が何だかっていうか！　何で、雫石がいるんだよ⁉」

「よ、よくも女湯に堂々と入ってきて、そんなことが言えるわね！」

「いや！　お前こそよくそんな堂々と男湯に入れるな！　痴女《ちじょ》か？　それともＡＶか⁉」

雫石の顔が恥辱《ちじょく》と怒《いか》りで真っ赤になってゆく。

「いいから出てけぇええええええええええええええええ！」

俺は慌てて脱衣所へ逃《に》げ込んだ。

「あれ⁉」

その脱衣所は、さっきと様子が違《ちが》っていた。洗面台や鏡の位置がさっきと逆だし、洗面台には化粧品《けしょうひん》の類《たぐ》いが置いてある。さっきはあんなもんなかった。

「くそっ、一体、どうなってるんだ！」

どうやらここは本当に女湯のようだ。俺は幻《まぼろし》でも見ていたのか？

タオルを腰に巻いて、辛《かろ》うじて股間《こかん》と尻を隠して廊下《ろうか》へ出る。そして隣《となり》に並ぶ扉、さっき入ったはずの男湯へ駆《か》け込んだ。そこは女性用の脱衣所と違ってレイアウトが逆だし、化粧品も置いていない。間違いなく、俺が風呂に入る前に見た眺《なが》めだ。

「一体、何だってんだ……」

俺は文句を言いながら、大浴場への扉を開けた。

そこには、生まれたままの姿で洗い場に立ち、髪を拭《ふ》いている雫石乃音の姿があった。

「んなっ……っ⁉」

「な……な……？」

雫石は口を開けたまま、泣きそうな顔で俺を睨む。そしてその顔が、真っ赤に染まっていった。

「きゃあああああああああああああああああああああ！」

ま、待てっ！　お前、この前は自分から俺にオールヌードを見せたじゃねえか！　しかも裸《はだか》マントっていう壮絶《そうぜつ》に恥《は》ずかしい格好で！　って言いたいけど、言えねえ！

雫石は体をよじり、片手で胸を、もう片手で股《また》の間を隠した。

「あ、あなたという人は！　この前の海といい、この私に怨《うら》みでもあるの!?」

山ほどあるよ！　言えないけどな！

「待て、聞いてくれ！　確かに外に出たら女湯の脱衣所だった！　でも、一度廊下に出て、男湯に入ったんだ！　それは確かだ、信じてくれ！」

「信じて欲しかったら、目をそらして！」

しまった！　ガン見してた！

その場でターンするように、俺は涙目《なみだめ》の雫石に背を向けた。

「……で、言い残すことは？」

「ちょっと待て！　信じてくれるんじゃなかったのかよ!?」

「人の裸をじっくり見る人の言い訳を信用出来ないと言っただけで、目をそらしたら信用するだなんて一言も言ってないわ」

確かに仰《おつしや》るとおりですが！

そのとき、俺の目の前で扉が開いた。

「のんのん、さっき何か大声出して――」

朝霧だった。

よりにもよって朝霧に見られた。

朝霧は微笑《ほほえ》みを凍《こお》り付かせたまま、固まった。そしてみるみる真っ赤になってゆく。

「あ……ごっ！　ごめんなさいっ！」

「ちがっ！　違うんだ朝霧！　これはっ！」

真っ赤な顔に目をぐるぐるさせて、朝霧は手の平で目を覆《おお》って叫《さけ》ぶように言った。

「ふ、ふたりとも、も、もうそんなところまでっ、いってたんだねっ！」

「ちっ、ちがう、ちがうのよ、凛々子《りりこ》。落ち着いて、冷静に考えて。現実的に考えて、この私が、生ゴミみたいな堂巡《どうめぐり》くんと一緒にお風呂に入るだなんてことがあると思う？」

「う、うん！　いま目の前で！」

ぐわぁああああああああああ！　しずくいしいいいっ、もう少しまともな言い訳ができねえのかああああああっ！

「ほんっとに、ごめんなさい！」

汗《あせ》のしずくを散らしながら、朝霧は脱兎《だっと》の如《ごと》く逃げ出した。そしてすぐに戻《もど》ってくると、「ごゆっくり」と言って、扉をそっと閉めた。

そしてバタバタという足音が遠ざかってゆく。

あ、あさぎりいいいいいいいいいいっ！

俺は心の中で号泣《ごうきゅう》した。

その後、朝霧に必死の言い訳をし、一緒に実証実験を行い、この謎《なぞ》の現象が確かに発生していることを確認《かくにん》した。

「あたしの早とちりだったんだね。ごめんね」

そう言って頬《ほお》を染めてうつむいた。

「あ、あたし、ああいうの……初めて見たから。その、動揺《どうよう》しちゃって」

ですから朝霧さん。そういうの、なかったですから。

というわけで事なきを得たかと思ったら、その後で一之宮《いちのみや》率いる男子軍団に拉致《らち》られた。

「どういうことか、説明してくれるか？」

すげえマジな顔でそう訊かれた。

そうして二度目の実証実験を行う羽目になった。ちなみに女子役は有栖川《ありすがわ》が務めた。

それにしても、何だってこんなバグがあるんだ。開発中だから仕方ないけど、こんなのが他《ほか》にも……ありそうで怖《こわ》い。

＋　＋　＋

昨日の夜はこんなことはなかったそうだが、とりあえず風呂は男女交替《こうたい》で使うことになり、そんなこんなでもう夕方。男子の大部屋に女子がやって来て会議が開かれる。

窓際《まどぎわ》には一之宮と朝霧が座っていて、そこが議長席だな、とみんな自然に理解する。その二人を中心に、フローリングの床《ゆか》に散らばって座る。

俺はその輪から少し離《はな》れ、誰《だれ》からも一定の距離を置いて座った。しかしさらに遠いところに奴《やつ》がいる。雫石だけは、壁に寄り掛《か》かって立っていた。朝霧が声をかけたが、動こうとしないので処置なしだ。

各自おしゃべりに興じていたが、一之宮が口火を切ると、みんな私語をやめて一之宮の話に耳を傾《かたむ》けた。

「昨日の夜、議題に挙げた問題だ。船を買うかどうか、みんなの意思を確認したい」

やはりそれが話題に上がっていたか。そりゃそうだよな。

「ソンナノ買うに決まってマース！　世は大航海ジダイ！　バイキングのゴ先祖ニナラッテ、七つの海ヲ荒《あれ》シマワルゼ！」

色々間違っているが、もはやこいつの言うことはどうでもいい。

「いいんじゃない？　うちは賛成。船でクルージングとか、すっごくイイ」

「そーねー。アゲハもさんせー。マリンアクティビティとか？」

漁船を買って夢を打ち砕《くだ》いてやりたいところだが、出来れば船を買うのは思いとどまらせたい。これ以上２Ａに強力な装備やアイテムを渡《わた》すわけにはいかないし、この前のエルネスというエルフの言葉も気になる。

『私の名はエルネス。これから海を渡るのでしたら、一度アルズヘイムへ行ってご覧なさい。人間となら、共に戦う道もあるかも知れません』

もし、本当に2Aギルドとエルフが同盟でも組んだとすると、また厄介《やっかい》な問題になる。あと三週間程度で解決するんだ。そんな面倒《めんどう》は起こしたくない。

それに何より、インフェルミアとの行き来が難しくなる。哀川《あいかわ》さんの話ではテレポートが使えるのは同じ大陸に限定される。つまり、俺が堂巡駆流《かける》とヘルシャフトを、自由に使い分けるのが難しくなる。その意味でも、行動範囲《はんい》を広げることは防ぎたい。

「そうね、わたしも賛成かな。やっぱり行動は広げていかないと先がないものね」

雛沢《ひなざわ》に便乗するように、悠木《ゆうき》が小さくつぶやく。

「あ、あたしも……」

「じゃ、俺も賛成かな」

まあ、賛成が多数だから、山田《やまだ》はそうなるな。

「いや！　ここは行くしかないっしょ。オレは海の男だし！」

いつ海の男になったんだ、扇谷《おうぎや》。お前、埼玉の出身じゃなかったっけ？

「確かに船旅ってわくわくするけど……ちょっと怖いな。エルフのお姉さんの話だと、他の大陸でも種族間の争いとかあるみたいだし」

うむ、偉《えら》いぞ有栖川。

朝霧は少し考え込んでから、軽くうなずく。

「うん。あたしも賛成かな……でも、船って高いんでしょう？」

予算の話になると、全員が困ったように唸《うな》る。しかし、一之宮が事も無げに言った。

「ああ。でも、この前倒《たお》したアダマイトゴーレムが出した素材を売れば買える。だからこそ、みんなの同意が必要だ」

とはいえ、元はといえば一之宮が倒した報酬《ほうしゅう》をみんなに分け与《あた》えたものだ。それに現実に持って帰ることが出来るわけでも、換金《かんきん》できるわけでもない。恐《おそ》らく一之宮が買いたいといえば、反対する奴はいないだろう。

「雫石さんはどう思うんだ？」

一之宮は壁際《かべぎわ》に突《つ》っ立っている雫石に話しかける。しかし雫石は険しい顔で、斜《なな》め下前方を睨《にら》んだままだった。

「ヘルシャフト様のいない大陸へ行くなんて……会える確率が減るじゃない」

ぶつぶつと危険なことをつぶやいていた。くれぐれも他の奴には聞かれるんじゃねーぞ、と何で俺が気を遣《つか》わなきゃならんのだ。

幾《いく》ら待っても返事をしない雫石に、朝霧は乾《かわ》いた笑いを浮《う》かべた。

一之宮も苦笑いで腕《うで》を組む。

「まあ、賛成が多数ではあるな……それで、堂巡はどうなんだ？」

「えっ？」

「え、じゃないだろ？　堂巡の意見を聞かせてくれ」

いや、俺に意見を求めるなんてびっくりしたよ。しかも、みんな俺の方を見ていやがる。やめろ、俺の命を奪《うば》う気か！　他人に見られると、寿命《じゅみょう》が縮むような気がするんだ。

「あー……そうだな」

でも何なんだ、これ？　自然と俺に話を振《ふ》って、俺の返事を待つ。まるで、俺が普通《ふつう》にクラスの一員みたいじゃないか。今まではそんなことなかったじゃん。俺の存在は空気のようなもので、存在を無視する、という意思もないまま、そこにいないかのように振る舞《ま》うのが2Aのスタンダード。

それが何で今さら、こうなるんだよ。困るんだよ、俺のことはいてもいなくても同じように考えてもらわないと、動きづらくなって敵《かな》わない。

だが、今は素直《すなお》に意見を述べるしかないか。

「……確かに、RPGならここで別の大陸へ足を伸《の》ばすタイミングだよな」

だが船はまずい。

エルフとの同盟と、テレポートが使えないことの他にも理由はある。インフェルミアは周囲をぐるりと巨大な湖で囲まれている。だが実は、海ともつながっている内海なのだ。

もし内海に入られたら、インフェルミアの近くに簡単に上陸を許してしまう可能性は高いだろう。こいつらが船を手に入れるということは、俺の喉元《のどもと》にナイフを突き付けられるようなものだ。

俺は心配そうな顔を作って、みんなを見回した。

「確かに新しいフロンティアの開拓《かいたく》は魅力《みりょく》的だが、危険も伴《ともな》う。何があるか分からないし、見たこともない怪物《かいぶつ》だっているかも知れない」

「なるほど、堂巡は慎重《しんちょう》派ということか」

一之宮は鷹揚《おうよう》にうなずいた。

「しかしそれは今までも一緒《いっしょ》じゃないのか？　あらためて警戒《けいかい》する理由はあるのか？」

反論すると言うよりは、穏《おだ》やかに質問をする感じで一之宮は訊《き》いた。

「今までは半ば強制的にフィールドに放《ほう》り出されたようなもんだったからな。だが、海を渡るかどうかってのは、選ぶことが出来る。俺たちは海の上で何が起きるのか知らないし、他の大陸に何があるのかも知らない」

足を崩《くず》して色っぽい横座りをしている宮腰が、媚《こ》びるように見上げた。

「でもーそれだっていままでとー、そんなに変わらなくなーい？」

「今までよりも未知の部分が多すぎるってことだよ。例えば、今までは国内旅行で、今度は海外旅行。初めての土地と言っても、日本国内なら安心感があるだろ？　文化が違《ちが》うとか習慣が違うとか言っても、たかが知れてる。でも、海外となるとそうはいかない」

「海外旅行⁉　いーじゃん、ソレ！」

アホの毒島が目を輝《かがや》かせて食いついてきた。宮腰ときゃっきゃと盛り上がっている。くそ、例がまずかったか。

「ヤー！　イイデスネー！　デモ、ドイツに強制送還《そうかん》はゴメンデース！」
梱包《こんぽう》して送り返してぇ。

「んーだな！　しかも船旅とかサイコーじゃん！　南の島とか旅してさ！」
バカの扇谷がテンション高く声を張り上げる。俺は何とか話の流れを変えようと、みんなに話しかけた。

「でも用心してかかった方が良い。ノリだけで話を進めると危険だ。海だって安全だとは限らない。どんな怪物がいるか——」

「んだよ、オレたちが冒険《ぼうけん》を進めるとマズいことでもあんのかよ？」

「え？　いや、それはないが……」
床に寝《ね》っ転《ころ》がった雛沢が、顔を起こした。

「何にせよ、話を進めないとエンディングには辿《たど》り着けないんじゃないの？」
くそ、いきなりゲームとしての解釈《かいしゃく》を持ち出しやがって。隣《となり》に座っている悠木も、感心したような目をするんじゃねぇよ。
俺が言い返す前に、三角座りをした朝霧が俺に畳《たた》みかける。

「そうだね。ここで船とエルフが現れたってことは、船を使ってエルフの国へ行けってことじゃないかな？　ね、堂巡くん」

くっ……反対しすぎで怪《あや》しまれるのもまずいか？

俺は汚《けが》れのない朝霧の瞳《ひとみ》を見つめた。それは澄《す》んだ湖のように美しい。だがその湖底には、きっと泥《どろ》のように沈殿《ちんでん》した想《おも》いがある。光の届かない深層部分で、元の世界への帰還《きかん》と、魔王《まおう》ヘルシャフトへの執念《しゅうねん》が渦巻《うずま》いているはずだ。

朝霧のアイテムリストの中には、俺を一撃《いちげき》で殺す剣《けん》が隠《かく》されている。

「お前、実は魔王の手下かなんかじゃねーの？」

――!?

扇谷がニヤニヤ笑いながら、言った。

宮腰も軽い口調で乗っかった。

「あーそれってあるかもー。よくいなくなるしーあれって魔王の部下として働いてた？　っていうか、もしかして魔王だったりしてー？」

俺の心臓が早鐘《はやがね》のように打ち鳴らされる。

駄目《だめ》だ、落ち着け。

そう思っても表情が硬《かた》いのが自分でも分かる。

もちろん扇谷も宮腰も、本気で言ってるわけじゃない。

有栖川が可愛《かわい》らしく指を頬《ほお》に当てて、何かを思いだそうとしている。

「そういえば……堂巡くんが来たのって、インフェルミア攻城戦のすぐ後だったっけ？」

「多分、そのくらいだったかな？」

どうでもいい相づちを山田がする。もうお前の発言、ほぼ意味ないから黙《だま》ってろよ。

「そういえば実際に魔王を見たのって、あの攻城戦が初めてだったわよね」

雛沢が何となく、という雰囲気《ふんいき》でつぶやいた。

一之宮は呆《あき》れたような笑顔《えがお》で、みんなのやり取りを聞いていた。本心は、『やれやれ、そんな冗談《じょうだん》で盛り上がって……議題を進めたいんだけど、みんなが楽しそうだから仕方がないな』ってところだろう。いや！　こんな時こそ仕切れよ、こんちくしょう！

朝霧が口を尖《とが》らせるようにして割り込む。

「もう、みんな調子に乗り過ぎよ。そんなことあるはずないじゃない」

「んだよなー魔王ってガラじゃねーよな、堂巡」

「そうだよね、うち的にはせいぜい下っ端《ぱ》のオークとか、そんくらい？」

「あははウケるー♪　だねーそんなかんじだよねー」

毒島と宮腰が笑い合う。

「魔王殺《ホーリーグレイヴ》しの剣……使って、みるとか」

——え？

「は？」

大部屋の中が、しんと静まりかえった。

ぼそっとした言い方だが、確実に全員の耳に届いた。しかし、最初誰《だれ》が言ったのか分からなかった。

悠木、羽衣子《うぃこ》？

意外だ。まさか、こいつがそんな思い切った発言をするとは。

俺が驚《おどろ》きの視線を向けると、悠木は怯《おび》えたように目をそらす。一瞬《いっしゅん》見えた顔は、紛《まぎ》れもなく恐怖《きょうふ》におののく顔だ。

悠木は目をそらしたまま、かすれた声でつぶやく。

「あ、あの剣に……堂巡くんの名前を書いて、斬《き》り付ければ……そうすれば、堂巡くんが魔王じゃないって……証明できる、よね？」

——なっ⁉

しかも駄目押しまでしやがった！

確かに悠木は気が小さく怖《こわ》がりだ。だが毒島と違って、ラムル山脈のダンジョンではそれほど怖がっている様子はなかった。恐らく、こいつが一番恐怖を感じるのは人間に対してだろう。きっと今は、俺に対して恐怖を感じている。

そして臆病《おくびょう》ゆえに、防衛本能が極端《きょくたん》に強い。恐怖を取り除くためなら、他人を魔女裁判にかけて拷問《ごうもん》をすることすらも厭《いと》わない程《ほど》に。

比較的《ひかくてき》仲の良《い》い雛沢も、かすかに引きつった笑みを浮かべていた。

「ちょ、羽衣子。あんたも意外と言うわね」

「だって……はっきりするし」

朝霧も困惑《こんわく》したように言った。

「だ、だめだよ。そんなクラスメートを疑うようなこと」

しかし悠木は食い下がる。

「だ、大丈夫《だいじょうぶ》……ちょっと指先つつくだけとか……」

全然、大丈夫じゃねええ!! 何なんだこの女! こんな時ばかり、やけにしつこい上に押しが強い。このままじゃ、本当に踏《ふ》み絵をさせられるぞ。何とかしないと——、

「下らないことはやめなさいよ」

冷たい声が響《ひび》いた。

——雫石!?

壁《かべ》に寄り掛《か》かっていた雫石が、ゆらりとこちらへやって来る。険しいまなざしはいつも通りだが、それだけではない殺気を全身から漂《ただよ》わせている。

そして悠木の前に立つと、凍《こお》るような視線で睨み付ける。

「ひ……」

もうそれだけで悠木は涙目《なみだめ》だ。

「何を怖がっているのか知らないけれど、冷静に考えなさい。魔王ヘルシャフトはどう考えてもNPC。中に誰かが入っているということは考えづらいわ。ましてや、それがこの堂巡くんですって？　有り得ないわ」

「あ、あの……」

がたがたと震《ふる》える悠木に、雫石は容赦《ようしゃ》なく攻撃を加え続ける。

「堂巡くんみたいな、ぼっちでコミュ障で人間的魅力も人望もかけらもなく、他人の上に立つ姿なんて想像も出来ない、そんな人間が魔王？　笑わせないで」

ぶっと周りから笑いが漏《も》れる。おい、お前ら。そこは笑うところなの？

「魔王殺し《ホーリーグレイヴ》の剣なんて貴重なアイテムを、そんな下らないことの為《ため》に消費しようだなんて、正気の沙汰《さた》とは思えないわ。みんなで苦労して手に入れたアイテムでしょう？　それをあなたの根拠《こんきょ》のない不安を解消させる為に――」

雛沢が苦笑いしながら、間に入った。

「わ、分かった、分かったわ雫石さん。ね？　羽衣子も、いいわよね？」

悠木はすっかり雫石に圧倒《あっとう》され、もはやつぶやくことも出来ず、うつむいてただ頭を縦に振《ふ》るだけだった。

雫石はふんと顔を背《そむ》けると、元いた壁の方へ戻《もど》って行った。

「やっぱり流石《さすが》だね、のんのんは」

その背中に、朝霧が声をかける。

「は？」

肩越《かたご》しに、雫石が睨《にら》むような目つきで振り返る。

「のんのん……雫石さんは、堂巡くんのことを本当に心配しているんだなって」

朝霧が女神《めがみ》のような笑顔で微笑《ほほえ》んだ。

「……なに言ってるの？」

ただでさえ悪い目つきを凶悪《きようあく》なレベルにまで悪化させ、雫石は吐《は》き捨てるように言った。

「なぜ私が生ゴミの心配なんてしなければいけないの？」

「なま……へ？」

朝霧は意味が分からずに、目を瞬《またた》かせた。

「単に私は、堂巡くん如《ごと》きがヘルシャフトさ……魔王扱《あつか》いされることに、虫唾《むしず》が走っただけよ。勘違《かんちが》いはやめて」

雫石は「決定はみんなに任せるわ」と言い残して、そのまま部屋を出て行った。

おかげで部屋の中には、微妙《びみよう》な空気が残った。これだけ跡《あと》を濁《にご》して立ち去るというのも、ある種才能だな。

とはいえ、助かった。もう船を買うことは止められない。せめて後処理はうまくやらないと。俺は咳払《せきばら》いをすると、軽く頭を下げた。

「……すまない。別に俺はみんなの邪魔《じゃま》をしたいわけでも、文句を言いたいわけでもなかったんだ。これからは俺の意見なんて聞かなくても――」

「何を言ってるんだ、堂巡」

一之宮がにやっと笑う。

「堂巡は、そういう役どころで良いんだ。俺もそうだけど、みんな割と調子に乗りやすいだろ？　だから堂巡みたいに客観的な意見を言ってくれる人間がいた方が助かる」

「……一之宮」

2Aの連中が全員振り向いて、俺の方を見つめる。その目に映るのは、驚きか、それとも羨望《せんぼう》か、或《ある》いは嫉妬《しっと》か。存在価値のなかったぼっちに、キングが存在価値の証明書を与《あた》えたことを、どう考えているのか。

朝霧は、慈悲《じひ》と慈愛に満ちた微笑みを俺に投げかける。

やめてくれ、そんな顔。

周りの期待も、親愛も、友情も、全《すべ》ての関係が重荷だ。それらは価値のあるものなのかも知れない。でも、俺が背負うには重すぎるんだ。

俺は他人の期待に応《こた》えられない。

絶対みんな失望する。

表面的に仲が良くたって、底が知れれば「この程度の奴《やつ》だったのか」と思われる。

そして俺はどうでもいい存在となり、みんな俺から離《はな》れてゆく。

そうならないために必死に努力しても、それは何のためだ？

何で、そんなことに縛《しば》られなきゃならない？

俺は身軽でいたい。

全てのものから自由でありたい。

そんなことを考えているうちに会議は進み、結論が出た。

明日《あした》、船を買いに行くことになっていた。

＋　＋　＋

一週間後、俺は大海原《おおうなばら》のど真ん中にいた。

見渡《みわた》す限りの青い海は惚《ほ》れ惚《ぼ》れするほど美しい。天気は良く、今のところ航海に不安もない。そしてさんさんと降り注ぐ日差しは、はっきり言って熱い。赤道に近い海では、日差しも強烈《きょうれつ》だ。だが潮風はとても気持ちよく、日陰《ひかげ》に入れば意外と過ごしやすい。

他《ほか》の連中は船室の中でお喋《しゃべ》りやゲームに興じているのだろう。デッキにいるのは俺一人。

いいね、この貸し切り感。さっきまでは船を止めて水遊びをしていたので、逆に俺は船室にいたんだけど。

思ったほど、海にはモンスターはいなかった。いや、いるのかも知れないが、まだ襲《おそ》われたことはない。

会議の翌日、俺たちは早速《さっそく》船を買いに行った。アダマイトゴーレムがドロップしたアイテムを売って得た予算は三十万ゾル。日本円にすると三千万円。換金《かんきん》できないのが実に残念だ。

全員でぞろぞろ港へ行き、エルネスと話をしていた造船所の男を見つけると、交渉《こうしょう》に入った。三十万ゾルというと相当な大金だが、十二人が乗れて、それなりに長期間航海が出来る船となると、意外と予算的に厳しかった。

だが、ここでまさかの人材が活躍《かつやく》した。

「うちら即金《そっきん》で買おうってのよ？　これ高くなーい？　向こうの店はもっと安かったんですけどぉー。あ、このオプションだって、付いてないと困るしぃ」

「アゲハ困っちゃうなー。ね、おねがーい、もうちょっと、なんとかしてぇー」

それまで頑《がん》として値引きをしなかった相手が、毒島と宮腰が交渉し始めると、急に弱腰《よわごし》になった。そして、何とか予算内で船を調達することが出来たのである。

まさかあのギャルコンビに、売買のスキルがあるとはな。役立たずかと思っていたけど、こんなところで役に立つとは。

……っていうかあれだな。あの二人の能力は、店にしつこく値引きを迫《せま》る、厚顔無恥《こうがんむち》さと図々《ずうずう》しさを兼《か》ね備えたスキル。オバちゃんスキルと名付けよう。

で、手に入れた船は全長二十メートルを超《こ》える大型のヨットだ。現実の船はきっと操作するのが大変なんだろうけど、そこはゲームらしくシンプルな操作に落とし込んである。それでも、船で航海が出来るようになるまで三日はかかった。サンディアーノの近くでしばらく練習を積み、ようやく出港となったわけだ。

俺は船の手すりに寄り掛かると、行く手に広がる雄大《ゆうだい》な海を見やった。

指を宙に走らせ、メニューを開く。テレポートを選んで、行き先を選択《せんたく》しても何も起きない。やはり哀川さんの言葉は正しかったようだ。

こうなったら、俺に出来るのは時間稼《かせ》ぎくらいだ。あと二週間を何とかログレス大陸で消費して、Ｓａｎｔａ—Ｘ《サンタクロス》の適用を待つ。

俺は船尾《せんび》の方を見つめた。その先にあるはずのサンディアーノはもう見えない。赤道近くを通って、バルガイア大陸の下を、平行に西へ進む。そしてバルガイア大陸の最西端《せいたん》をくぐると、そこにログレス大陸がある。目指すは、そのログレス大陸のアルズヘイム。エルフたちの暮らす国だ。

「ここにいたのか、堂巡」

デッキに出る扉《とびら》が開いて、一之宮が顔を出した。

なぜか最近、よく話しかけられる気がする。あまり良い傾向《けいこう》ではないな。

「ちょっとこれを見てくれるか？」

デッキに設《しつら》えてあるソファに座ると、テーブルに一枚の紙を広げた。凰にはためくその紙を一瞥《いちべつ》しただけで、それが何かは分かった。

「地図か」

俺も一之宮の向かい側に座る。

「ああ。サンディアーノで手に入れた。どうやらこの世界の地図らしい」

その通りだ。開発資料に入っていたし、インフェルミアにもあった。

「堂巡はこれを見て、どう思う？」

俺はどう答えるべきかを考えた。

「まだ未知の大陸や島が多いな。バルガイアですら、まだ未踏《みとう》の地だらけだ」

「ああ。俺たちが考えていたより、ずっとこの世界は広い。だが、気になる点が他にもないか？」

一之宮は俺の反応を試《ため》しているようだ。俺は心の中で溜息《ためいき》をつく。

「陸路以外で、インフェルミアに乗り込むことが出来そうだな」

一之宮は少し興奮したように身を乗り出した。

「やはりそう思うか」

一之宮は地図に示された、バルガイア大陸の東、インフェルミアの周辺を指さす。

「俺たちはカルダートから歩いてインフェルミアに向かっていたので、全然気付かなかった。だが、実はインフェルミアは巨大《きょだい》な湖に取り囲まれたような地形になってたんだ。そしてこの湖は海とつながっている」

「内海だな。そこから上陸すれば、いきなりインフェルミアの至近距離《きょり》に陣《じん》を設置することが出来るし、場合によっては船から直接乗り込むことも可能だろう。ヘルランダーの裏をかけるかも知れないし、攻《せ》め方だって色々な手が使える」

「問題は、いつ次の攻城《こうじょう》戦クエストが発生するかだ。クエストが発生してから準備を開始しても遅《おそ》いが、攻城戦クエストでないとＮＰＣの軍勢を使うことが出来ない」

俺は腕《うで》を組んで考えた。

どうする？

エルフの国でのんびりさせるか、他の大陸や島々を見て回らせるのが良い気もするが、一之宮の性格的には難しいか。むしろ聞こえの良いことを言って、無理な戦いを挑《いど》ませる方が得策かも知れない。

そんなことを考えていると、一之宮の方から切り出した。

「俺はエルフと同盟を結ぼうと思う」

俺は一瞬《いっしゅん》、虚《きょ》を突《つ》かれた気持ちになった。きっと間の抜《ぬ》けた顔をしたに違《ちが》いない。

「……同盟？　エルフと？」

「そうだ。有栖川とレオンから聞いたが、エルフは人間に対して友好的らしい。どうせエルフの国へ行くのなら、そのついで。ダメ元だ。人間と同盟を結び、協力してヘルランディアと戦うことを持ちかける」

同盟、友好的……成る程《ほど》な。そう考えれば、いかにもこいつの考えそうな策だったのかも知れない。

自分で言い出しておいて、一之宮は難しい顔で腕を組んだ。

「だが……本当にそんなことが可能なのか、俺には自信がない。だから堂巡の意見も聞いてみようと思ったんだ」

俺はソファに背中を預け、反っくり返るような姿勢で微笑《ほほえ》んだ。

「まあ、ぼっちの俺にはそういった人間関係……相手はエルフだけど、そういう関係性ってのは分からない。一之宮に自信がなければ、俺には無理としか言えない」

一之宮は「そうか」と言って、唇《くちびる》を噛《か》んだ。

「……でも、サンディアーノで会ったエルフは、隣国《りんごく》のダークエルフがヘルランディアと同盟を結ぶのを恐《おそ》れていた。つまり別の国や種族と、同盟を結ぶことが、彼らにとってはあり得る選択肢《せんたくし》ということだ。そして、その危険性が増せば、エルフたちも組む相手を欲

しがるはず。俺たちがヘルランディアの危機を訴《うった》え、具体的な勝てる手段を持っていると
いうことを示せば……結べるかもな。同盟」

俺の話を聞くうちに、一之宮の表情が険しくなっていった。

「しかし、具体的な勝てる手段をどうやって提示すれば……」

「なに言ってんだ。さっき自分で言っただろ？」

はっと気付いたように、一之宮は目を見開いた。

「船による奇襲《きしゅう》――か」

一之宮は目を閉じた。潮風が一之宮のさらさらの髪《かみ》の毛をもてあそぶように、なびかせ
ている。しばらくすると目を開いて言った。

「それでいこう」

一之宮は地図をつかむと立ち上がった。

「みんなには俺から説明をしておく。また後で話をしよう」

船室に戻《もど》る一之宮に、俺は適当に手を上げて応えた。

だが、勿論《もちろん》すんなりと同盟を結ばせるつもりはない。それなりに妨害《ぼうがい》はさせてもらう。

俺は船尾を見つめた。通り過ぎてきた海に白い波が足跡《あしあと》のように続いている。その跡を、
あいつはちゃんと追ってきてくれているだろうか？

＋　＋　＋

霧《きり》の立ちこめる海を、２Ａギルドの船は進んでいた。

「何も見えないね」

不安そうにつぶやく朝霧に、雫石が冷笑《れいしょう》を浮《う》かべた。

「お先真っ暗、という感じね」

「もう……変なこと言わないでよ」

そろそろログレス大陸が見えてくる頃《ころ》のはずだ。しかし湯気のように海から漂《ただよ》う霧が視界を奪《うば》って、百メートル先も見通すことが出来ない。

「だが、確かに座礁《ざしょう》の危険性もあるな……なるべく、ゆっくり行こう」

一之宮がそう指示を出すと、扇谷、レオンハルト、山田の三人が帆《ほ》を下ろす。

「ん？　あれ？　何か見えない？」

毒島が進行方向に目をこらすと、宮腰もそれに倣《なら》う。

「あーほんとー。なにか影《かげ》が……うえっ!?」

分厚い霧の中から、巨大なシルエットが浮かび上がる。

「これは……」

今まで何も見えなかった景色が、急に色づき始める。巨大なシルエットは山の影だった。幾《いく》つもの峰《みね》が連なる尖《とが》った山々。そしてその下には背の高い木々に覆《おお》われた深い森。その森に白いベールのように霞《かすみ》がかかる。

その中にぼんやり光る、温かい橙色《だいだいいろ》の光。木々の隙間《すきま》から漏《も》れる灯《ともしび》は、明らかに人工の輝《かがや》きだ。そしてその前に沢山《たくさん》の光が打ち寄せている。それは海岸線を描《えが》き出すように輝く光の波。波打ち際《ぎわ》が、ぼんやりと緑色に光っているのだ。

霧に霞《かす》んだ美しい森と海が織りなす光を見つめていると、やがて船着き場が現れた。そしてその先端《せんたん》に整列している人々がいた。

それは金色の長い髪に尖った耳を持つ、美しい騎士《きし》たち。

どうやらここがエルフの国、アルズヘイムらしい。

「お前達はどこからやって来た！」

エルフの一人、美しい容姿を持つ青年が問いかけてきた。一之宮が身を乗り出して返事をする。

「我々はバルガイアのカルダートから来た人間だ！　エルフの代表の方にお取り次ぎをお願いしたい！」

エルフの青年は他のエルフと何事かささやき合った。何か相談をしているのだろうか。

相談が終わったのか、エルフの青年は顔を上げると俺たちに向かって叫《さけ》んだ。

「女王への謁見《えっけん》は検討する！　一旦《いったん》、船を泊《と》めて我々に付いてくるがいい！」

「ありがとう！」

俺たちはエルフが投げた舫《もや》いを受け取り、船を桟橋《さんばし》に寄せた。そして無事に上陸を果たすと、青年についてぞろぞろと歩いて行く。前後左右を他《ほか》のエルフの騎士達に護衛……というより見張られて進む。護送される犯罪者みたいな気分だ。

エルフの街は、船着き場から海沿いに続いていた。港町というと賑《にぎ》やかなイメージだが、派手な看板があるわけでも、大声で呼び込みをしている奴《やつ》がいるわけでもない。

実に静かで上品。それが第一印象だ。

人々はほとんどが若い男女。子供もいるが、騒《さわ》いだり走ったりしない。立ち居振《いふ》る舞《ま》いは、とても優雅《ゆうが》で品がある。身分の差や貧富の差もあるのかも知れないが、見た感じみんなお洒落《しゃれ》で金持ちに見える。俺たちを護送する騎士たちも、どこか貴族的だ。

その人々に合わせたように、街そのものも落ち着いた雰囲気《ふんいき》で、気品に満ちている。建物はどれも白く、屋根が尖り、柱が細い。その建物に施《ほどこ》される彫刻《ちょうこく》や、壁《かべ》に描かれた模様など、どれもが繊細《せんさい》で美しく見ていて実に飽《あ》きない。

先頭を歩く青年が振《ふ》り返って言った。

「気を悪くするな。このアルズヘイムに人間がやって来るなど、極《きわ》めて珍《めずら》しいことなのだ。普通《ふつう》の船は、あのエルフの霧を抜けることが出来ずにさ迷い続けるからな」

さらっと怖《こわ》いことを言いやがるな、このイケメン。

「しかし見たところ……」

青年は一之宮と朝霧、そして少し離《はな》れた雫石とレオンハルトをちらりと見た。

「お前とそちらの女性、あと列の後方にいる二人は人間ではあるが……どことなくエルフに近くも見える。そのせいなのかな」

そして続けて俺を一瞥する。

「にしても、人間とは形状が実に多彩《たさい》だな」

ちょっと待て。どういう意味だそれ。

街をしばらく歩くと森になった。とはいえ、明確な区切りがあるわけではなく、街が森と徐々《じょじょ》に混ざり合ってゆくような印象だ。そして木の幹が徐々に太くなり、驚《おどろ》くほどの高さを誇《ほこ》る巨木《きょぼく》が増えてくる。巨木の森をしばらく行くと、木々の隙間から巨大な白亜《はくあ》の建物が現れた。

「おわっ！　すっげ……」

扇谷が驚きの声を上げた。しかし、ほとんどの者はただ息を呑《の》んだ。

幾つもの尖塔《せんとう》を持つ、細く優美な城だった。清らかで神聖なエルフの森に相応《ふさわ》しい、美しくも荘厳《そうごん》さを感じさせる姿である。素材は白い石と水晶《すいしよう》のように透《す》き通った石の組み合わせ。これだけ大きな城なのに、今にも飛び立つような印象を与《あた》えているのは、この素材の軽《かろ》やかさも一因に違いない。

「うわぁ…きれい」

朝霧が溜息交じりにつぶやく。

エルフの青年は、誇らしげに言った。

「あれがエルフの城。我がアルズヘイムの女王が住まわれる城。ヴァイスクローネ城だ」

城の周りには多くの木が立ち並び、幹の周りに螺旋《らせん》階段が作られている。その階段は伸《の》びた枝の上に建てられた小屋に続いていた。

なるほどあれがホテルってわけか。

「ひとまずここで待機しろ。女王との面会には、最短でも一日は待つ必要がある」

「えーすぐに会えねぇのかよ」

文句を言う扇谷を一之宮がたしなめる。

「いきなり押しかけて、この国のトップに会わせろといってるんだ。当然だろ」

俺もその待ち時間は想定済みだ。

アルズヘイムへ行くと決まったとき、俺はインフェルミアに戻ってヘルゼクターたちに質問をした。

『お前達、アルズヘイムの代表とは何者か知っているか？』

唐突《とうとつ》に訊《き》かれたヘルゼクターは一瞬《いっしゅん》戸惑《とまど》ったが、アドラがすぐに返事をした。

『エルフの女王……確かウルリエルとか申しましたか』

がちゃりとカップを皿に置く音が響《ひび》いた。

『……失礼しました』

紅茶を飲んでいたサタナキアが、本人も思わぬ勢いでカップを皿に置いたらしい。

『サタナキアよ。ウルリエルにはすぐに面会が叶《かな》うものなのか？』

『さぁ……エルフの国のことは、分かりかねます』

『でもよぉ、オレらよりは詳《くわ》しいんじゃねぇのか？』

『ふむ、そうだな。ダークエルフとエルフは敵同士。敵のことは詳しく調べるのが当然だ。何か情報はないのか？』

グラシャとアドラに迫《せま》られるように訊かれ、サタナキアはしぶしぶ口を開いた。

『良くは分かりませんが……恐らく会えるかと思います。普通は最短で一日、長くて一週間ほど待たされることもあると思いますが……でも、ヘルシャフト様であれば、待つことなくお目にかかれるかと』

――という話だった。すごく詳しかった。

待ち時間が最短一日となると、すぐに行動を起こさねばならない。

「うわぁーなんだか東南アジアのリゾート地みたいね」

朝霧は巨木のホテルを見上げて、子供のような笑顔《えがお》を見せた。

「ヤー！　早く上ニノボッテミヨウゼ！」

「うん。あ、根元にも部屋があるんだね。高所恐怖症《きょうふしょう》の人用かな……」

はしゃいでいる2Aに背を向け、音を立てずにその場を離れようとした。

「あ、堂巡くん。どこへ行くの？」

朝霧が目ざとく俺を見つけて、呼び止めた。

「いや……ちょっとその辺を見てこようかと」

朝霧はちょっと考え込むと、たたたと俺に駆《か》け寄った。

「それなら、一緒《いっしょ》に行かない？」

――なっ！　あ、あさぎりさんっ⁉　な、なにをおっしゃってるんでしゅか⁉

「あたしも興味あるし、みんなより一足先に詳しくなっちゃうとか、ちょっと楽しそう」

いたずらっぽい笑顔で微笑《ほほえ》んだ。

ちっくしょおおお！　何だってこのタイミングなんだよおお！　ああっ、惜《お》しい！　勿体《もったい》ない！　いっそ、朝霧とエルフの街めぐり探検ツアーを優先しちゃうか⁉　だって、これってデート！　デートだよね⁉

――なワケはない。それは分かっている。

だが、それでもこの誘惑《ゆうわく》に勝てるほど、俺の精神は鋼で出来てはいなかった。

気が付けば、俺は朝霧と二人、エルフの街を散策していた。

軟弱者《なんじやく》と呼ぶなら呼べ。意志薄弱《はくじやく》と罵《ののし》るがいい。それだけの価値がある選択《せんたく》だ。そう自分に言い聞かせながら、心はインフェルミアの方向に土下座した。

「うわぁ、クリスマスだ！　ね、見て見て堂巡くん！」

港町から離れた森の中にある街は、すっかりクリスマス仕様になっていた。日が傾き、薄暗くなった広場の中央には大きなクリスマスツリーが飾られ、色とりどりの飾り付けと明かりが輝いている。広場を取り囲む店も、赤と緑の飾り付けに電飾が輝いていた。他の街みたいな騒がしい感じではないが、エルフの街にしては浮《うわ》ついた感じが漂っている。

「すごいキレイ……うわっ、この明かり電球じゃなくて、蛍《ほたる》みたいだよ！」

クリスマスイベントというサプライズに、朝霧も大興奮だ。いや、おかげで助かる。話術で朝霧を楽しませるなんて、俺には到底不可能だからな。開発中にもかかわらず、クリスマスイベントのデータを仕込んでいたヘルズドメインの諸君、ご苦労。

「喉渇《のどかわ》かない？　どこかで落ち着いて話せるところないかなぁ？」

「え……と、どうしようか？　ははは」

ちょうと広場を見渡せる位置に、瀟洒《しようしや》な屋敷《やしき》があった。どうやらカフェらしく、ウエイトレス風の服を着たエルフが店先に立っている。

「ねぇ、ここで……いいかな？」

断る理由もない。俺たちはカフェに入り、テラス席に着いた。十二月だがちょっと涼しい程度の気候だ。凍えることなく、クリスマスの明かりを眺めて、くつろぐことが出来る。

っていうか、くつろげねえ。心は常に緊張《きんちょう》しっぱなしだ。にしても、朝霧は何で俺を誘《さそ》ってくれたんだろう？　一之宮とは付き合っていないような、微妙《びみょう》なこと言ってたし。

もしかして、これって俺に……？

「堂巡くん。ちょっと相談があるんだけど……」

相談って？　ま、まさか？　いや、その俯《うつむ》き加減《かげん》で上目遣《うわめづか》いに見るのは、必殺技《ひっさつわざ》ですよ？　それを繰《く》り出すということは……俺に、気があるっていう――、

「実は、洸《あきら》くんのことなんだけど」

――え？

「洸くんが元の世界に戻りたい理由とか、何か聞いてないかなと思って」

「……理由」

朝霧は頬《ほお》を染め、恥《は》ずかしそうにもじもじしている。

「例えば……元の世界に誰か、会いたい人がいたりとか……その、親しい人とか」

ああ、成る程《ほど》……。

「最近、堂巡くんと洸くんって仲良《い》いし。もしかしたら、そういう話が出たりとか、してたらでいいんだけど。あ、あのね、無理に聞き出したいとかじゃないんだよ？」

サンディアーノの砂浜で一之宮と付き合っていないのかも、と思ったりもしたけど、だ

からといって俺にチャンスがあるわけでもないしな。目の前にいるステキな女の子は、俺のことなんて何とも思っちゃいない。そうだった。朝霧は誰にでも優《やさ》しかったんだ。俺は好きな男の子の情報を提供してくれそうな男子、ただそれだけだ。

でも、これでいい。

朝霧のことは一之宮に任せておけば良い。

場合によっては、また朝霧にアダルトモードで酷《ひど》いことをすることになるかも知れないんだ。そんな俺が、朝霧から好意を向けられる資格はない。

俺は椅子《いす》から立ち上がった。

「ごめん。ちょっともう行かなきゃならなくて……ほんとごめん」

朝霧は慌《あわ》てたように手を振った。

「ううん、こっちこそ！　ごめんね、急に変なこと訊いちゃって」

「いや、朝霧は悪くないよ。ああ……さっきの質問だけど、一之宮から元の世界に会いたい女の子がいるとか、そういう話をされたことはないよ」

「えっ⁉　べつに女の子限定とか、そういうつもりじゃ――」

朝霧は顔を赤くして、慌てて手を横に振った。

「それじゃ、また後で」

笑顔で手を振ってくれる朝霧と別れ、俺は店を出た。

──そう、俺の目的は朝霧からの好感度を上げることじゃない。

朝霧の命を救うことだ。

朝霧が幸せになってくれることだ。

俺と付き合って、恋人《こいびと》になって、朝霧が幸せになるか？

答えはＮＯだ。

そもそも、俺にそんな資格はない。

みんなを裏切っている俺は、朝霧に優しくしてもらう資格なんてないんだ。

それに、現実に戻《もど》ったら俺の所業は自《おの》ずとバレる。もしそうなったら、朝霧は俺に幻滅《げんめつ》するだろうし、軽蔑《けいべつ》するだろう。

いや、それならまだいいが、朝霧の性格なら、俺を憎《にく》むよりも朝霧自身がショックを受けて傷付いてしまいそうな気がする。

だからこそ、俺は朝霧に近付き過ぎてはいけないんだ。

俺は来た道を戻るようにして、森の中を進んでゆく。そして、大木の陰《かげ》に隠《かく》れると、あたりの様子を窺《うかが》った。

よし……誰もいないな。

俺は指をＬ字形にすると、手首をひねってメニューを開いた。

さぁ、ここからは魔王《まおう》の時間だ。

＋　＋　＋

「そなたがあの噂《うわさ》に聞く、魔王ヘルシャフトか」

エルフの城、ヴァイスクローネ城の謁見《えっけん》の間で、俺はエルフの女王と対面した。

女王ウルリエルはとても美しい女王だった。エルフはみな見た目が若いが、女王もご多分に漏《も》れず二十代にしか見えない。階段の上に設《しつら》えた立派な玉座に座り、半眼に閉じられた瞳《ひとみ》でまばたきすることなく俺を見つめている。頭には銀色に輝《かがや》く王冠《おうかん》。そして髪《かみ》が途轍《とてつ》もなく長く、金色に輝く髪が床《ゆか》にまで広がっている。

「眠《ねむ》れる森の美女も目を覚ます
魔王《オレ》という名の運命《ロマンス》の到来に
救世の使者　魔王ヘルシャフト見参！」

「エルフの女王ウルリエル。お目にかかれて光栄だ」

会うのは簡単だった。正面から堂々と入って、女王に会いに来たと告げただけだ。まあ、邪魔《じゃま》をした騎士《きし》を数人殴《なぐ》り飛ばしはしたが。２Ａギルドを案内してくれた、あのエルフの青年もぶん殴ってしまったが、これも手続き上やむを得ない。こうしないと女王に取り次いでもらえないからな。

「単刀直入に言おう。俺と手を結べ、ウルリエル」

謁見室に並んだエルフの重鎮《じゅうちん》たちと衛兵が息を呑《の》む。

「な……女王に向かって、何をつまらぬ冗談を――」

たまらず側近の男が口を挟《はさ》む。しかし女王が片手を上げて、それを止めた。

「魔王よ、なにゆえこのアルズヘイムとの同盟を望むか」

「無論、この世界の平和の為《ため》だ」

「平和？」

謁見室にざわめきが起きた。側近達に動揺《どうよう》が走る。

しかし女王ウルリエルは凍《こお》り付いたような顔を崩《くず》さない。

「これは可笑《おか》しい。それがヘルランディア式の冗談なのか？」

全然面白《おもしろ》くなさそうな顔で言いやがる。

「魔王よ、この世界に破壊《はかい》と混乱を招き、全《すべ》てを手中に収めようとするそなたが、平和を語るか」

「この世界は誰かが支配せねば、平和にならぬ。強大な力を持つ者がいてこそ、つまらぬ諍《いさか》いを治めることが出来るのだ。どうだウルリエル。今俺と組めば、この大陸でのアルズヘイムの利権は保障するぞ」

女王の瞳がすっと細くなった。

「それでダークエルフのロヴァルリンナとも通じていると？　下らん。貴様の言うことには心がない。全て建前だ。嘘《うそ》で塗《ぬ》り固めた虚像《きよぞう》に過ぎぬ」

――!?

俺の心臓が跳《は》ね上がった。

落ち着け、何をうろたえているんだ！　あんなの、ただの台詞。元々のシナリオを元にＡＩが生み出した、ただの音声だ。

俺はエルフの女王を見上げた。

威厳《いげん》と強い意志を感じさせる瞳が俺を射貫《いぬ》く。

なぜかその瞳に、俺の心の底まで見通されているような気持ちになった。

――何なんだ、このキャラ負けしてる感覚は。人間様がＡＩにびびってどうする！

そう自分を奮い立たせるが、背筋が冷たくなるのを止められない。

「立ち去るが良い、魔王ヘルシャフト。もう二度とこの地に足を踏《ふ》み入れるな」

微塵《みじん》の交渉《こうしょう》の余地も許さず、ウルリエルは言い放った。

冷静になれ堂巡駆流。元から成功の可能性は、ほぼゼロだっただろ。決裂《けつれつ》するのは予定通りなんだ。

俺は炎《ほのお》のマントをひるがえすと、女王に背中を向けた。

「よかろう。だがエルフの女王よ。一つ忠告しておこう」

「ほう、なにか？」

「いまこの国に人間共が来ているはずだ。俺同様、奴《やつ》らにも用心を欠かさないことだ。奴らも貴様らに同盟を持ちかけるはずだ。だが奴らは、エルフを利用することしか考えていない。なぜ同盟を結びたいか訊《き》いてみると良い。奴らは自分の都合だけで、貴様たちのことなど駒《こま》くらいにしか思っていないことが分かるだろう」

「……その忠告は承《うけたまわ》ろう」

俺は足を踏み出しかけて、思い出したように立ち止まった。

「それともう一つ。人間の中には男の剣士《けんし》が二人いる。その背の低い方には気を付けた方が良い」

「それは何故《なぜ》だ？」

「其奴《そいつ》が裏で人間共に策を与《あた》えているからだ。人間の中でも奴は狡猾《こうかつ》。人間は意志が弱く移ろいやすいものだ。その男を見れば、人間が俺以上に信用がおけぬ事が分かるはず」

そして俺はマントをなびかせ、歩き始める。

「万が一にも人間を信用するのであれば、その男を幽閉《ゆうへい》でもすることだな」

そう捨て台詞《ぜりふ》を残すと、俺はエルフの城を後にした。

+　+　+

そして二日後、俺は再びエルフの女王ウルリエルと対面した。今度は人間、堂巡駆流として。2Aギルド総勢十二名は二列になって、謁見の間に並んでいた。前列の中央に一之宮と朝霧。俺は後列の一番端《はじ》だ。

「人間たちよ、なにゆえこのアルズヘイムとの同盟を望むか」

この前と同じ質問だ。

「俺たちはこの世界の人間ではないんです。魔王ヘルシャフトを倒《たお》し、魔王城インフェルミアにあるヘルズゲートを通らなければ、元いた世界へ帰ることが出来ない。しかし、ヘルランダーは強大だ……俺たちだけでは勝つことが難しい。しかし、エルフの国の力を借りることが出来れば――、」

「成る程《ほど》……確かのようだな」

女王は冷たい瞳のまま言った。

「同盟を結ぶことは出来ない。バルガイアへ帰るがいい」

「え？　ま、待って下さい！　話はまだ——」

驚《おどろ》いた一之宮が食い下がるが、女王は聞く耳を持たなかった。

「お前達は我々エルフを道具のように考えてる」

「違《ちが》います！　あなた方エルフも隣国《りんごく》のダークエルフと険悪な関係なのでしょう？　ヘルシャフトの部下にはダークエルフの軍団もあります！　だから、ヘルシャフトはいずれこの国にも牙《きば》を剝《む》くのは間違いない！　だから今のうちに——」

「ならば、その危険が増したときに対応を取ればいいだけの話。共に戦う相手は、お前達だけとは限らない。ドワーフなどの他《ほか》の種族でも、傭兵《ようへい》でも構わない。今、我々が戦いを起こさねばならないほど、このアルズヘイムは危機に陥《おちい》っていない」

「く……」

俺は残念そうな表情を作りながら、内心ほくそ笑《え》んだ。普通《ふつう》に聞けば納得《なっとく》できる理由も、事前に俺が吹《ふ》き込んだ「人間は信用出来ない」という情報が邪魔をして、余計に疑ってかかる気持ちになっている。

エグゾディア・エクソダスのＡＩは優秀《ゆうしゅう》だ。特にエルフの女王ウルリエルは、まるで人間以上の鋭《するど》さを持っていた。ならば、きっと——、

「待って下さい！」

朝霧が前へ出た。たちまち衛兵が駆《か》け寄ってきて、槍《やり》を突《つ》き付ける。

「あたしたちは自分の国に帰りたい。それが一番の理由です。でも！　それだけじゃない。あたしは魔王ヘルシャフトのことが許せない！」

女王は興味を持ったのか、じっと朝霧のことを見つめた。

「魔王はヘルランダーを使い、バルガイア大陸の至る所で破壊と混乱を引き起こしています。でも、正義とか、世界のためとか、そういう大きな事はあたしには分かりません。だけど、理由もなくカルダートの街を壊滅《かいめつ》させ、罪もない人々の命を奪《うば》った！　そのことは絶対に許せない！」

朝霧の目に涙《なみだ》がにじんだ。

「それに魔王は人を人とも思わない、卑劣《ひれつ》な手を使います。人の心をもてあそび、人を苦しめて楽しんでいる……そんな存在は、絶対に許せません！」

涙に潤《うる》む朝霧の瞳。きらきらと光るその目から一筋のしずくが頰《ほお》を伝う。

女王は微《かす》かに溜息《ためいき》を吐《つ》いたように見えた。確かに朝霧の話は心を打つ。俺の心をえぐる。

だが女王には通用しない――、

「お前の心には、嘘はないようだ」

――なに？

「確かに魔王《まおう》の脅威《きょうい》は日に日に大きくなっている。それは私も感じていること。しかし、だからと言って……我がアルズヘイムが魔王討伐《とうばつ》に動くのはまだ早計。私はこの国のエルフ全員の命を預かっている。軽率《けいそつ》な行動を取るわけには行かない」

思い詰めたような顔で、有栖川が身を乗り出した。

「で、でも！　サンディアーノで会ったエルネスさんが言ってました！　僕たちとなら、その……一緒《いっしょ》に戦えるかもって」

ほんのわずか、女王の瞳が揺《ゆ》れたように見えた。

「エルネス？　あの娘《こ》が……？」

だがすぐに女王は鉄仮面のような顔を取り戻《もど》した。

「その様な嘘は為にならぬぞ」

「嘘ではありません。女王様」

その鈴《すず》を転がすような可愛《かわい》らしくも、凛《りん》とした声には聞き覚えがあった。

謁見《えっけん》室にマントと金髪《きんぱつ》をなびかせ、颯爽《さっそう》と入ってくる姿。それはサンディアーノで出合った、あのエルネスだった。

「エルネス……お前はヘルランディアの偵察《ていさつ》に行ったのでは」

「大体調べは付きました。それに、この者達のことが気になったものですから」

そう言って俺と有栖川、それにレオンハルトを見つめて微笑《ほほえ》んだ。

「私からもお願いします。何も全軍挙げてとは申しません。私が預かる兵だけでも構わないのです。どうか魔王ヘルシャフトの討伐をお許し下さい！」

エルネスは女王の前にひざまずき、深く頭を下げた。

「……」

実際にはわずか一、二分だったのかも知れない。だが、気の遠くなるような時間が流れた気がした。そしておもむろに女王は玉座から立ち上がった。

「我々エルフは人間との同盟をここに結ぶものとする」

「おおっ！」

２Aと、そしてエルフの重鎮たちからも声が上がった。

「ありがとうございます！」

涙ながらに礼を言う朝霧に、２Aの連中が駆け寄った。

イケメンのエルフの青年が一之宮に手を差し出す。

「これからは仲間だな。よろしく頼《たの》む。私の名はグリオンだ」

一之宮も本当に嬉《うれ》しそうな笑みを浮《う》かべ、差し出された手を握《にぎ》り返した。

「こちらこそ！　俺は一之宮洸。よろしく」

盛り上がる両軍に、女王の冷静な命令が響《ひび》いた。

「よいか。これより両軍は連携《れんけい》し、ヘルランダーを駆逐《くちく》し、インフェルミアを落とすのだ。ヘルランディアという国を解体し、そして……」

半眼だった女王の目が、大きく開いた。

「魔王ヘルシャフトを倒せ！」

おおおおおおおおおおおおお！　という鬨《とき》の声が上がった。

——畜生《ちくしょう》。あと少しで……もう少しで決裂するところだった。だが朝霧が女王の心を動かした。その揺さぶりに、さらにエルネスの登場が決め手となった。

俺はじろりとエルネスを睨《にら》んだ。

まさか奴がここに現れるとは計算外だった。

「そこの、お前」

歓声《かんせい》で賑《にぎ》わう謁見室を、女王の冷たい声が切り裂《さ》く。

「へ？」

女王が俺を指さしていた。そうか、俺が言ったアドバイスをちゃんと聞いてくれたようだな。よしよし、そうでなくては困る。次の手段が打てなくなるからな。

「お前……ん？」

女王はじっと俺を見つめていた。おい、どうした？　お前はここに残れって言うだけだろ？　どうかしたのか？

だが女王はその心を見通すかのような瞳《ひとみ》で、俺をじっと見続けた。

おい、まさか。本当に、俺の心が読めるんじゃねえだろうな。

また胸の鼓動《こどう》が速くなり、冷や汗《あせ》が浮かんでくる。

「お前は……いや」

女王は何かを思い巡《めぐ》らすように、もう一度言葉を句切った。

「お前はしばし、ここに残れ。少し確認《かくにん》したいことがある」

その発言に、２Ａの連中が驚いた。

「どういうことですか？」

「堂巡くんが、一体どうして？」

一之宮と朝霧の疑問に、女王は冷たく答えた。

「同盟には担保が必要だ。お前達が裏切りや不義を起こさぬよう、この者を預かる」

＋　＋　＋

その後、一之宮と朝霧は俺を解放するよう食い下がったが、聞き入れられることはなかった。エルネスは「むしろここにいた方が安全だぞ」と言って、二人を納得させた。でも他の２Ａの連中は、こいつ一人でうまいことやりやがって、みたいな目で見てたな。有栖川は、少し心配そうにしてくれたけど。

気になるのは、雫石がまたあの、人の体を削《けず》り取るような視線で俺を睨んでいたことだ。

奴《やつ》のことだ。何かを怪《あや》しんでいるのかも知れない。

そんなわけで、俺は今独房《どくぼう》に入れられている。

あれ？　昨日まであんなお洒落《しゃれ》なリゾートホテルだったのに、これって酷《ひど》くない？　まあ独房と言っても、石造りのお洒落な部屋なんだけど。ベッドも寝心地《ねごこち》が良いし。

鉄格子《てつごうし》の入った窓から外を覗《のぞ》くと、ちょうど港が見える。そこに停泊《ていはく》していた2Aの船は、もう姿を消していた。

一緒に出航したエルフの船の数から、大体の兵の数も予想が付いた。いい部屋に幽閉してくれて感謝。しかし、あの船はインフェルミア攻略《こうりゃく》に向かったのだから、そうのんびりもしていられない。

俺はメニューを開くと、装備の欄《らん》から魔王の鎧《よろい》を選ぶ。するとあっという間に、平均的な男子高校生だった俺の体は、二メートル三十センチの巨体《きょたい》へと姿を変える。

俺は独房の扉《とびら》に手をつくと、思いっきり力を込めた。

「ふんっ！」

石が砕《くだ》ける音がして、鉄の扉が丸ごと石の壁《かべ》から引きはがされた。俺はその鉄の扉を、そっと壁に立てかけると、廊下《ろうか》を走り、階段を降りた。

「ん？　どっちに行けばいいんだ？」

謁見の間から直接連れてこられたので、道が良く分からない。城の中は複雑で、まるでパズルのような構造だった。

「こいつは……出るのに一苦労だぞ。いっそぶっ壊《こわ》して、外へ出るか？」

「おやめ下さい」

って、うわぁあああああ！ びっくりしたぁあ！

「お、おう……サタナキアか。遅《おそ》かったな」

十字路の角から、白い髪《かみ》に褐色《かっしょく》の肌《はだ》のダークエルフ、サタナキアが姿を現した。

サタナキアには2Aギルドの後を追って来るように命じてあった。

「付いてくるよう命じられてはいましたが……まさか、こんなところへ来るとは」

サタナキアにしては珍《めずら》しく苦々しい顔をしていた。

「人間共とエルフが共闘《きょうとう》を企《たくら》んでいたので、その結果を確認する必要があったのだ。予想通り、奴らめ結託《けったく》しおった。我々も、すぐに対策を打つ必要がある」

それにはまず、ここから出なきゃならないんだが……出口は一体どこだ？

「こちらです」

サタナキアは俺の前に立って歩き出した。

こいつ、よくこの迷路《めいろ》みたいな道が分かるな。

感心しながらついて行くと、確かに出口があった。人が一人出るのがやっとくらいの、狭《せま》い裏口だ。幸い見張りもいない。

「森を抜《ぬ》けた岩場に船が隠《かく》してあります」

「分かった。行こう」

俺たちは一気に城の外へ走り出た。

──!!

閃光《せんこう》が走った。

「くっ！」

その鋭い剣《けん》が俺の胸元《むなもと》をかすって、火花が散った。

「気を付けろ、サタナキア！」

俺は地面を蹴《け》ると、空中で巨体を回転させて着地した。サタナキアも既《すで》に弓を構え、攻《こう》撃《げき》してきた相手に矢を向けている。敵は一人。剣をだらりと下げ、こちらを見つめていた。

どうした？

サタナキアは弓を引いたまま、矢を放とうとしなかった。俺を斬《き》り付けた相手が、近付いて来る。

「サタナキア……よくも戻って来られたわね」

「……エルネス」

二人は、知り合いなのか？

エルネスはサタナキアの姿を、頭の先からつま先まで、なぞるようにして何度も見た。

「汚《けが》らわしい姿……またアルズヘイムの土地と空気を汚《よご》す気？」

「……」

サタナキアの目つきが険しいものになった。

「見下げ果てたものね。魔王の手先となって、悪逆非道なことに手を染めているなんて」

「エルネス……私は――」

「呼ぶな！」

エルネスは苦しみを吐き出すように叫《さけ》んだ。

「サタナキアと同じ顔で、同じ声で、私を呼ぶな！」

エルネスは憎《にく》しみに顔を歪《ゆが》めて、剣を構える。

「サタナキアは死んだ。お前はサタナキアの皮を被《かぶ》った悪魔だ！」

エルネスが地面を蹴った。

「滅《ほろ》びよ！　悪魔！」

驚《おどろ》くほどのスピードでサタナキアに迫《せま》る。

「……っく！」

サタナキアは愛用の弓ブラックハート・シューターを一《ひと》振《ふ》りした。すると一瞬《いっしゅん》で弓が剣へと変わる。変化したと同時に、エルネスの剣と火花を散らす。

「サタナキアぁああ！」

剣を回転させて、サタナキアの剣を撥《は》ね上げる。そして、そのまま返す刀で斬り付けようとした。サタナキアは体を反らし、紙一重《かみひとえ》で鋭《するど》い剣をかわす。

くっ……あのエルネスというエルフ、強いな。恐《おそ》らくサタナキアと同等。戦いが長引くと、色々と面倒《めんどう》なことに——、

「あっちだ！」「脱走《だっそう》したぞ！」

と思ったとき、遠くから声高《こわだか》に騒《さわ》ぐ声が聞こえた。まずい。

「サタナキア！　そんな奴は放っておけ！　脱出《だっしゅつ》するぞ！」

俺の声を聞くと、サタナキアは剣を下ろした。それを見て、エルネスが口を歪める。

「どうしたの？　殺される覚悟《かくご》が出来た？」

しかしサタナキアは、いつものクールな瞳でエルネスを見つめた。

「エルネス、あなたの言う通りよ」

「ふん……今さら何を」

「あなたの知っているサタナキアは死んだ。今ここにいるのは、ダークエルフのサタナキア。ヘルランディアのダークエルフ軍団長、ヘルゼクターのサタナキア」

エルネスが驚きに目を見開いた。

「次は本気で殺しに来なさい、エルネス。さもないと……死ぬわよ」

そう言い置くと、サタナキアはきびすを返して駆《か》け出した。一気に俺の横を駆け抜ける。

エルネスは鬼《おに》のような形相で、その後ろ姿を睨み付けた。

「サタナキァアアアアアアアアアアアアアアアアアアアア!!」

エルネスの血を吐《は》くような絶叫《ぜっきょう》を背中で聞きながら、俺は全速力で走り出した。

サタナキアを追って一気に森を抜け、崖《がけ》から飛び降りる。そこにはサタナキアが言った通り、船が岸壁《がんぺき》に寄せてあった。

船のデッキに着地すると、大きく船が傾《かたむ》いた。サタナキアは既に帆《ほ》を張って、出航する準備をしていた。船がゆっくりと動き始め、岸から離《はな》れてゆく。

「大事はないか？　サタナキア」

「はい……問題ありません」

ロープを掴《つか》み、サタナキアは船のゆく先を見つめている。俺はその背中に、何と声をかけて良いか分からなかった。

サタナキア……お前の過去に、一体何があったんだ？

このとき俺は不思議なことに、サタナキアの過去はどういう設定なのか？　という風には考えなかった。

六章「クリスマスの贈り物」

ダークエルフの国、ロヴァルリンナはアルズヘイムの北に位置している。

船で川をさかのぼり、しばらく行くと鬱蒼《うっそう》とした森の中に怪しげな城が見えてくる。灰色とも茶色ともつかない暗い色をした城。それがダークエルフの『シュヴァルツクローネ城』である。

そして俺は、ダークエルフの女王ゼラギエルとの会見を果たした。

「ふふふ、あなたが魔界《まかい》の王……想像以上にステキなお方♡」

うむ、エルフの女王とのこの落差スゴイ。だって会見場所はゼラギエル様の寝室《しんしつ》だよ？ スケスケの赤いネグリジェ姿の女王と、ベッドに寝転《ねころ》びながらする会談って何なの。

これがいわゆる、歴史は夜作られるってやつなのか。そうか、魔王覚えた。

しかし、全《すべ》てのプレイヤーに対してこれはないよな。当然、アダルトモード限定の仕様なのだろう。本当にこのゲームのデザイナーは変態だな。褒《ほ》めてつかわす。

そのドエロい格好をした女王が体を起こす。豊満にしてしなやかな体をくねらせ、ベッドの端《はし》に座る俺にしなだれかかってきた。

サタナキアすら凌駕《りようが》するその巨大《きよだい》な胸が、容赦《ようしや》なく俺の体に押し付けられる。すげえぞこのエアバッグ。どんな事故でも衝撃《しようげき》を吸収するに違《ちが》いない。

「ヘルランディアとはこれからも仲良くしてゆきたいもの。まずは、わたくしたちが仲良くしないと、ね♡」

髪をかき上げる仕草一つ取っても、ぞくりとさせられる。そこいらのサキュバスが束になっても敵《かな》わない妖艶《ようえん》さ。褐色のうなじから肩《かた》、そして大きく張り出した胸へと続くラインは至高の逸品《いつぴん》。正直、さっきから興奮が止まらない。

俺の視線に気付くと、体を離すときにわざと胸を揺《ゆ》すってみせた。薄《うす》く透《す》ける赤いネグリジェの向こうに、重そうに揺れる褐色の胸がある。これだけの大きさなのに、垂れて見えないのは、さすがとしか言いようがない。

「ねえ、あなたのところに預けてあるサタナキアと、その軍団はどうしているかしら？お役に立ってる？」

「ん？　ああ、勿論《もちろん》だ。奴《やつ》はヘルゼクターの一角だからな。なくてはならない存在だ」

「そう。それは良かったわ」

微《かす》かな違和感《いわかん》があった。

「サタナキアは、ここではどうしていたのだ？　あれほどの腕《うで》を持つ奴だ。この国においいても、名の通った戦士だっただろうが」

「ええ。とても強い娘《こ》よ。とても頼《たよ》りになるの」

俺はそんなことよりも、本当に訊《き》きたいことがあった。

「サタナキアは……こんなことがあるのか分からんが……奴は、エルフだったのか？」

ゼラギエルは、大人びた姿に似合わない可愛《かわい》らしい仕草で首を傾《かし》げ、あっさりと言った。

「ええ。あら、聞いてらっしゃらなかったかしら？」

……やはりそうだったのか。それならあのエルネスの反応も納得《なっとく》だ。それにサタナキアのどこか含《ふく》みのある言動も。

「しかし、なぜダークエルフになったのだ？　そもそもそんなことが可能――んんっ⁉」

ゼラギエルは俺の首に手を回すと、あっさりと押し倒《たお》した。

「うふふふふ。それより今は、楽しみましょうよ♥」

そう言って俺に跨《また》がると、いやらしく腰《こし》を振《ふ》り始めた。

俺の兜《かぶと》にキスをすると、その隙間《すきま》から舌を滑《すべ》り込ませる。そして俺の舌を探し出すと、絡《から》めるように口の中を動き回った。その柔《やわ》らかな感触《かんしょく》は、サタナキアのものとも全然違う。口の中を蹂躙《じゅうりん》される度《たび》に、意識が刈《か》り取られてゆくような気がする。ぼうっとして、ゼラギエルの体のことしか、考えられなくなりそうだ。

さんざん口の中で暴れ回ると、ゼラギエルの舌は糸を引きながら離れる。

「それと……そのことは、直接サタナキアに訊いて下さいな」

「なに？　それは、どういう――」

それ以上質問返しは許さないとばかりに、ゼラギエルは巨大な胸を俺の顔に乗せ、口をふさいだ。

＋　＋　＋

「ここにいたか、サタナキア」

女王ゼラギエルとの会見という名の、親密なコミュニケーションを済ませた俺は、サタナキアの姿を探して森の中をさ迷っていた。

サタナキアは丘《おか》の上に立ち、眼下に広がるダークエルフの街を見下ろしていた。街の中央を川が流れ、水の流れが描《えが》くゆるやかな曲線に沿って建物が並んでいる。ベージュのレンガで造られた建物は、エルフの街の色違いといった感じだ。

日の落ちた街には明かりが灯《とも》り、空には星と月が輝《かがや》いている。

「ヘルシャフト様……」

振り向いたその顔には、何かを思い詰《つ》めている様子がありありと浮《う》かんでいる。だが、俺のもとに歩み寄ったときには、いつものクールなサタナキアだった。

「街を周り、昔なじみに声をかけて兵を集めておりました。かなりの者たちが力を貸してくれるそうです。持つべきものはダークエルフの仲間です」

昔なじみ……仲間か。サタナキアの昔……それと仲間。

『サタナキアは死んだ。お前はサタナキアの皮を被った悪魔だ！』

エルフの女騎士《きし》、エルネスの言葉を思い出す。

サタナキアはじっと俺を見上げている。月と星の光が、白い髪《かみ》と褐色《かっしょく》の肌《はだ》を輝かせている。俺はあのエルネスとの間に何があったのか、気になって仕方がなかった。

「サタナキアよ。お前と、あのエルネスの間で何があったのだ」

なめらかで艶《つや》のある肩が、びくりと跳ねた。

「今までもお前は過去について言葉を濁《にご》してきた。お前の過去に一体何があるのだ？」

「それは……」

長い睫毛《まつげ》を伏《ふ》せて、サタナキアはうつむいた。

しばらく待ってみたが、固まったように動かない。

ゼラギエルからは、直接サタナキアに訊けと言われた気がするが、このままでは埒《らち》が明かない。いっそ、強制的に口を割らせるか？

俺はメニューを開き、魔法の欄《らん》からエクスタスに指を伸《の》ばす。

――いや、

俺は伸ばしかけた指を収め、メニューを閉じた。

「サタナキア、お前は俺の大事な部下だ。お前なくして我が軍は成り立たん。だからお前が何に悩《なや》み苦しんでいるのか……それを知りたいのだ。それを知らなくては、お前にどうしてやったら良いのか分からぬ」

「……」

サタナキアの細く繊細《せんさい》な指が、ぎゅっと拳《こぶし》の形に握《にぎ》りしめられた。

「頼《たの》む、サタナキア。本当はお前の心を察することが出来れば良いのだが、俺にはお前の心の奥底までは知ることが出来ぬのだ。不甲斐《ふがい》のない主人で済まぬが――」

「いいえ、ヘルシャフト様は素晴《すば》らしいお方です。私が仕えるに相応《ふさわ》しいお方です」

迷いのない声で、そう答えた。

俺はその細い肩に両手をかける。すると、サタナキアは俺の胸にその身を預けてきた。

「申しわけございません。配下であるこの私が……こんな真似《まね》を」

――え?

普段《ふだん》俺に積極的なアプローチをしている同一人物とは思えない口ぶりだ。この真面目《まじめ》さ、倫理《りんり》的な思考、そしていつも感じる性格の不均一感。

「サタナキアよ。我が偉大《いだい》なるヘルランダーの一軍団を預かる団長にして、俺の可愛い僕《しもべ》よ。やはりお前は、かつてエルフだったのだな?」

サタナキアは俺から体を離した。その瞳《ひとみ》が衝撃に見開かれている。動揺《どうよう》に瞳が揺れて、視線をそらし、うつむいた。しばらくの間顔を伏せていたが、やがて観念したように、つぶやいた。

「……はい」

サタナキアは目をそらしたまま、ぽつりぽつりと語り出した。

「かつて、私はウルリエル様に忠誠を誓《ちか》うエルフの騎士でした……親友のエルネスと共に、アルズヘイムを守る為《ため》に戦っておりました」

やはり、エルネスとはそういった縁《えん》があったのか。

「ですが……あるとき、最悪の事態が起きました」

サタナキアが俺をじっと見つめる。その瞳には、普段の超然《ちょうぜん》とした態度からは想像も出来ない、恐《おそ》れの色が浮かんでいた。

「エルフの国を襲《おそ》った災厄《さいやく》——ナイトウォーカー」

「ナイトウォーカー……？　何だ、それは」

「正体は分かりません。ただ夜の如《ごと》く忍《しの》び寄る闇《やみ》。その闇が現れた場所は、全ての生き物が死に絶え、木も草も枯《か》れ果てました。その闇がエルフの森を侵食《しんしょく》し、アルズヘイムを危機に陥《おちい》らせたのです」

それは……一体、何を表しているのだ？　モンスターなのか？　それともシステム上の何かなのだろうか。その正体が想像もつかない。俺が思いを巡《めぐ》らせている間にも、サタナキアは話を続けた。

「その災厄を止める唯一《ゆいいつ》の手段……それがエルフの秘宝ラグナブリンガー」

またしても知らないキーワードだ。そんなアイテムが……あったのか？

「しかしそれは禁忌《きんき》とされた秘宝。大きな代償《だいしょう》が必要となる諸刃《もろは》の剣《つるぎ》。ですが私は、それを……使ってしまいました。その結果、ナイトウォーカーは消え去りました」

「倒すことが出来た、ということか？」

「分かりません。ただ、アルズヘイムからは姿を消したことは確かです。ですが、その為の犠牲《ぎせい》は少なくなかった……アルズヘイムの四分の一が人を寄せ付けない不毛の地となり、多くの人々が住んでいた土地や家を失いました」

サタナキアは俺に背を向け、ダークエルフの街の彼方《かなた》先を見つめた。その方角には、アルズヘイムがある。

「しかし、それはお前がエルフの国を守る為にやったことだ。誰《だれ》もお前を責めることは出来ないはずだ。もしお前がやらなければ、他《ほか》の者がやったか、或《ある》いはアルズヘイム全土が滅《ほろ》びたかのどちらかだっただろう」

サタナキアは微かに口元を緩《ゆる》めた。

「しかし皆《みな》はそうは考えませんでした。災厄が治まってみれば、残ったのは被害《ひがい》だけ。そうなればこの被害の責任を誰かに求めます」

確かに……それは人間の間でも往々にしてあることだ。

サタナキアは身をひるがえすと、俺にその体がよく見えるように手を開いた。

「ダークエルフのように黒く染まったこの姿……汚《よご》れたこの体が、罪の象徴《しょうちょう》として認識《にんしき》されたのです。私が犯《おか》した罪がこの身に現れたのだと」

夜風が白い髪をなびかせた。さらさらと流れる髪が、月の光を浴びて銀色にきらめく。

天からの光がその褐色の体を縁取《ふちど》るように照らしだし、闇の中《なか》に浮き上がらせる。

──綺麗《きれい》だ。

これのどこが、汚れた体だというのだ。

「その髪と肌の色が……秘宝ラグナブリンガーとやらを使用した影響《えいきょう》だというのか」

そもそも、その秘宝とやらは何なのだ？

──いや、今それは重要ではない。その形や効果を知ったところで、今の問題に影響を与《あた》えるものではない。後で確認すれば良《い》いことだ。それよりも今は……サタナキアを、この可哀想《かわいそう》な俺の部下を何とかしてやりたい。

「私は許しを得ずに秘宝ラグナブリンガーを使用しました。だから罰《ばつ》が与えられたのだと。そして、他にもっと良い方法があったのでは……放っておいてもナイトウォーカーはアルズヘイムを絶滅《ぜつめつ》などせず、消滅したのでは？　という者までおりました」

確かにいるよな。自分の妄想《もうそう》や根拠《こんきょ》のない予想が、まるで起こりえた事実のように語る奴。

「ウルリエル様は、私の罪が許されたとき、その髪と肌が元に戻《もど》るだろうとおっしゃいました。ですが、元に戻す方法なんて……ありません。あらゆる方法を試《ため》しましたが、効果のあったものは一つもありませんでした」

女王め。意地の悪いことを。

「私はアルズヘイムを捨てました。そして、ならばいっそダークエルフになろうと、こちらの国に身を寄せたのです」

サタナキアは眼下の街を見下ろした。

「みんな良くしてくれました。話に聞いていたほど、ダークエルフは邪悪《じゃあく》な存在ではなかった……た、ただ、ダークエルフの性質は、どうにも未《いま》だに馴染《なじ》めないのですが……」

あぁ、それで。いつもの唐突《とうとつ》なエロい発言が、何であんなに不自然な感じだったのかが、やっと分かった。無理にダークエルフらしく振《ふ》る舞《ま》おうと、慣れない台詞《せりふ》や仕草をしていたからだったのか。

「では、先日アルズヘイムに戻ったのは、そのことがあって以来だったのか？」

「はい……久々の里帰りでした」

「勝手なことを……」

そう言って寂《さみ》しそうな笑顔《えがお》を見せた。

「そうか……知らぬ事とはいえ、つらい思いをさせたか」

だがサタナキアは首を横に振った。

「いいえ。もう二度とアルズヘイムの地を踏《ふ》めないと思っていましたから……むしろ、これで思い残すことはありません」

「なに？」

「もう、これで本物の悪魔《あくま》になっても……悔《く》いはありません」

汚《けが》れのない、美しい微笑《ほほえ》みだった。

悔いがないというのならば、なぜそんなに寂しそうに笑うのだ。

サタナキア……俺は。

俺の胸の内で、何かがぶつかり合っている。

確かにサタナキアに頼めば、エルフ軍に対抗《たいこう》する軍勢が手に入る。現在のサタナキアの率いるダークエルフ軍団に加えて、ロヴァルリンナの正規軍が加われば、アルズヘイムなど恐るるに足《た》らん。だが……。

俺はマントをひるがえした。

「サンディアーノに戻るぞ」

「え……は、はい」

俺は大股《おおまた》で港に向かった。俺の歩くスピードに合わせて、サタナキアは小走りで付いてくる。

まだ迷いはある。だが、どれだけ悩んだところで、最終的に選ぶ選択肢《せんたくし》は変わらないだろう。結局のところ悩む時間というのは、どういう理由を付けて納得《なっとく》するかという、その理由を考える時間でしかないのだから。

＋　＋　＋

一週間後、俺とサタナキアは船でサンディアーノへ戻って来ていた。

サンディアーノの街を歩くと、一週間しか経《た》っていないのに、ひどく懐《なつ》かしい気分になる。この街にいたのはそれ程《ほど》長い期間ではなかったが、道や店も覚え、だいぶ馴染《なじ》みの街になっている。カルダートほどではないが、自分の家の近所に帰ってきたような親近感が生まれているのかも知れない。

とはいえ、魔王の姿では差し障《さわ》りがある。俺とサタナキアは頭から布を被《かぶ》って、余計な騒《さわ》ぎを避《さ》けた。それと、万一２Ａギルドの連中やエルフと出会《でくわ》したら困る、という理由もあった。

だが、それは杞憂《きゆう》だった。港の連中に訊《き》いてみたら、２Ａの連中は昨日出航したとのことだ。鉢合《はちあ》わせしなかったのは幸いだが、インフェルミア攻略《こうりゃく》に向かったのだろうから、後《おく》れを取っているのは良いことではない。

「ヘルシャフト様、この街に一体何の用が？」

普通《ふつう》に考えれば、一刻も早く城に戻らねばならない場面だ。サタナキアの疑問も尤《もっと》もだろう。だが、俺は優先しなければならないことがある。

「いらっしゃいませ」

そうして俺は一つの店に入り、手早く買い物を済ませた。

「サタナキア、これを受け取れ」

俺はメニューを介《かい》してではなく、直接サタナキアにアイテムを手渡《てわた》した。

「これは……？」

透《す》かしの入った、綺麗で趣味《しゅみ》の良い紙だ。

「何かのチケット、でしょうか？」

「お前をエルフに戻す、魔法のチケットだ」

サタナキアは何を言われたのか理解出来なかったようだ。だが、クールなその顔に、徐々《じょじょ》に驚《おどろ》きが広がってゆく。

「この店で、このチケットを使えば己《おのれ》の好きな姿に変えてくれる。お前のその髪《かみ》も、肌《はだ》の色も、元の金髪《きんぱつ》と白い肌に戻すことが出来るのだ」

これは有栖川《ありすがわ》が欲しがっていたアイテム。一点五十万円也《なり》。

くそ！　俺よく買えるな、こんなの。だって、相手は実在しないんだぞ？　ＡＩで動くＮＰＣ、ゲームキャラなんだぞ？　デジタルデータで出来た架空《かくう》の相手、否実在美少女なんだぞ⁉

そう何度も自分自身にツッコミを入れた。でも駄目《だめ》だった。

サタナキアを救ってやりたい。苦しみから解放してやりたい。悲しみから自由にしてやりたい。たとえそれが、サタナキアを手放すことになっても。

サタナキアは、わけが分からないとばかりにしれっと答える。

「何をおっしゃっているのですか？　それでは、ダークエルフではなくなってしまいます。私はダークエルフ軍団を預かる身。その様な――」

「お前は過去を捨ててなどいない。まだエルフの国に、人々に未練がある」

「私はヘルシャフト様の忠実な――」

「ならばなぜ、俺がヴァイスクローネ城を壊《こわ》そうとした時に止めた？　なぜアルズヘイムのことを語るときに、あんなに悲しそうな顔をする？」

サタナキアは、ぐっと言葉を詰《つ》まらせた。

「自分が身を挺《てい》して守ったものを破壊《はかい》されるのが、忍びなかったのだろう？　それにエルネスに向かって矢を射ることが出来なかった」

「わ、わたしは……」

俺はサタナキアの頭に手を置いた。そしてその綺麗な形をした頭を撫《な》でてやった。

「お前は優《やさ》しい娘《こ》だ。これから俺が歩む修羅《しゅら》の道には相応《ふさわ》しくない」

サタナキアはショックを受けたように、勢いよく顔を上げた。

「それは……私が、ヘルゼクターに相応しくない……と？」

「そうだ」

サタナキアの顔が真っ青になる。

「そんな……あんまりです。ヘルシャフト様、私が必要ないのですか？　私のことを、ダークエルフらしくなくても、ヘルゼクターと認めてくれたのではなかったのですか？」

必死に訴《うった》えるサタナキアの瞳《ひとみ》から、今にも涙《なみだ》がこぼれ落ちそうだった。

――駄目だ。これ以上、サタナキアを見ていられない。

「貴様は追放だ、サタナキア。もう二度とヘルランディアに近付くな！　そして」

俺は背中を向けると、出口に向かう。

「アルズヘイムへ帰れ。そして失った生活を取り戻せ」

「……ヘルシャフト、さま」

店を出るとき、俺は一瞬《いっしゅん》だけ振り返った。店の中には、チケットを胸に抱《いだ》き、涙を流すダークエルフの少女がそこにいた。

――かつて、俺の部下だった少女だ。

+　+　+

テレポートでインフェルミアに戻ると、雪が降っていた。

サンディアーノは南国だったし、アルズヘイムもそこまで寒くはなかった。クリスマスイベントは開催されていたが、あまり冬という感じはしなかった。だが、空から降る雪を見ると、改めて今が十二月だということに気付かされる。

「意外と季節や気候が細かく表現されているよな……」

廊下《ろうか》の窓から、舞い散る雪を眺《なが》めてつぶやいた。そのとき、ちょうど暖房《だんぼう》用の薪《まき》を運ぶ哀川《あいかわ》さんが目についた。

あたりに注意を配り、俺は哀川さんを呼び止めた。両手に抱《かか》えた薪を二、三本取り落として、哀川さんが立ち止まる。

「堂巡《どうめぐり》くん⁉　結構……長い間留守にしてたわね。何かあったの？」

「まぁ、色々あったんですが……」

俺はかいつまんで話をした。一番重要な、２Aとエルフの連合軍がやって来ることは端《は》折《しょ》ったりはしなかったが。

「今日は二十二日だから、Ｓａｎｔａ《サンタ》－Ｘ《クロス》が適用されるまで、あと二日……一日前にサンディアーノを出発したとなると、ギリギリね」

「２Ａの連中が到着《とうちゃく》する前にＳａｎｔａ《サンタ》－Ｘ《クロス》が実行されれば、俺たちの勝ちですね」

「ええ……Ｓａｎｔａ《サンタ》－Ｘ《クロス》が実行されるのは二十四日の午前零時《れいじ》よ。それより前に攻撃《こうげき》をされると、厄介《やっかい》ね」

「エルフの軍隊って強いんですか？」

「そりゃ、もちろん。弓や剣《けん》に長《た》けていて魔法も使える、一人でも組織でも強い、言うことなしの軍隊よ」

——ぐ。やっぱりか……。

「到着がいつになるかは、私たちの努力ではどうにもならない。出来るのは祈《いの》ることくらいね。だから、出来ることをしましょう」

その通りだ。敵は海からやって来る。今までのように、カルダートとの間にあるルートを警戒《けいかい》すれば良いという問題ではない。全方位の防御《ぼうぎょ》を考えなければならない。

しんどい戦いになりそうだな……。

重い気分を引きずる様に会議室まで上がると、ヘルゼクターを招集した。すると、ものの数分で全員が集まる。但《ただ》し、今までよりも一人少ない人数だ。

「あれ？　サタナキアはまだ来ないのかな、っていつも早いサタナキアにしては変だなってフォルネウスは首を傾《かし》げちゃうもん」

サタナキアの席は空席のままだ。いつも四人座っている眺めから一人欠けるだけで、妙《みょう》に心許《こころもと》ない感じがする。

「まずお前たちに連絡《れんらく》がある。サタナキアはヘルゼクターから解任された」

「なにぃっ⁉」

「もんっ⁉」

グラシャとフォルネウスが飛び上がった。フォルネウスは文字通り、羽をはばたかせ宙に浮《う》いている。

「ちょ、ちょっと待ってくれよ王様。そんなのいきなり言われても、なんでまた——」

アドラはメガネのブリッジを指で押さえ、位置を直した。

「キング。その理由について、我々は知る必要がありますでしょうか？」

俺は椅子《いす》に深く体を預けてから答えた。

「いずれ、必ず教えよう。だが、今は他《ほか》に急を要することがある」

やや不満げなグラシャとフォルネウスだったが、俺のただならぬ様子に、口をつぐんで静かに俺の言葉を待った。

「明日《あした》、もしくは明後日《あさって》。人間とエルフの連合軍が、このインフェルミアを目指してやって来る」

「何ですって⁉」

「んだとぉおお⁉」

「もんんんっ⁉」

「しかも、奴《やつ》らは船を使う。このインフェルミアは内海に囲まれた地形だ。カルダートから陸路を来るのに比べると、遥かに自由度が高い」

　眉間《みけん》にしわを寄せてアドラが考え込む。

「内海から数キロ離《はな》れているとはいえ、どちらの方角から攻《せ》めてくるか……城の外へ陣《じん》を構えるのが難しいですね」

「その通りだ。敵の動向を探《さぐ》らねば、対策を立てるのも難しい。すぐに斥候《せっこう》を出せ」

　グラシャが耳を立てて立ち上がった。

「わかった！　それはオレの軍団に任せてくれ」

「それと……ダークエルフ軍団の指揮を執《と》れる者はいないか？」

　俺の問いにアドラは渋《しぶ》い顔で答えた。

「申しわけございません。ダークエルフ軍団はサタナキアがいないと動かせません」

　く……そこはシステム上の制限なのか？

　稼働率《かどうりつ》は下がるかも知れないが、一応頭数は使えると思っていた当てが外れた。

　サタナキアを欠いた影響《えいきょう》が、早くも露呈《ろてい》するとは。

俺の心に、暗雲が立ち込めた。

+　+　+

十二月二十三日　二十二時。

空からちらつく雪は、城壁《じょうへき》の上にうっすらと白い化粧《けしょう》を施《ほどこ》してゆく。黒い城が、徐々に白く染め上げられてゆくようだった。

「あと二時間か……」

俺はインフェルミアの城壁の上に立ち、周囲を見回した。城壁の上は幅《はば》の広い通路になっていて、敵が来たときにはここから撃退することが出来る。白い雪の積もった通路が先に行くに従って、ぼんやりと霞《かす》んでいる。

「雪が降っているのに、霧《きり》が出るなんて珍しいな……いや、それよりも妙なのは――」

俺は空を見上げた。この時間なら夜空が広がっているはずだが、どういうわけか日が暮れない。まるで白夜《びゃくや》だ。雪を降らせている厚い雲が空を覆《おお》っているが、その上には太陽が存在しているかのようにうっすら明るい。

「日が暮れないのはなぜだ？」

俺は独り言のようにつぶやいた。

「確かに変ね……もしかしたら、Santa《サンタ》―X《クロス》を適用するための影響なのかも」

傍《かたわ》らに立っていた哀川さんが返事をした。

「既《すで》にシステムに何か手を入れている、ってことですか？」

「……私にだって分からないわ。ただの想像よ」

全《すべ》ての工程が知らされているわけではない。不安を煽《あお》られている気もするが、きっとこれは必要な手続きの一つなのだろう。

「でも、あと二時間ね」

「ええ、二時間ですね」

そう、それで全てが解決する。

そしてその時、俺はどうなってしまうのだろうか。

今度こそ完全無欠のぼっちかな。いや、それならマシだ。下手《へた》すりゃリンチ。それに課金アイテムの借金は、今いくらになってたっけ……？

やめよう。これ以上考えると、突発《とっぱつ》的な鬱病《うつびょう》になりそうだ。

「2Aとエルフの動きはないの？」

「海峡《かいきょう》を抜《ぬ》けて、内海に侵入《しんにゅう》したら連絡が入ると思うんですが……まだないですね」

「それじゃ、もう大丈夫《だいじょうぶ》ね」

哀川さんは深く溜息《ためいき》を吐《つ》くと、肩《かた》の力を抜くように腕《うで》をだらりと垂らした。

「堂巡くんもご苦労様。高評価とはいかないけど、まずまず及第点《きゅうだい》と言ってあげるわ」

「ういっす。あざっす」

大まけにまけてだけどね、と付け加えて哀川さんは笑った。

「クラスメートとの関係とか、色々不安だと思うけど……元の世界に戻《もど》ったら、私も出来るだけのことはしてあげるから」

「……ありがとうございます」

しかし哀川さんだって企業《きぎょう》の会社員だ。実際には出来る事なんて限られているだろう。

でも、その気持ちだけでも嬉《うれ》しい。

「あ……そうだ」

俺はふと思いついたことを口にした。

「哀川さん、またエグゾディア・エクソダスにログインしたら、俺はヘルゼクターたちと会えるんですよね？」

哀川さんは怪訝《けげん》な顔で答える。

「それは会えるんじゃないの？」

「……そうですか」

だから何だと言われると困るが。ただ、あの連中とまた会えたらいいだろうな……と、何となく思っただけだ。

「ただ、こんなトラブルが起きたから……少なくとも、全データを初期化はすると思うけど。でもヘルゼクターのキャラはいるとは思うわよ」

え？　初期化？

「初期化って、どういうことですか？」

「それくらい分かるでしょ？　記憶《きおく》と学習したデータを全て削除《さくじょ》するってことよ。まっさらなキャラとして再スタートするってこと」

それは……でも、それでは、もう、

──俺のヘルゼクターじゃない。

「……もう少しの間、プログラムが修正されなくても……いいかな」

哀川さんは奇妙《きみょう》なものを見るような目で俺を見た。

「どうしちゃったの？　一体──」

「へるさまー」

ん？　どこかからフォルネウスの声が聞こえたような？

俺は周りを見回した。しかし姿は見当たらない。

──と言うよりも、周囲を霧に囲まれて見通せない。

「さっきよりも……霧が濃くなってますよね」

「え、ええ……気が付かなかったけど、言われてみればそうね」

近くにいる哀川さんと話していたので気が付かなかったが、城壁の先が霞んで見えない。

「へーるーさまぁー!!」

「どうかしたか？　フォルネウス」

俺の声で位置を把握《はあく》したのか、立ち込める霧の向こうから黒い影《かげ》が近付いてくる。

「やっとみつけたー、ってフォルネウスは……あーっ！　またこの奴隷《どれい》と一緒《いっしょ》にいる！

もーフォルネウスはぷんぷんなんだもん！」

可愛《かわい》らしく頬《ほお》をふくらませ、顔をぷいっと背《そむ》ける。

「で、何か用ではなかったのか？」

そうだった、とばかりに手をぽんと打つ。いや、マジでアホの子だよな。かわいいけど。

「斥候に出てた部隊と連絡が取れないんだって。二時間前に霧が濃くなって、海峡が見渡《みわた》せないって連絡があったんだもん」

何だと？

俺は改めて周囲に漂《ただよ》う霧を見つめた。

身にまとわりつくような霧だ。

――まさか!?

空気を震《ふる》わす爆発《ばくはつ》が起きた。城壁が揺《ゆ》すられ、熱風が下から吹《ふ》き上がってくる。

「何事だ！」

城壁の端《はじ》に駆《か》け寄り、身を乗り出すようにして目をこらす。爆炎《ばくえん》の衝撃波《しょうげきは》と熱により、立ち込める霧に穴が空いていた。そのトンネルの向こうに、見慣れた姿があった。

雫石《しずくいし》!!

そしてその背後から、一之宮《いちのみや》と2Aギルドの面々が現れる。

「よし！　突撃《とつげき》だ！」

一之宮の声に続き、霧の中からうおおおおという鬨《とき》の声が上がる。

くそっ！　この霧はエルフの魔法《まほう》か！

インフェルミアの周囲だけ、みるみる霧が晴れてゆく。

戦い易《やす》くする為《ため》に、霧をコントロールしているのか！　向こうからは俺たちが見えるが、こちらからは近くの敵以外は見ることが出来ない。この霧の向こうに、敵がどのような配置をしているのかが全然分からない。

「くそっ！　フォルネウスは指揮所に戻れ！　敵襲《てきしゅう》を知らせ、アドラに対処するように伝えるのだ!!」

「了解《りょうかい》したんだもん！」

フォルネウスは敬礼をすると、あっという間に飛び去った。

「俺たちも行きますよ！」

「えっ、きゃあっ！」

俺は哀川さんを小脇《こわき》に抱《かか》えると、城壁の上を走り出した。鼻先を飛んできた矢がかすめた。俺は炎のマントを広げて盾代《たてが》わりにして走る。そして、塔《とう》の中へ駆け込むと、哀川さんをやや乱暴に下ろした。

「安全なところにいて下さい！　いいですね！」

それだけ言うと、返事も聞かずに指揮所へ急いだ。

指揮所はインフェルミアの中央にそびえる塔、その中程《なかほど》にあった。インフェルミアの周囲を全方位確認《かくにん》出来る、展望台のような場所だ。だが、この霧ではその眺望抜群《ちょうぼうばつぐん》な視界も役に立たない。

「状況《じょうきょう》は分かったか⁉」

俺は指揮所に入るなり怒鳴《どな》った。忙《いそが》しく歩き回る部下達の隙間《すきま》を縫《ぬ》って、アドラ、グラシャ、フォルネウスが俺の前にやって来る。

「キング。敵は北と南から、この霧を巧《たく》みに利用して攻撃《こうげき》を仕掛《しか》けて来ております。城壁から百メートル程度であれば敵の姿は確認出来ますが、それ以上は視認できません」

——奴《やつ》らの本命は北と南……どちらか？

その時、頭に耳を生やしたグラシャの部下が駆け込んできた。

「南から大軍が出現しました！　我が軍は不利です！」

南側の窓へ足早に近付くと、外を見下ろした。すると、雪と霧の向こう側から、鎧《よろい》を着たエルフの大軍が押し寄せていた。横に百メートル以上にも広がった隊列が何重にもなって襲《おそ》いかかる。

「ひゃぁんっ、すっごい数、ってフォルネウスはびっくりなんだもん」

南が本命か――さすがにこの数と同じだけの部隊がもう一つあるとは考えづらい。

「よし！　兵を南側に寄せろ！」

インフェルミアを取り囲むように配置してあった兵を、南に寄せる。その分、東と西は手薄《てうす》になるがやむを得ない。ダークエルフ軍団を欠いているので、どうしても手薄な場所が出来てしまう。

「おらぁあぁぁあーっ！　てめぇら、もっと広がれ！　エルフどもを城に近付けるんじゃねえぞ！　押せぇええ！」

グラシャが指揮所から怒鳴ると、城壁の上に立つグラシャの部下が復唱し前線の兵士へと指示が伝達されてゆく。

南側の主力は魔獣《まじゅう》軍団だ。魔獣の大軍がエルフに襲いかかる。エルフの矢に倒《たお》れる仲間の屍《しかばね》を超《こ》えて、灰色熊《ぐま》のようなモンスターがエルフの隊列に飛び込んだ。

鉈《なた》のような爪《つめ》の生えた豪腕《ごうわん》がエルフを鎧ごと切り裂《さ》く。金属の毛皮に守られた筋肉の塊《かたまり》が、エルフたちを次々と殴《なぐ》り倒してゆく。

「くっ！　ここが踏《ふ》ん張りどころだ！　引くな！　陣形《じんけい》を立て直せ！」

エルフの青年グリオンが仲間に向かって叫《さけ》んだ。その檄《げき》に応《こた》えるようにエルフは弓を捨て、剣《けん》を構える。そして両軍がぶつかり合った。

「くそっ！　魔獣軍団だけじゃ持たねえぜ！」

グラシャの焦《あせ》った声に、すかさずアドラとフォルネウスが反応する。

「我が軍団も南に寄せろ！　獣人どもに後《おく》れを取るな！」

「アンデッド軍団のみんなもーっ！」

インフェルミアの北東を吸血軍団、北西をアンデッド軍団が守っている。その両軍が南側に薄く延びる。

援軍《えんぐん》のおかげで勢いづいた魔王軍は、徐々《じょじょ》にエルフの前線を押し上げ始めた。

「よし！　その調子だ」

俺は時間を確認した。二十四日零時《れいじ》まであと一時間。勝てる。

そう思ったとき、執事《しつじ》風の姿をした伝令が飛び込んできた。

「報告します！　城の北側ですが敵が城壁《じょうへき》に攻撃を加えております」

アドラが眉《まゆ》を寄せて振《ふ》り向いた。

「数は？」

「約十名ほど」

北側というと、さっき雫石たち2Aの連中がいたところか。まさかあいつ、ずっと城壁に攻撃魔法を撃《う》ち続けているのか？

「んだよ、たった十匹《ぴき》かよ？　ほっとけ！」

グラシャがどうでもよさそうに手を振った。

だが……何か嫌《いや》な予感がする。

「待て。北側は一番手薄だ、念のため――」

そのとき鎧を身にまとった骸骨《がいこつ》がやって来た。表情が分からないが、その動きから、焦っている様子が窺《うかが》える。

「なになに？　どうしたのかな、ってフォルネウスは報告聞いちゃうもん」

アンデッドの兵士は、あごをかくかくさせてフォルネウスに何事かを報告した。

「もんっ!?　た、たいへん、ヘル様ぁ！　西から別の大軍が押し寄せてるって!!」

「なんだと!?」

――そんなバカな。エルフの軍があれ以上いるはずがない。

アドラも顔色を変えた。

「西側というと、陸路を来たということか……エルフめ。船で来るとばかり――」

「ううん、エルフじゃないの！　ドワーフだって！」

――なにっ!?　そんなバカな!?

俺は西側の窓に取り付くと、外を睨《にら》んだ。霧《きり》に霞《かす》んだ丘《おか》から、大勢の黒い影がやって来る。背が低い、がっしりした体形。その体をゴツい鎧で覆《おお》い、手に斧《おの》やハンマーを持って走ってくる。

ドワーフ、だと？

そういえば、アルズヘイムの女王ウルリエルが言っていた。

『ならば、その危険が増したときに対応を取ればいいだけの話。共に戦う相手は、お前達だけとは限らない。ドワーフなどの他《ほか》の種族でも、傭兵《ようへい》でも構わない』

エルフのつながりで引っ張ってきたのか！　くそっ！

しかも数が多い。南のエルフ軍と同じか、それ以上だ。

「アンデッド軍団、吸血軍団を西へ回せ！　ここが踏ん張りどころだぞ！」

俺がそう檄を飛ばすと、アドラとフォルネウスが部下に指示を出す。

ここまで来て、想定外のことが起きるとは。畜生《ちくしょう》、あとちょっとなんだ！　あと一時間足らずで全《すべ》てが解決するんだ。

その時、遠くで爆発音がした。続けて微《かす》かな震動《しんどう》と、石が崩《くず》れるような響《ひび》きが伝わってくる。

――この音は。

俺の胸の内が、さっと冷えてゆく。

北側の窓に近付くと、城壁から上がる煙《けむり》が目に入った。同時に、ゴシック風メイド服を着た少女が、顔を引きつらせて飛び込んでくる。

「アドラ様！　北の城壁が破られました！」

「見れば分かる！　なぜ破壊《はかい》された!?」

アドラが怒鳴りつけると、吸血軍団の少女は震える声で答えた。

「人間の魔法使いが、一カ所にしつこく攻撃を繰《く》り返して……」

俺は破壊された城壁に目をこらした。崩れた城壁から、濛々《もうもう》と砂煙が巻き上がっている。

その中から、黒いマントを着た少女が姿が現した。その少女は、にやりと会心の微笑《ほほえ》みを見せる。

雫石……貴様っ！

そして少女の背後から、２Aギルドとエルフの騎士《きし》が次々と駆け込んでくる。雪の積もった白い庭に、あっという間に足跡が付けられていった。

「みんな！　このままヘルズゲートを目指すぞ！」

――まずい！

「城内に侵入《しんにゅう》した敵を掃討《そうとう》せよ！　最優先事項《じこう》だ！」

俺は矢継《やつ》ぎ早に指示を出す。

「それと城内の守備隊の一部をヘルズゲートの守りに回せ！　エルフはどうでもいいが、人間を近付けるな！」

俺はもう一度、破壊された城壁を見つめた。そこから侵入した2Aとエルフの騎士は、まっすぐ城内の道を駆け抜《ぬ》け、訓練場を突《つ》っ切ろうとしていた。

こんなに簡単に、インフェルミアへの侵入を許してしまうとは……やはりダークエルフ軍団が使えなくなったことが、大きく影響《えいきょう》しているのか！

落ち着け、堂巡駆流《かける》。

俺は時計を確認した。

——二十三時三十分。見ろ、あと三十分持ちこたえればいいだけだ。

俺はマントをひるがえすと、各軍団に指示を出しているヘルゼクターに向かって言った。

「ヘルゼクターよ、我らも戦場へ出るぞ！」

一瞬《いっしゅん》、三人は惚《ほう》けたような顔を見せる。しかし、すぐに戦闘《せんとう》本能を刺激《しげき》されたのか、戦いへの期待が微笑みとなって表れる。

「へへっ！　そうこなくっちゃな、王様！」

「うっふふ～今日もフォルネウスはたっくさん殺しちゃうんだもん」

「ふふ……キングと同じ戦場に立てることは、至上の喜びです。何度経験しても、子供のように気分が高揚《こうよう》してきます」

俺はヘルゼクターを従えて、指揮所を出た。

「目指すは人間共の首だけだ。エルフ共には目もくれるな！」

「「「はっ！」」」

そう。要は2Aを叩《たた》けば良い。全軍での戦争で勝利を収めようと考えるから難しくなるのだ。だが、2Aの奴らだけをピンポイントで叩くと考えるのなら——、

「この戦い。勝てる！」

俺たちは塔の一階から外へ出た。目の前には激闘が繰り広げられている雪の訓練場。俺は炎《ほのお》のマントを剣の形へ変える。

「行くぞ！」

俺とヘルゼクターは舞い散る雪を切り裂き、戦いの荒波《あらなみ》に飛び込んだ。

「ん？　え、あれってまっ、魔王!?」

扇谷《おうぎや》が、突進《とっしん》してくる俺に気付く。だがもう遅《おそ》い。駆《か》け抜けながら、扇谷の胴《どう》に強烈《きょうれつ》な一撃を食《く》らわせる。

「ぶぎゃぁああああっ！」

もんどり打って倒れる扇谷を、通り過ぎるアドラがついでに一太刀《ひとたち》浴びせ、グラシャが蹴《け》り飛ばす。サッカーボールのように宙を飛んだ扇谷が、空中で光の粒《つぶ》となって消える。

「滅《ほろ》びよ人間、沈《しず》め太陽、ここは選ばれし者の聖域《サンクチユアリ》」

「みんな気を付けて！　魔王とヘルゼクターが！」
いつも通り不思議の国のアリスのような格好をした有栖川が、可愛《かわい》い声で叫ぶ。その有栖川に向かって、俺は剣を突き付ける。

「むせび泣け！

この魔王《オレ》の手にかかって死ねるという、その絶頂に」

「出たかっ！」
一之宮が怒《いか》りの形相で向かってきた。俺は一之宮に向かって見得《みえ》を切る。

「三千世界の最終兵器　究極王者ヘルシャフト降臨‼」

「ヘルシャフト！　お前だけは許さんっ！」
一之宮の剣が黄色く光る。
「ゆくぞっ！　サンシャイン・ブレイズ！」
光の軌跡《きせき》がしなる鞭《むち》のように俺を襲《おそ》う。だがその間に割り込んだ赤い光が、その剣を受け止めた。執事風の美青年が一之宮を睨み付ける。

「お前はっ……アドラっ！」

「貴様如《ごと》きがキングと剣を交えようなど、千年早い」

二人の間で火花が散り、弾《はじ》けるようにして距離《きょり》を取った。そしてアドラは血のように赤い剣《けん》を構える。迎《むか》え撃つは一之宮の白銀の剣。

「ならば、まずはお前から倒すまでだ！　吸血鬼《きゅうけつき》！」

「ふっ、軽く準備運動といったところか……いいだろう、殺してやろう。人間」

二人は地面を蹴り、一気に激突《げきとつ》する。光が弾け、鍔《つば》迫《ぜ》り合いで火花が散る。そして一メートルほどの距離を空けて、二人の間に輝《かがや》く軌跡が目まぐるしく交差した。

「ブラッドクロス！」

アドラが自らの剣で、手の平を傷付けた。そしてそこから散った血液は鋭《するど》い十字となって、一之宮に襲いかかる。

「ぐっ！」

血の剣は一之宮にダメージを与《あた》え、さらに一之宮自身の体に変化を与えた。

「ぐうぁあああ！」

一之宮の左腕《ひだりうで》から、赤い色をした十字形のトゲが突き出た。それは一之宮自身の血液が凝固《ぎょうこ》したものだ。己《おのれ》の血が凶器《きょうき》となって己を襲う。恐るべし、アドラのブラッドクロス。

「うおおお負けるかぁあああ！」

しかし一之宮が右腕一本で剣を振るう。アドラは自分の血で作った剣で防いだ。しかし片手にもかかわらず、一之宮の破壊力はアドラの血で出来た剣を圧倒《あっとう》する。

「なにっ⁉」

一之宮の一撃は、アドラの体ごと大きく後ろへ押し返した。赤い血の剣にヒビが入る。

バカな！　アドラと互角《ごかく》に渡《わた》り合っているだと⁉

ここにやって来る間にも経験値を積んできたとしても、恐《おそ》らくレベルはいいところ24か25。アドラのレベルは分からないが、今まで見てきた戦いぶりから言って、恐らく30から40の間。

一之宮め。精神力でその差を埋《う》めているとでも言うのか！

「サンダーボルト！」

レオンハルトの声が響くと、俺の体に電流が走った。ドイツの電撃《でんげき》系の魔法《まほう》のようだ。

ちっ、こっちはこっちで相手をするか。

振り向くと、そこにはレオンハルトと有栖川がいた。２Aは三人一組のパーティを構成している。扇谷が死んで、残された二人が俺を攻撃《こうげき》しているのだ。

「邪魔《じゃま》だ！」

俺はマントを鎖《くさり》の付いた短剣の形にした。その短剣は宙を飛び、あっという間に二人の体を縛《しば》り上げる。

「ウォオオオウ！　ツ……強スギルゼ魔王ォォコンナノバランスワルスギイイイ！」

そうか。デバッグのときに報告を上げておいてやるよ。

「やぁあんっ！　だ、だめっ、そんな……ああっ」

鎖に体を拘束《こうそく》され、有栖川は悩《なや》ましげな声を出した。その間にも、エプロンドレスに包まれた体からは、赤い数字が次々と浮《う》かび上がる。

「とどめだ！」

俺は頭の中で、炎の鎖を引っ張る動きをイメージする。

「きゃああああああああああああああああああああああっ！」

イメージ通りに鎖が動き、有栖川のHPを0にした。その体が光となって弾けて消える。

「シャイセッ！　うぉああああっ！」

続けてレオンハルトの体も砕《くだ》け散った。

見ろ。こいつらは一人一人の力は弱い。一人ずつ叩けば恐るるに足《た》らん！

俺は乱戦となった訓練場の中を見回した。

左手の方では、雛沢《ひなざわ》、悠木《ゆうき》、宮腰《みやこし》のパーティがグラシャと戦っている。エルフの騎士も援護《えんご》に入り、グラシャは一人で十数人を相手にしていた。

宮腰が髪《かみ》を振《ふ》り乱して暴れ回るグラシャを見つめ、手に持った魔導書を抱《だ》きしめた。

「やだ……めちゃタイプかもー……」

雛沢が顔を歪《ゆが》めて怒鳴《どな》る。

「そんなこと言ってる場合!? それより攻撃してよ!」

「えーうん。でも優勢だし、アゲハが頑張《がんば》らなくても、もう勝ちだよね」

「そんな油断——」

はっと気付いた時には遅い。グラシャがアゲハの後ろを取っていた。

「や……ばっ」

グラシャの腕が普段《ふだん》の何倍にも大きく太くなっている。グラシャ得意の変身能力『フェンリル』だ。その力により、己の潜在《せんざい》能力を解放したグラシャは、宮腰に強烈なアッパーを食らわせる。

「……!?」

宮腰は何が起きたか分かっていないだろう。気が付いたら空を飛んでいて、天地がぐるぐる回っている、そんな風に感じているに違《ちが》いない。そして、落下してきたところを、今度はグラシャのストレートがコンボを決める。宮腰の体は真横に吹《ふ》き飛び、城壁《じようへき》に激突した。力なく倒《たお》れた体は、すぐに光となって消える。

「あーっ、もうっ! 攻撃役は羽衣子《うぃこ》に任せたわよ! わたしは回復に専念するから!」

「え……で、でも」

悠木の前に、グラシャの恐ろしげな姿がゆらりと立ちふさがる。

「次はてめぇか。ちびっ子」

弱気で怖《こわ》がりの悠木だ。手も足も出ずにグラシャに倒されるだろう。その証拠《しょうこ》に、今も真っ青な顔で、がくがくと震《ふる》えている。

「あ……いや……や、いやぁ、やだぁぁあ！」

グラシャを見上げる瞳《ひとみ》に涙《なみだ》が溜《た》まってゆく。

「オレが怖いのか？　へへへ、だったら特別にサービスだ。『パーフェクト・フェンリル』！」

グラシャの全身に毛が生え、巨大《きよだい》な狼《おおかみ》男へと姿を変える。

そのとき、悠木の恐怖《きようふ》は限界を突破《とつぱ》した。

口を大きく開けて絶叫《ぜっきよう》する。

「きゃぁあああああああああああああああああああああああああああ！」

「わはははははは、いい叫《さけ》び声だ！　声だけは一人前だな！」

「ああああああああああっ、うぇえええええええええええええんっ！」

その目から、滝《たき》のような涙がこぼれ落ちた。

「うあっ！　うえっ、えっ、えぐ……ああっああぁああああああんっ」

顔を真っ赤にして、子供のように泣きじゃくる。

「よーし、さすがにうるさくなってきたな。そろそろぶっ殺すか」

グラシャが拳《こぶし》を握《にぎ》り、巨大な腕を振り上げる。

悠木が拳を握り、小さな腕を持ち上げる。

「――ん？」

グラシャが怪訝《けげん》な表情を浮かべた瞬間《しゅんかん》、悠木の拳がグラシャの腹にめり込んだ。

「ぐほっ⁉　な、なに……いいっ⁉」

悠木は涙と鼻水で顔をぐしゃぐしゃにしながら、さらにパンチを連打した。

「うあわぁああああっ！　ああああああっ！　うわぁああぁぁあああぁぁあっぁんんっ」

想像以上に重い打撃音がグラシャの体に響《ひび》く。

「こっ！　このチビっ！」

一旦《いったん》後ろへ飛んで、グラシャは距離を取る。

さすがのグラシャも、意外な抵抗《ていこう》に驚《おどろ》いているようだ。っていうか、俺も驚きというか、驚愕《きようがく》だ。雛沢も、唖然《あぜん》とした表情で悠木の変貌《へんぼう》ぶりを見つめている。

「うわぁあああああああああああああああああ！」

悠木は絶叫を上げて、さらに突《つ》っ込んだ。

「調子にのるんじゃねぇ！」

グラシャの剛拳《ごうけん》が唸《うな》りを上げる。悠木は上体を屈《かが》め、それを避《よ》ける。そして泣きながら右に左にステップを踏《ふ》んで移動し、連打を放った。それはグラシャの体から次々とＨＰをされた。


削《けず》り取ってゆく。

「こっ、このガキャアっ！」

　グラシャがその場でくるっと回る。遠心力を載《の》せた裏拳がヒットした。悠木の腕のガードの上からでも、大量のＨＰを奪《うば》い去る。悠木の体は浮き上がり、軽く数メートルは飛ばされた。

　着地した悠木は、そのまま足を滑《すべ》らせ雛沢の側《そば》まで飛ばされる。

「はっ⁉　う、羽衣子。か、回復っ！」

　雛沢は我に返って回復魔法をかける。そしてＨＰを回復させた悠木は、ファイティングポーズを取ってグラシャに向かってゆく。

「うわぁあああああああああああああああああああああんんんんっ」

　だが泣いてる。

　そうか、これはあれだ。いじめられっ子が泣かされると吹っ切れて、妙《みょう》に強くなるというあれだ。ただ凄《すご》いのは、ぐるぐるパンチじゃなくて、しっかり格闘技《かくとうぎ》をしてるってところだ。元々、センスはいいのに、気が弱くてまったく活《い》かせていなかった。それがまさか、レッドゾーンを越《こ》えると封印《ふういん》が解除されるとはな。

「へへへ！　なかなかやるじゃねぇか、チビ助！」

「うっ、うぐっ、うえっあぁあんんん！」

二人の拳がぶつかり合う。まるで電流が走るような、拳の応酬《おうしゅう》だった。

グラシャの強烈《きょうれつ》な一撃が悠木を正面から吹き飛ばす。

その悠木に、雛沢は申し訳なさそうに眉《まゆ》を下げた。

「ごめん羽衣子……もうＭＰないんだ」

「うぇぇぇぇぇぇんんんんん！」

しかし今の悠木にはＨＰのことなんて頭にない。助走を付けて、嗚咽《おえつ》を漏《も》らしながらグラシャへ突っ込んでいった。地面を蹴《け》って飛び上がる。渾身《こんしん》の力を込めた、捨て身の一撃。

グラシャはその一撃をガードせずに、受けた。腹にめり込む強烈な一発。そのパンチを受けきり、グラシャはニヤリと笑った。

「へへ……いいパンチだ。オレの手下に見習わせたいくらいだぜ」

そして振りかぶったグラシャの腕が巨大化する。

次の瞬間、悠木の体は大きく宙に飛んでいた。車にはね飛ばされたように、地面を転がる。そして転がりながら、その体は砕け散った。

「はあ……ここまでか」

観念したように雛沢はだらりと持っていた杖《つえ》を下げる。そして雛沢もグラシャの拳の前に消滅《しょうめつ》した。

これで後は、一之宮＆朝霧《あさぎり》＆毒島《ぶすじま》組と、雫石＆山田《やまだ》組か。

あと少し――しかし、訓練場の乱戦は全体的に魔王軍の旗色が悪い。それもそのはず、城壁の穴から、まだまだエルフが侵入《しんにゅう》してくるのだ。くそっ、この分じゃ外の様子も芳《かんば》しくないな。

これ以上形勢が悪くなる前に、2Aを始末しなければならない。

俺は2Aの姿を目で追った。アドラは一之宮と朝霧の二人を相手に戦っている。踊《おど》るような動きで、矢継《やつ》ぎ早《ばや》に繰《く》り出される二人の剣をかわしてゆく。そして、その合間を見て反撃。しかし、さすがに二人の連携《れんけい》攻撃を避けながらなので、致命傷《ちめいしょう》は与えづらい。剣を突き出した腕や、踏み出した足を軽く斬《き》り付ける程度だ。しかもそのダメージは、毒島がすぐに回復させる。

「……やはり、貴様からだ」

アドラが離《はな》れたところに立っている毒島に目をやった。朝霧はその隙《すき》を見逃《みのが》さない。

「はぁあああああっ！」

鋭《するど》い剣筋がアドラの体を真っ二つにした。

「――えっ⁉」

斬った、と思ったアドラの体は黒い霧《きり》となって消えていた。黒い霧は何匹《びき》ものコウモリの姿に形を変え、毒島に向かって飛んで行く。

「いけない！　毒島さん！」

朝霧が叫んだときには、黒い霧はアドラの形に姿を戻《もど》し、毒島の体を抱きしめていた。

「ひゃっ……あ、あの、うち」

アドラの目が毒島を見つめると、それだけで毒島は惚《ほう》けた表情に変わる。

「……あっ♡」

そしてアドラの唇《くちびる》が毒島の首筋に触《ふ》れ、その牙《きば》が生き血を吸い上げる。

「あ♡あぁあっ、あぁぁああああああんんんん♡」

血を吸われることに性的快感を感じるのか、毒島は恍惚《こうこつ》のあえぎを漏らす。そして次々と浮き上がる赤い数字の中で、アドラを抱きしめ、体をすりつけた。

「毒島さんっ！」

朝霧が駆《か》けつけた時には、毒島の体は光の破片《はへん》となって崩《くず》れ落ちていた。

「くっ！　この……っ」

朝霧が剣《けん》を向けるが、アドラは余裕《よゆう》の態度だ。

「ふん、これで回復役は消えた。いよいよ追《つ》い詰められたな」

さすがはアドラ。無難な戦いぶりだ。

あの二人《ふたり》はアドラに任せておけば大丈夫《だいじょうぶ》か。問題は雫石だが……奴《やつ》はどこだ？

遠くで爆発《ばくはつ》が起きた。

——なに？

空中に爆炎《ばくえん》が広がっていた。空で花が開くように、次々と起こる爆発がこちらに近付いてくる。

「うーこの魔法使《まほうつか》い、しつこいんだもん！」

空を飛ぶフォルネウスの軌跡《きせき》に沿って、爆炎が次々と起きる。地面に立つ雫石が、魔導書を片手に空に向かって手を広げていた。

雫石がフォルネウスを撃《う》ち落とそうと、魔法攻撃《こうげき》を連射しているのだ。

「もうっ！　うっとうしいんだもん！」

フォルネウスも両手に光を集めると、雫石に向かって放った。雫石のいる一体が白く光り、地面が吸い上げられるように剝《は》がれ、空に舞《ま》い上がる。そして目がくらむほどの閃光《せんこう》、そして爆発が起きた。

「ぎゃあああああああああああ！」

山田の体が舞い上がり、そのまま光の中に消えた。あ、山田、いたのか。雫石に気を取られていて、いることに気が付かなかった。

肝心《かんじん》の雫石はまだ健在だ。足下《あしもと》に防御《ぼうぎょ》の魔法陣《じん》が広がっている。恐《おそ》らくマジックアイテムを使っているのだろう。

にしても、あのフォルネウス相手に雫石の奴善戦していやがる。けど、城壁を破壊《はかい》したことといい、あいつ魔法使いすぎじゃないのか？

「人間の魔法使いのくせに、生意気なんだもん！」

「あなたこそ！　堕天使風情《だてんしふぜい》がヘルシャフト様の側にいるだなんて……許せない！」

何のために戦っているんだ？　あいつは。

フォルネウスの腰《こし》のリングが回転し、金色に輝《かがや》き始めた。

「もう許せないんだもん！　ってフォルネウスはこれでキメちゃうんだもん！」

今までとはレベルの違《ちが》う輝きがフォルネウスを包み込んだ。

あれはまさに神の輝き。元天使であるフォルネウスならではの力。

「セイクリッド！」

フォルネウスがそう叫ぶと、腰のリングから光の束が雫石に襲《おそ》いかかった。その攻撃がどれほどの攻撃力なのか、知識はない。しかし、本能的に分かった。あれは一撃で雫石のHPをゼロにするほどの力がある。

そして、その金色の光は雫石に届く直前で弾《はじ》かれた。

――一之宮っ⁉

一之宮が魔法防御《ぼうぎょ》に秀《ひい》でたミラーシールドを持って、雫石の前に立っていた。

「うおおおおおおっ！」

突然《とつぜん》割り込んできて自分を守った一之宮を、雫石は呆然《ぼうぜん》と見上げていた。

「い……一之宮、くん？」

盾《たて》で防いでも、一之宮のＨＰが容赦《ようしゃ》なく減ってゆく。さすがフォルネウスの必殺技《ひっさつわざ》。

だがその効果も徐々《じょじょ》に消えた。光が収まると、一之宮の持つミラーシールドが割れた。

防御力を使い果たしたので、壊《こわ》れてしまったのだ。

「だ、大丈夫か？　雫石さん」

「え……大丈夫、だけど」

だが、一之宮が雫石の助けに入ったということは、朝霧が一人で取り残されたということだ。

「きゃあああっ！」

アドラの剣が、朝霧の手から剣を奪った。回転して宙を飛ぶ朝霧の愛剣は、遠く離れて地面に突き刺《さ》さった。

「女剣士よ。貴様の相手はここまでだ」

アドラは赤い剣を振《ふ》り上げた。

そして、剣を振り下ろそうとしたとき、その腕《うで》を矢が貫《つらぬ》いた。

「っ……誰《だれ》だっ!?」

アドラは自分の腕を射貫《いぬ》いた相手を探した。

「リリコ！　早く下がって!!」

城壁《じょうへき》の上から声がした。

「エルネス！」

朝霧が弾《はず》んだ声でその名を呼ぶ。それはエルフの女騎士、あのエルネスだった。

しかも城壁の上にいるのはエルネスだけではない。いつの間にか、何百というエルフの弓兵が並んでいた。

「撃てえええっ！」

そのエルフたちが一斉《いっせい》に矢を放った。

雨のような、滝《たき》のような矢が、的確に魔王軍の上に降り注いだ。

「ぬおおおおおおおおおおおおおおっ！」

俺は炎のマントを広げ、盾代わりに自分の体を覆《おお》った。

ただの矢ではない。サタナキアが使っていたような、一本一本がミサイルのような破壊力を持つ矢だ。それが何百本、何千本と降り注ぐ。

無差別な絨毯爆撃を喰《く》らったように、激しい爆発がいつまでも続いた。爆煙と衝撃波《しょうげきは》、そして矢に仕込まれた魔法がさらにＨＰを削り、麻痺や毒の効果までばらまいた。インフェルミアの城内は、文字通り地獄《じごく》と化した。訓練場にいた何百もの悪魔の体を震《ふる》わせ、嬲《なぶ》り、貫く。

永遠と続くかと思われる衝撃が、止《や》んだ。

「こ……このやろう、が」

耐《た》えきった俺は、周囲を見回して愕然《がくぜん》とした。

死屍累々《ししるいるい》。広大な訓練場に、魔族たちの死体が見渡《みわた》す限り続いている。

「お……お前達！　誰か！　生きている者はいないのか⁉」

「は……はい」

「お、おう、いてて……畜生《ちくしょう》」

「うう……痛いんだもん」

返事をしたのはヘルゼクターのみだった。他《ほか》の者は……死んだのか。

城壁に空いた穴からは、もはやエルフではなくちんちくりんなドワーフどもが乗り込んで来ている。

「エルフの誘《さそ》いに乗って来てみたが……正解だったな！」

「おう！　魔王軍もあらかた片付けた！　あとはお宝をいただくだけじゃ！」

髭面《ひげづら》のドワーフが野太い笑い声を上げながら、どんどん侵入してくる。

――外は……制圧されたというのか。

俺は時計を確認《かくにん》した。残り時間、あと十分。

そして背後の方から声が響《ひび》く。

「城門は全《すべ》て開放したぞ！　全軍突入《とつにゅう》せよ‼」

インフェルミアにそびえる尖塔《せんとう》から火の手が上がり始めた。

まずい。

インフェルミアが、インフェルミアが落ちる。

「ヘルズゲートはこっちだ！」

「扉《とびら》を破壊しろ！」

そんな声が遠くから聞こえてくる。

「第二射構え！　目標、ヘルシャフトとヘルゼクター!!」

エルネスが手を上げると、城壁に並ぶ弓兵が一斉に矢をつがえる。

いかに魔王の鎧《よろい》でも、あの矢の雨を浴び続ければ死ぬ。

「キング……」

ふらふらになりながら、アドラ、グラシャ、フォルネウスは立ち上がった。そして両手を広げて、俺を取り囲んだ。

「おい……お前たち。何の真似《まね》だ？」

ふらふらになりながら、アドラがにやりと微笑《ほほえ》んだ。

「我らはキングの盾、ですから」

「……そういうこった。この命、使い倒《たお》してくれよ」

「フォルネウスは……最後までヘル様を守るんだもん」

「お前たち……」

ただのAIのくせに。

俺の目から涙《なみだ》が溢《あふ》れた。

俺は、お前たちを利用しているだけなんだぞ、それなのに。

兜《かぶと》に空いた穴から、止めどもなく涙が流れ落ちた。

俺は、
俺は、どうしたら――、

「第二射、はな――」

エルネスが腕を振り下ろそうとした、その時。空から降ってくるものに気がついた。

「?……あれ、は」

矢だ。

まだエルフたちは矢を放っていない。だが大きな放物線を描《えが》いて矢が飛んできた。

そしてその矢は、
城壁の上のエルフを正確に射貫いた。

「なっ……っ!!」

何千という矢が、一斉に城壁の上のエルフに突《つ》き刺さる。エルフは逃《に》げ場もなく、次々と矢の犠牲《ぎせい》となってゆく。エルネスも矢を受け、城壁から下へ転落した。

「きゃあぁあああっ！」

しかし当たり所が良かったのか、エルネスのＨＰはまだ０にはなっていないようだ。苦しげなうめき声を上げながら刺さった矢を引き抜《ぬ》き、歯を食いしばった。

「ぐっ……い、一体、何が、起きたというの⁉」

「そんなことも分からないのですか？　エルネス」

倒れたエルフの代わりに、城壁の上に立つ姿があった。

エルフの生き残りかと思った。

だが、違う。

風になびく、輝くようなプラチナブロンド。艶《つや》やかで美しい褐色《かっしょく》の肌《はだ》。そしてビキニアーマーのような露出度《ろしゅつど》の高い甲冑《かっちゅう》。美しい顔立ちと煽情《せんじょう》的なプロポーション。

涼《すず》やかにして凛々《りり》しい、聞き慣れた声が響いた。

「魔王軍ヘルランダー。ダークエルフ軍団長、サタナキアただ今参上」

俺は、その光景が信じられなかった。

「サ……サタナキア」

エルネスは憎《にく》しみの籠《こ》もった目で、サタナキアを睨《にら》み上げた。

「姿が見えないと思ったら……伏兵《ふくへい》だったのね！　卑怯《ひきょう》な！」

「援軍《えんぐん》を連れて到着《とうちゃく》したところです。あなたの負けですよ、エルネス」

サタナキアが指を鳴らした。すると途端《とたん》に、城内の至る所から、ダークエルフが姿を現した。どこに隠《かく》れていたのか、城内にある建物や塔《とう》の中から、次々と現れる。

これは……ダークエルフ軍団？

そうか！　サタナキアが戻《もど》ったことで、ダークエルフ軍団が使用可能になったんだ。

「城内に伏兵……外には援軍……くっ！」

エルネスは苦しげな表情で立ち上がった。

「し、しかし……外にはまだエルフとドワーフの軍隊が！」

サタナキアはやれやれとばかりに首を振る。そして城壁の上から飛び降りると、エルネスの側《そば》にふわりと着地した。

「ロヴァルリンナの女王ゼラギエル様が、ダークエルフ正規軍の出兵を決定されたのです。それも全軍」

「なっ……!?」

エルネスは驚《おどろ》きのあまり、顔を引きつらせた。

「ば、馬鹿《ばか》じゃないの？　そんなことをしたら……その隙《すき》にアルズヘイムがロヴァルリンナを攻《せ》め滅《ほろ》ぼすわ」

しかしサタナキアは落ち着いて言い返した。

「そんなことをすれば、報復として魔王ヘルシャフト率いるヘルランディアが、全力でア

ルズヘイムを叩《たた》き潰《つぶ》します。ログレス大陸全土を焦土《しょうど》に変えたとしても」

「……っ!!」

恐《おそ》ろしい事を淡々《たんたん》と述べるサタナキアに、エルネスは圧倒《あっとう》された。

「サタナキア……あ、あなたは、どこまで恥《はじ》をさらせば気が済むの！」

叱責《しっせき》するようなエルネスの声に、サタナキアは穏《おだ》やかな微笑みをたたえ、答える。

「世界は大きな力で支配されなければなりません。そうしなければ、数々の悲劇は止められない。ナイトウォーカーの災厄《さいやく》も、あの時ダークエルフと力を合わせていれば、もう少し違《ちが》った解決が出来たかもしれない」

エルネスは泣き出しそうな顔でサタナキアを怒鳴《どな》りつけた。

「そんなの、有り得ない！　ダークエルフなんて汚《けが》らわしい存在に、そんなことが出来るわけない！　私たちと力を合わせることなんて無理よ！」

「そんな危機に瀕《ひん》しても、私たちは狭《せま》い世界に閉じこもっていた。そして今も、いかに他の国や種族より優位に立てるか、それればかりを考えている。それでは永遠に平和は来ない」

「あなたは……悪魔や蛮族《ばんぞく》にも平和が必要だとでも言うの!?」

サタナキアは黙《だま》ってうなずいた。

唇《くちびる》を噛《か》みしめ、エルネスはかつての親友の顔を親の敵《かたき》のように睨む。

「その為《ため》に、かつての仲間を殺すことになっても⁉」

「それだけの覚悟《かくご》をして決断したことです」

エルネスの瞳《ひとみ》から、涙が溢れ出した。

「あなた……本当に、悪魔に……なったのね」

エルネスはその場に泣き崩《くず》れた。もはや、剣《けん》を振《ふ》るう力も残されていないのだろう。

サタナキアは哀《あわ》れむような瞳でエルネスを見つめると、振り切るように向きを変え、俺の方に歩いてきた。

「おいおい！　遅《お》っせえぞサタナキア！　何やってやがった！」

グラシャが拳《こぶし》を振り上げて怒鳴る。

「ヘルシャフト様のご命令で、隠密《おんみつ》行動を取っていたものですから」

「なに？　キングからはヘルゼクターを解任されたと聞いていたが……」

怪訝《けげん》な顔をするアドラに、サタナキアはしれっと答える。

「敵を欺《あざむ》くには、まず味方からと言うではありませんか。ヘルシャフト様のお考えです」

「さーたなーきあーっ。もー心配したんだもーん」

フォルネウスが泣きながらサタナキアに抱《だ》きついた。サタナキアは優《やさ》しい笑顔《えがお》で、フォルネウスの金髪《きんぱつ》の頭を撫《な》でた。

「ごめんね、フォルネウス」

そしてそっとフォルネウスから離《はな》れると、俺を見上げた。

「ヘルシャフト様。遅《おそ》くなり申しわけございませんでした」

「あ……いや、サタナキア？」

「あの魔法《まほう》のチケットを使って、エルフの国をスパイしろという意図は分かったのですが、正直それどころではないと思い、駆《か》けつけました」

「と言うかだな……お前、追放だと申し渡《わた》したはずだが？」

「あら？　何をおとぼけになっていらっしゃるのですか？」

サタナキアは、きょとんとして首を傾《かし》げる。

――え？

「約束されたではありませんか。私を決して手放さないと」

いや、言ったけど。

「エルフは約束にうるさいんです。ご存じなかったですか？」

サタナキアはクールな表情を崩し、柔《やわ》らかく微笑んだ。

「確かに最初は自暴自棄《じぼうじき》な思いからでした……でも、今は違うのです」

サタナキアは剣を抜き、ダークエルフ軍団に号令した。

「行くぞ諸君！　インフェルミアを守るのだ！」

集まったダークエルフたちが、うおおおおお、と声を上げる。今まで温存されていたので、気力も体力も有り余っている。
対する2Aとエルフ&ドワーフ軍は数で勝《まさ》るが、かなり疲弊《ひへい》している。
「ここまで来たんだ！　あと一歩でインフェルミアを落とせる！　行くぞみんな！」
一之宮が叫《さけ》び、それに応《こた》え鬨《とき》の声が上がる。
だが、もう心配ない。
修正プログラムSanta《サンタ》—X《クロス》の適用は、二十四日　零時《れいじ》ジャスト。
俺はメニューを開き、時計を確認した。
十二月二十三日　二十三時五十九分　四十九秒

「メリークリスマス！　ひれ伏《ふ》せ神の子供らよ
感謝　感激　雨霰《あめあられ》
心に刻め　この魔王《オレ》が与《あた》えし自由と命《プレゼント》」

カウントダウンの開始だ。

10

9

8

7

6

5

4

3

2

1

俺は空を見上げ、待ち構えた。

サンタクロースがプレゼントを持ってやって来るのを。

一体、どんな形でもたらされるのかは知らない。或《ある》いは知らずに、いつの間にか適用されているのか、或いは見える形で何かがやって来るのか。

そのとき、空に変化が起きた。

——来た。

分厚い雲が明るく輝《かがや》き始めた。

やはり、この白夜《びゃくや》は修正プログラムの影響《えいきょう》だったのだろうか。そんなことを考えていると、突然《とつぜん》雲が割れた。

「何だあれは!?」

「空が！」

その場にいる全員が戦う手を止め、空を見上げた。

空に火の玉が浮《う》かんでいた。

それは、まるで巨大《きょだい》な隕石《いんせき》だった。

炎《ほのお》と煙《けむり》を上げ、まばゆい光を上げながら、こちらに近付いてくる。

「おい！　こっちに落ちてくるぞ！」

慌《あわ》てる声が、そこかしこから上がる。

無理もない。かく言う俺も、徐々《じょじょ》にその隕石の巨大さを認識《にんしき》すると、恐怖《きょうふ》を感じた。

隕石は雲を蒸発させ、大空に巨大な穴を空ける。

俺の中で冷や汗《あせ》が流れた。

あれは修正プログラムだから心配いらない、そう自分に言い聞かせる。

なのに、何だ？

この嫌《いや》な予感は。胸の中で何かが暴れ回っている。

「キング！　お逃《に》げ下さい」

「あ、ああ……」
隕石はまるでインフェルミアを目指すように、まっすぐ落ちてくる。
「一旦撤退《いったんてったい》だ！　早く逃げろ！」
一之宮が叫び、朝霧と雫石もエルフと一緒《いっしょ》にインフェルミアの外へ逃げようとする。
だが落下速度は異様に速い。
逃げる間もなく、その隕石は落下した。
落下場所はインフェルミア。
地下霊園《れいえん》のピラミッドが爆発《ばくはつ》するように、はじけ飛んだ。
凄《すさ》まじい爆発。
光。
衝撃《しょうげき》。
全《すべ》てが分からなくなった。

しろ。

真っ白。

ノイズが走った

体の中を何かが走り抜《ぬ》け、画像が壊《こわ》れたようなブロックノイズ、目の前を埋《う》め尽《つ》くす

ノイズの向こう

女の子がいた。
見たことのない女の子だ。
そして、見たことがないほど可愛《かわい》い。

なぜか、
胸が締《し》め付けられるような、
泣きたいような気持ち。

あれは、誰《だれ》なんだ？

訓練場の向こう、かつてあった壁《かべ》も壊れ、地下霊園があった場所が見通せる。しかしそこにあったピラミッドは跡形《あとかた》もなく、クレーターのように凹《へこ》んだ地面から、炎と黒煙《こくえん》が立ちのぼっていた。

俺は周囲を見回した。人間、エルフ、魔獣《まじゅう》、ダークエルフなどの区別なく、混ぜ合わせたように倒《たお》れていた。

――ん？　あれ？

今のは何だったんだ？

いや、

今何か、あった……あれ、何か見たような気がしたんだけど。

「王様！　無事か⁉」

少し離れたところでグラシャが体を起こした。

「一体、何が起こったのだ？」

「いたた……フォルネウス、ふにゅ」

「う……まさか、エルフたちが？」

どうやらヘルゼクターは無事のようだ。

あ、いや！　あれはＳａｎｔａ《サンタ》—Ｘ《クロス》だよな。タイミングから言って、当然そのはずだ。

俺は早速《さっそく》、メニューを開いてみる。

……しかし、何も変化がないな。メニューが増えているわけでもないし、何かメッセージが届いているわけでもない。

もしかしたら、俺には届いてないけど、２Ａの連中には外の世界からのメールが届いているとか？

俺は２Ａの生き残りがいないか、辺りを見回した。さっきの衝撃でＨＰが削《けず》られているとしたら、全員カルダート行きだろうけど……。

そう思ったとき、ちょうど見覚えのある姿が体を起こした。

「今の、隕石？　一体、何だったの」

朝霧だ。

真実を知る最初の相手は朝霧になるのか。最初からハードルがきついな。

俺は朝霧の方へ行こうとして、足を止めた。

——なんだ、あれは？

地下霊園から上がる黒煙の中に、巨大な影《かげ》が浮かび上がった。

重低音の唸《うな》り声を上げながら、何かが這《は》い上がってくる。燃えたぎるマグマの固まりが、せり上がってくるようだ。
それはまるで生き物のように思えた。
前に倒れるようにして、黒煙の中から姿を現した。
——これが？
真っ赤に燃える足が、クレーターから一歩踏《ふ》み出した。
——これが、修正プログラム、Ｓａｎｔａ《サンタ》—Ｘ《クロス》なのか？
溶岩《ようがん》の固まりのようなそのシルエットは、まるで悪魔。
表面が冷えて、黒い岩のように固まってゆく。
——哀川さん。本当に、これなのか？
その形状には見覚えがある、というより面影《おもかげ》がある。それにその場所。
——だって、こいつ、
つい先日、奴《やつ》を発見した場所だ。
だが、その時はただの像だった。
それに、破壊《はかい》して、封印《ふういん》しろと命じたはず。
溶岩が燃える口から、地の底から響《ひび》くような声が聞こえてくる。
「我は、再び、降臨せり」
——サタン!?

あの、NGになった魔王。
俺が生まれる前に、このインフェルミアの主《あるじ》だった、魔王。
あれがその前魔王、サタンなのか？
恐《おそ》ろしいほどの強大さ。壊滅《かいめつ》的な禍々《まがまが》しさ。そして圧倒《あっとう》的な存在感。
その存在は、生きとし生けるもの全ての絶望。
サタンは、ゆっくりと一歩踏み出した。倒れているエルフが踏みつぶされる。
「な……!?」
踏みつぶされたエルフが消えた。
それはいつも通りだ。だが、違《ちが》う点があった。
消える瞬間《しゅんかん》に、数字や記号になってバラバラに崩《くず》れた。
あれは……まさか、データ？
あのエルフを構成していたデータそのもの？
それが——破壊された。
キャラクターのデータを、データとして壊された？
俺の背筋が、ぞくりと寒くなった。
それに敵を倒したとき、あんな風に破壊はされなかった。
もし2Aのみんなが、今のサタンに倒されたら……どうなるんだ？

2Aに置き換《か》えて考えると、意識データが破壊されるってことになる。

すなわち意識が破壊される。

システムが復旧して、本物の体が意識データを受け入れる準備が整ったところで、意識が破壊されてしまっている。

精神が破壊されている、ということだ。

つまり頭がおかしくなるか、
植物状態になるか、
死ぬか。

ちょうどサタンが進む先に、朝霧の姿があった。

――まずい！

朝霧は、自分に向かってくる、見たこともないモンスターに呆然《ぼうぜん》としていた。

「っ……!!」

しかし我に返ると、剣《けん》を抜いてその化け物に向かって構えた。

「駄目《だめ》だっ！　逃げろ、朝霧!!」

正体がバレるとかそんなことお構いなしに、俺は叫《さけ》んだ。

朝霧の背後には、一之宮と雫石が倒れていた。

――朝霧！　あいつらを守るために!?

俺は咄嗟《とっさ》に駆《か》け出した。

「キング!?」

ヘルゼクターに呼び止められたが、どうでもいい。

俺は朝霧に向かって走った。

だがそれより早く、
サタンに向かって、朝霧が斬《き》りかかった。

「やめろぉおお！　朝霧ぃぃいいいいいいいいいいい!!」

あとがき

久慈《くじ》マサムネです！　『エクスタス・オンライン』の第二巻は、冒頭《ぼうとう》からまさかの展開。相変わらずの展開の速さとぎっしり詰《つ》め込まれた内容をぜひお楽しみ下さい。

にしても、ビーチリゾートとかクリスマスとかリア充《じゅう》っぽいイベントが続く第二巻！そんな経験ないのでぜひ取材をしたいのですが、こういったファンタジーものはどこに取材に行ったら良《い》いのか良く分からないですよね。それに朝霧《あさぎり》さんとか、サタナキアとか、登場キャラクターみたいな女の子と一緒《いっしょ》でないと取材の成果が出ない気がするんですよね……。ダメだ、解決出来る気がしない！　いや！　だがスニーカー文庫編集部なら、スニーカー文庫編集部なら何とかしてくれるっ！　かも知れない！（錯乱《さくらん》）

気を取り直して第三巻ですが、ラストに登場したヤバいやつが当然焦点《しょうてん》に！　これはますます堂巡《どうめぐり》の課金が増えそうな予感!?　魔王《まおう》ポエムの新作も、ぜひご期待下さい！

それでは謝辞を。担当編集のOさん、イラストの平《たいら》つくねさん（沢山《たくさん》のキャラとデザイン物をありがとうございます！）、この本の出版に携《たずさ》わって頂いた全《すべ》ての方と、読者の方々に感謝を！　そして、第三巻でまたお会いしましょう！

エクスタス・オンライン
02. Santa-X《サンタクロス》を待《ま》ちきれない

著　久慈《くじ》マサムネ

角川スニーカー文庫　20130

2017年1月1日　初版発行

発行者　三坂泰二

発　行　株式会社KADOKAWA
〒102-8177 東京都千代田区富士見2-13-3
電話　0570-002-301（カスタマーサポート・ナビダイヤル）
受付時間　9:00〜17:00（土日 祝日 年末年始を除く）
http://www.kadokawa.co.jp/

印刷所　旭印刷株式会社
製本所　株式会社ビルディング・ブックセンター

Printed in Japan　ISBN 978-4-04-104717-0　C0193

★ご意見、ご感想をお送りください★

〒102-8078 東京都千代田区富士見 1-8-19
株式会社KADOKAWA　角川スニーカー文庫編集部気付
「久慈マサムネ」先生
「平つくね」先生

新米隊長のミッションは
Hな"改装《ハイブリッド》"!?
久慈マサムネ
イラスト◆Hisasi
メカデザイン◆黒銀
魔装学園H《ハイブリッド》×H《ハート》
Hybrid×Heart Magias Academy Ataraxia
戦略防衛学園アタラクシアにやって来た飛弾傷無は、魔導装甲を着て異世界の敵と戦う女の子・千鳥ヶ淵愛音と出会う。でも、敵の攻撃で愛音がピンチを迎え、傷無に重大任務が下される。その内容は――愛音の胸を揉みしだくこと!? 実は傷無にはHな行為で女の子を"改装"=パワーアップする力があって、その力に異世界との戦いの未来がかかっていた!
シリーズ絶賛発売中!
スニーカー文庫